LE SCEPTRE DE DIEU

Du même auteur

Recueil de pensées d'un petit épicier pas comme les autres, Paris, Gil Wern, 1995.

André Journo

Le sceptre de Dieu

Fayard

Ouvrage publié sous la direction
de Fabrice d'Almeida

Remerciements à Mohammed Aissaoui
pour ses précieux conseils.

En couverture, photomontage :
Le Coran (détail) © mysontuna / Fotolia.com ;
Silhouettes, de gauche à droite :
© Demian, Nomad Soul et Artrang / Fotolia.com ;
Jérusalem depuis le mont des Oliviers © Nyiragongo / Fotolia.com.

Création graphique : Un chat au plafond

ISBN : 978-2-213-68192-4

Celui qui est toujours à la recherche de la vérité est bien plus près d'elle que celui qui prétend la détenir.

A. J.

1

New York, 18 janvier.

Assis derrière son bureau en bois massif, Menahem Yanovsky joignit les mains et resta immobile, comme en prière. Dans quelques jours il atteindrait ses quatre-vingt-deux ans et avait l'impression de n'avoir rien vécu, ou peu, ou trop vite.

Il loucha sur la petite horloge cerclée de métal doré, cadeau de feu son épouse : « Menahem, ceci est précieux, lui avait-elle déclaré trois ans auparavant. Ainsi, tu n'oublieras pas que la ponctualité est non seulement la politesse des rois, mais aussi celle des rabbins ! » Un petit sourire éclaira les lèvres fanées de Menahem. La douce Eliora avait raison : de tout temps, il avait été fâché avec les heures, et lorsqu'on lui rappelait ses retards répétés, il répliquait immanquablement : « Le peuple juif est vieux de plus de cinq mille ans ; alors nous n'en sommes pas à dix minutes près. »

23 h 45.

Il se leva, alla vers le chandelier qui trônait au centre d'une niche creusée dans le mur et demeura quelques instants recueilli. Le chandelier à sept branches, figurant les sept yeux de l'Éternel, avait sans cesse veillé sur son destin. Le Grand Rabbin effleura la base du doigt et repartit jusqu'à la grande baie qui ouvrait sur Francis Lewis Boulevard. Le nez collé à la vitre, il observa les flocons qui s'écrasaient mollement sur la chaussée. Voilà une semaine qu'il neigeait sans discontinuer et, bizarrement – mystère des associations de pensées –, New York, cette nuit, lui rappelait Malkinia, son village natal en Pologne. De la neige. Toujours, toujours et encore.

Quel parcours tout de même que sa vie ! Une trentaine d'années auparavant, il reprenait le siège laissé vacant par le décès de son beau-père, Ytzhak Güdemann. À peine installé dans ses nouvelles fonctions, il faisait connaître à tous sa profession de foi : « Ta descendance sera innombrable comme la poussière de la terre ; et tu t'étendras à l'ouest, à l'est, au nord et au sud. » Des mots qui, pour Menahem, promu Grand Rabbin de New York, avaient un sens primordial : la diffusion de la Torah et de ses valeurs vers tous les horizons. Il se refusait à relativiser le moindre aspect des Écrits saints, inspiré par un désir effréné d'observer chaque enseignement dans le monde concret. L'âme tellement ancrée dans sa foi, il arrivait à Menahem de passer des heures à lire sur la sépulture de son beau-père les demandes de bénédiction qui affluaient tous les jours à son secrétariat. À ceux qui pouvaient s'étonner d'une si grande ferveur dans une époque nourrie de doutes, Menahem se contentait de répliquer : « La foi est une aveugle qui donne des yeux à l'espérance. »

Quatre-vingt-deux ans… Rien vécu, si peu vécu.

Un bruit métallique résonna quelque part dans l'appartement.

Il se retourna, scruta la pièce.

Maintenant, un glissement de pas. Plus de doute. Quelqu'un venait de pénétrer dans l'appartement.

Menahem apostropha machinalement le visiteur, conscient pourtant de lancer une interrogation stérile :

— Qui est là ?

Devant l'absence de réponse, il traversa lentement le bureau et s'arrêta sur le seuil. Le couloir qui menait à l'entrée, plongé dans le noir, lui parut tout à coup un gouffre sans fin.

Les pas se rapprochaient.

Étrangement, le cœur de Menahem ne s'affolait pas. Il continuait de battre sereinement dans sa poitrine : la vie est la voie de la mort ; la mort n'est-elle pas la voie de la vie ?

Une silhouette, massive, bougea dans les ténèbres. Alors, Menahem murmura :

— Qui que tu sois, n'aie crainte, l'étranger sera toujours le bienvenu sous ce toit.

Un rire, ou plutôt un ricanement fit écho à ses propos. Puis, la silhouette émergea enfin de l'obscurité. Il s'agissait d'un homme d'une quarantaine d'années, bâti en force avec un cou de taureau. Sous l'éclairage diffus, ses cheveux couleur bronze jetaient des reflets dorés. Au-delà de cette apparence physique, ce qui troublait le plus émanait de son regard. Celui d'un prédateur. Un frisson parcourut le corps de Menahem. Était-il en présence d'un golem, ou, pire encore, d'un dibbouk, ce démon qui possédait les âmes ? L'Éternel le mettait-il à l'épreuve ?

— Que voulez-vous ? questionna le Grand Rabbin. Si c'est de l'argent, vous ne trouverez guère ici plus de deux cents dollars. Ils sont à vous.

— La ferme !

L'homme repoussa violemment Menahem qui manqua de perdre l'équilibre.

— Ton fric, tu peux te le garder. Ceux qui m'envoient possèdent de quoi acheter la moitié des *States*…

— Ceux qui t'envoient ?

— Ne joue pas au con ! Tu sais parfaitement ce que je viens chercher.

Un tison appliqué contre la poitrine de Menahem ne l'eût pas brûlé autant. *Ils avaient donc fini par découvrir le Grand Secret.* Il inspira. Bien sûr, tôt ou tard, cela devait arriver. L'enjeu était tellement énorme. Il réussit pourtant à articuler d'une voix maîtrisée :

— Je ne vous comprends pas.

L'homme leva la main. La gifle partit avec violence, projetant le vieux rabbin à terre.

— Youpin de merde ! Je ne vais pas y passer la nuit !

Se penchant sur Menahem, il le saisit par le col de sa redingote et le souleva brutalement.

— Où l'as-tu planqué ? Parle !

— Vous délirez, mon ami. Je ne sais pas ce que vous racontez. Si vous voulez mon avis, je…

L'homme n'écoutait plus. Il traîna le vieillard vers le fauteuil du bureau et le bloqua contre le dossier. Glissant ensuite sa main droite dans la poche intérieure de sa veste, il en extirpa un couteau à cran d'arrêt. Après avoir dégagé la lame d'une simple pression du pouce, il en plaqua la pointe contre la joue de Menahem.

— Maintenant, tu vas cesser de jouer au con. Je ne maîtrise pas mes gestes quand je pète les plombs.

Joignant le geste à la parole, l'homme creusa un profond sillon de haut en bas le long de la joue gauche de sa victime. Un filet de sang jaillit aussitôt.

— Alors ? Il est où ce foutu document ?

— Mon fils, je crois que vous vous égarez. Ce qui ne m'étonne guère. Comme le dit l'Ecclésiaste : « Il est un mal que j'ai vu sous le soleil, et qui est fréquent parmi les hommes. »

Les traits de son agresseur se raidirent.

— Ne t'inquiète pas. J'ai tout mon temps. Tu vas parler.

Arrachant un gémissement à Menahem, il lui taillada le front.

— Où est le document ?

— « L'Éternel est mon berger. Je ne manquerai »…

— Ta gueule !

D'un coup sec, l'homme souleva le couteau et, cette fois, trancha l'oreille droite.

Pas une plainte ne sortit de la bouche du vieillard. Son corps, masse de chair désarticulée, glissa vers le sol. À présent le sang giclait par jets et formait des flaques pourpres sur les lames du parquet.

— Parle !

En guise de réponse, Menahem psalmodia en hébreu :

— « Écoute, Israël, l'Éternel notre Dieu, l'Éternel est Un. »

— Ta gueule ! Tous les juifs sont donc fous ?

Imperturbable, le vieux rabbin continua de réciter le credo juif.

Mais il n'alla pas jusqu'au terme du texte sacré. Comme si elle avait décidé d'abréger ses souffrances, son âme quitta son corps et, sereinement, vola vers les confins de l'univers ; là où l'attendait son Créateur. Bien sûr, cette manifestation divine, son agresseur ne la perçut pas. Le regard fou, il souleva le corps de Menahem et le traîna vers la baie vitrée dont il fit coulisser le battant.

Aussitôt, une bourrasque glaciale s'engouffra dans la pièce.

Saisissant le vieillard par la taille, il le renversa dans le vide tout en le maintenant par les chevilles.

— Où est le document ? Parle, connard !

Comment un mort pouvait-il répondre ?

Mais cela aussi, l'homme l'ignorait.

— Accouche, rabbin !

On eût dit que là-haut, les étoiles s'affolaient et que la neige, pétrifiée devant ce spectacle, se retenait de tomber.

Une violente rafale fit gémir le boulevard et une forme, comme arrachée à la nuit, apparut, flottant dans le ciel. Silhouette à la fois minérale et humaine, elle se dressa menaçante devant l'agresseur. Comment était-ce possible ? D'où venait cette créature ? Affolé, l'homme poussa un cri de terreur et ses mains desserrèrent leur étau, libérant du même coup le corps de Menahem. Épouvanté, il se rua vers la porte du bureau. On eût juré qu'un démon était à ses trousses.

À moins que ce ne fût un ange.

Bardiel, l'ange de la grêle.

Plus tard, lors de l'autopsie, le médecin légiste devait noter, incrédule, que les membres de Menahem Yanovsky étaient intacts, exempts de toute contusion, comme si des bras invisibles l'avaient porté durant sa chute et déposé délicatement sur la chaussée.

2

Le café restaurant Korkas faisait partie des endroits les plus vivants de Wall Street, paradis des strudels aux pommes, aux noix, au pavot, des vatrouchka, du gefilte fish, du pastrami chaud et autres plats dont raffolait la clientèle new-yorkaise.

Dan Yanovsky, le bienheureux propriétaire des lieux, émergea des cuisines et héla l'homme de ménage, un Noir filiforme, presque chétif, qui s'employait à faire reluire le comptoir en zinc du bar.

— Sam, qu'est-ce que tu fous ?

— Ben… Vous voyez bien, j'astique.

— Tu astiques ! Nous ouvrons dans une heure, et tu astiques !

— Faut pas ?

— Faut… vite ! Oui !

L'employé soupira.

— Il n'est que 9 heures du matin, boss. Pourquoi vous stresser comme ça ? C'est pas bon pour la santé. Mme Yanovsky n'arrête pas de vous le rappeler.

— T'inquiète pas pour Mme Yanovsky. Ma chère

épouse s'occupe déjà assez de moi depuis trente ans. Bon, active-toi ! Je…

Il s'interrompit, le regard attiré par la porte du restaurant qui venait de livrer le passage à deux hommes.

— Gentlemen ! se hâta de protester Dan, désolé, mais nous n'ouvrons pas avant 10 heures.

Visage de marbre, l'un des deux hommes s'avança et fit jaillir une plaque couleur bronze :

— FBI. Agent Rossi.

Son collègue se présenta à son tour :

— Alan Stone.

— Le FBI ? Ici ? Que me vaut l'honneur de votre visite, messieurs ?

L'agent Rossi afficha une expression gênée.

— Nous voudrions parler au propriétaire. Dan Yanovsky.

— Il est devant vous.

L'expression de gêne de l'agent Rossi s'accrut.

— Nous n'avons pas de bonnes nouvelles, monsieur Yanovsky. Elles concernent votre père.

Une brusque pâleur envahit le visage de Dan :

— Que… que lui est-il arrivé ?

Un silence. L'agent Stone laissa tomber d'une voix neutre :

— Décédé, monsieur. Cette nuit.

Dan dut se raccrocher au comptoir. Ses jambes se dérobaient.

— Le cœur ? balbutia-t-il.

— Non, monsieur.

L'agent Rossi baissa les yeux avant de déclarer d'une voix sépulcrale :

— Défenestré.

Sam se signa.

— Mon Dieu !

— Défenestré ? répéta Dan, interloqué. Vous voulez dire qu'il se serait… C'est impossible. Chez nous, le suicide…

— Non, monsieur Yanovsky. Ai-je parlé de suicide ? Selon les premiers résultats, le Grand Rabbin a été victime d'une agression.

L'agent Stone assena le coup de grâce :

— Jeté dans le vide, monsieur.

Dan s'affaissa sur une chaise.

Papa, mort ? Défenestré ?

Les images d'un film au ralenti se mirent à défiler… Menahem déporté à Treblinka avec ses parents alors qu'il venait d'avoir tout juste huit ans. Un an de camp. Trois cent soixante-cinq jours d'horreur, mais toujours vivant à l'arrivée des troupes soviétiques. Ou plutôt mort vivant. Ensuite, à dix-huit ans, l'émigration aux États-Unis avec déjà, rivée en lui, cette extraordinaire confiance en l'Éternel. Combien, toute sa vie durant, Dan avait envié son père pour ses certitudes, alors que lui, bien que croyant, n'éprouvait aucune sympathie à l'égard des religieux, qu'ils fussent rabbins, prêtres, imams ? Il les appelait les « voleurs d'âmes », expression pour le moins excessive et qui devenait proprement blasphématoire lorsqu'elle émanait du propre fils du Grand Rabbin de New York.

Il leva la tête vers les deux agents.

— Quand cela s'est-il produit ?

Ce fut Alan Stone qui répondit :

— Selon le rapport du médecin légiste, entre minuit et 1 heure du matin.

Des gouttes de sueur perlaient maintenant sur le front de Dan. Aux images liées à son père venait de se superposer celle de sa fille, Tamara. Comment réagirait-elle en apprenant la nouvelle ? Elle qui adulait son grand-père. Le choc serait bien plus terrible encore lorsqu'elle connaîtra les circonstances du drame. Pauvre Tamara. Si proche, presque jumelle de Menahem. Ces deux-là pouvaient passer des nuits entières à débattre d'un verset, d'une exégèse ou de la science kabbalistique. Religieuse sans être obtuse ni orthodoxe, férue de la Torah, passionnée de cryptographie, elle enseignait les sciences appliquées dans la prestigieuse université Columbia. En bref, Tamara symbolisait tout ce que Dan n'était pas. Ne serait jamais.

La voix de l'agent Rossi l'arracha à ses pensées :

— Il faut nous suivre, monsieur.

— Vous suivre ?

— La routine. Vous devez reconnaître le corps.

Reconnaître le corps.

Il demanda avec une pointe d'affolement :

— La presse est-elle déjà au courant ?

— Vous savez comment sont les journalistes, observa Stone. Votre père n'était pas n'importe qui. Le Grand Rabbin de New York assassiné... vous imaginez les titres. Sans parler des télévisions et de la radio.

Dan frappa du poing sur la table avec une violence qui prit de court les deux agents.

— Vous vous imaginez si Tamara découvrait la nouvelle de la sorte ! Elle adorait son grand-père. Pour elle, il représentait un demi-dieu. Ce serait un choc terrible !

— Oui, mais…

N'écoutant plus, Dan récupéra son portable dans la poche de sa veste et composa un numéro.

— Occupé.

Il réitéra son appel, une fois, deux fois, cinq fois, en vain. Il finit par raccrocher, exaspéré.

— Patientez, monsieur Yanovsky, conseilla timidement Sam. Elle finira par…

La sonnerie du portable le coupa. Sur l'écran du mobile, Dan reconnut le numéro de sa fille.

Il se racla la gorge et articula avec peine :

— Tamara…

Puis il se tut. Pétrifié.

Les deux agents échangèrent un coup d'œil. À voir l'expression de Dan, l'évidence s'imposait : la jeune femme était déjà au courant. Ils s'écartèrent discrètement et ne perçurent qu'un vague échange, entrecoupé de sanglots ; ceux de Dan Yanovsky et, sans doute, bien qu'inaudibles, ceux de la jeune femme au bout du fil.

Lorsque Dan glissa son portable dans sa poche, il ressemblait plus à un spectre qu'à un être vivant.

L'œil dans le vide, il soupira.

— Allons reconnaître la tristesse du monde, messieurs, dit-il enfin.

3

New York.

La chambre était plongée dans l'obscurité. Mais c'était précisément dans cette absence de lumière que le pasteur Scott Wallace puisait son réconfort.

Agenouillé sur son prie-Dieu, il s'efforçait de se concentrer, en vain. Quel échec ! Quel lamentable gâchis. Dix ans, dix ans de travail jetés à la poubelle. Des années de recherche, des centaines d'hommes poursuivant le même but : découvrir le dernier possesseur du Grand Secret. Celui qui menait à la voie suprême. L'accomplissement divin. La puissance et le spirituel réunis. Tous ces efforts, pour en arriver là ! À cause de la maladresse commise cette nuit, le projet *Mount of Moses* éclatait en morceaux. Anéanti par la faute de ces imbéciles. Et pourtant, il fallait bien continuer de se battre afin que la prophétie se réalise.

Scott Wallace exhala un soupir en fixant un cadre accroché sur le mur qui lui faisait face. Sur une toile blanche était inscrit : « Le baptême seul fait le chrétien. Tous nous sommes prêtres, sacrificateurs et rois. »

— Miséricorde, gémit-il, miséricorde. Pardon, Seigneur. Je suis un misérable. Je ne suis rien !

Avec des gestes lents, il se dénuda, se dirigea vers la magnifique bibliothèque en bois d'hévéa et appuya sur un coin quasi invisible, à la hauteur de la troisième étagère. Aussitôt, celle-ci pivota, laissant apparaître un renfoncement contenant plusieurs objets hétéroclites : un Beretta 92, calibre 9 mm, un couteau Eickhorn Solingen, une bible et un fouet à pointes métalliques, connu sous le nom de scorpion.

Scott récupéra ce dernier, appuya à nouveau sur l'interstice, refermant la cache. Avec une volupté indicible, il fit glisser sa paume le long du manche et retourna s'agenouiller sur son prie-Dieu.

— Mon Dieu, Jésus Tout-Puissant, j'implore votre indulgence. L'univers entier vous appartient. Ne permettez pas que les hommes continuent d'y répandre leurs noirs péchés. Ne permettez plus que les blasphémateurs, les impies, les athées, souillent indéfiniment votre image et bafouent le saint drapeau des États-Unis d'Amérique. Ne sommes-nous pas les vrais représentants du bien ? Vos fidèles disciples ? Ne m'avez-vous pas désigné pour porter votre flambeau ?

Il leva la main et le premier coup s'abattit sur son thorax, faisant jaillir des filets sanguinolents.

— Souffrance, la terre n'est que souffrance !

Peu à peu, les épaules et la poitrine de Wallace se couvrirent de zébrures violettes et de taches livides. Pourtant, insensible à la douleur, il continua de se cingler, la main toujours ferme malgré la violence des coups.

— Miséricorde, Seigneur, miséricorde !

Le sang ruisselait maintenant le long de son bas-ventre et de ses cuisses. Il se mordit les lèvres, les traits congestionnés, et se concentra sur la vision de François d'Assise, retiré dans les collines de l'Alverne, sur ce corps où s'étaient manifestées les traces de la Passion du Christ, les stigmates.

— Souffrance, souffrance ! répéta-t-il. Souffrance ! Le monde n'est que souffrance…

À ce moment, on frappa à la porte.

Wallace trouva la force de demander d'une voix glaciale :

— Qui est-ce ?

— C'est Marc, monsieur le pasteur. John Reynolds vient d'arriver.

— Introduisez-le dans mon bureau. Qu'il patiente !

— Bien, monsieur.

L'intrus reparti, Scott Wallace resserra le manche en cuir du scorpion et recommença de se flageller, mais cette fois en récitant le Notre Père. À chaque strophe, il se lacérait la peau un peu plus profondément, et le plaisir déclenché par la douleur se transformait en une extase voluptueuse.

***

13 heures.

Au pied de l'immeuble du Grand Rabbin, les bandes de plastique jaune portant la mention « *Crime scene. Do not cross* » se détachaient sous le ciel neigeux.

L'agent Stone sortit le premier de la voiture, suivi de Dan, puis de Tamara Yanovsky. Elle jeta un regard éteint sur la foule de curieux massée le long des trottoirs et se dit que, décidément, la mort faisait toujours recette.

— Ça va ? s'inquiéta Dan.

Elle fit oui de la tête. En réalité, un immense vide avait pris possession de son esprit et annihilé toutes ses facultés de perception. Elle se sentait anéantie. Pourtant, malgré la douleur qui défigurait ses traits, sa beauté demeurait intacte. La trentaine, grande, brune. Sa chevelure bleutée d'une densité de miel était lissée et ramassée en arrière en une natte entourée de rubans entrelacés. À la hauteur de la pommette droite se dessinait un grain de beauté d'un noir de jais. D'une pureté émouvante, son visage de femme-enfant contrastait avec son regard, où brillait une ardeur exaltée et sauvage.

Absente à elle-même, elle emboîta le pas à son père et à Alan Stone.

Un instant plus tard, ils entraient dans l'appartement de Menahem. Deux hommes se tenaient dans le salon. Dan reconnut aussitôt l'un d'entre eux : Richard Dean, le maire de New York. Le second lui était inconnu. Le maire se précipita vers eux et leur tendit une main chaleureuse.

— Toutes mes condoléances, madame Yanovsky, et…

Tamara corrigea :

— Mademoiselle.

— Mademoiselle… Je suis effondré, croyez-moi, enchaîna Richard Dean. Votre grand-père était un ami. Une personnalité emblématique de notre ville. Un grand homme. Je peux vous assurer que nous mettrons tout en œuvre pour trouver le salopard qui a commis cet acte odieux. Je m'y engage personnellement.

Il salua d'un signe Alan Stone, puis il présenta l'homme qui se tenait à sa droite :

— M. le procureur, Steven Grimsley.

— Sincères condoléances, dit à son tour Grimsley.

Tamara nota que le ton était nettement moins compatissant que celui du maire.

De taille imposante, blond, yeux bleus, mâchoire carrée, l'homme lui rappela vaguement le profil du boxeur russe confronté à Rocky. Même sur l'écran, elle le trouvait peu sympathique.

— Pardonnez la banalité de ma question, commenta-t-il, mais connaissez-vous quelqu'un qui en voulait à M. Yanovsky ?

— Effectivement, souligna Tamara avec une pointe d'ironie. Vous auriez pu trouver plus original comme question.

— C'est, hélas, celle que l'on commence toujours par se poser après un meurtre.

Dan prit sur lui de répondre :

— Mon père recevait beaucoup de monde : du clochard à l'homme d'État, de l'acteur de cinéma au businessman. La liste est longue. De toute façon, qui pourrait bien avoir une raison d'assassiner un homme sage, un érudit, âgé de surcroît, qui s'était toujours dévoué corps et âme pour le bien de ses semblables ? Hormis un aliéné, je ne vois personne.

— Avez-vous déjà une idée de ce qui a pu se passer ? interrogea Tamara.

— Une idée, oui, répondit le procureur, mais encore imprécise. Un premier élément nous cause d'ailleurs déjà problème.

Il désigna la porte d'entrée.

— Il n'y a pas eu d'effraction, ce qui, en toute logique, laisse supposer que le meurtrier possédait un double de la clef. Il est probable qu'à cet instant votre grand-père se trouvait à son bureau. S'il ne l'était pas, son agresseur a dû l'y traîner.

— Comment êtes-vous parvenu à cette conclusion ? questionna Dan.

Steven Grimsley les invita à le suivre.

Alors qu'ils traversaient le salon, Tamara ressentit un pincement au cœur. Un livre posé sur une table basse. Un paquet de cigarillos, dont son grand-père, malgré les protestations de son médecin, était grand consommateur. Un verre d'eau à moitié vide… *Quelle ironie que la vie !* songea-t-elle. *Les humains disparaissent et les objets demeurent. Témoins stériles d'une existence disparue.*

Ils franchirent le seuil du bureau.

Le procureur annonça :

— C'est ici que s'est déroulé le dernier acte.

Sur le sol, sur le rebord de la fenêtre, il y avait des traces de sang partout.

Une vraie boucherie, songea Dan. Il jeta un regard en coin vers sa fille. Ses yeux étaient embués de larmes. Elle devait sûrement repenser à toutes les heures, les journées, les soirées qu'elle avait partagées avec son grand-père dans cette pièce. Aux moments de complicité, et de tendresse aussi.

Steven Grimsley expliqua :

— Il y a peut-être eu lutte. Toutefois, étant donné l'âge de M. Yanovsky, le doute est permis.

Le procureur évita le regard de la jeune femme et lâcha :

— Il a été vraisemblablement torturé.

— Torturé ! se récria Dan. Pourquoi ? Mon père était un saint homme. Pourquoi ?

Le procureur afficha une moue dubitative.

— Comment savoir…

— Ensuite ? demanda Tamara, la gorge nouée.

Grimsley alla jusqu'à la baie vitrée.

— La défenestration.

Il y eut un bref silence. Le maire observa :

— L'acte de ce criminel est totalement incompréhensible.

— Incompréhensible ? s'étonna la jeune femme.

L'agent Stone, qui jusque-là avait conservé un silence discret, intervint :

— A priori, rectifia-t-il.

Il énuméra sur ses doigts.

— Nous sommes confrontés à deux mobiles plausibles : le vol ou la vengeance. Si…

Tamara le coupa :

— Vous omettez une troisième hypothèse.

Stone fronça les sourcils.

Elle poursuivit d'un ton ironique :

— Dois-je vous rappeler que nous, les juifs, sommes la plaie du monde ? Coupables de tous les maux dont l'humanité est affligée ?

L'agent plongea ses yeux dans ceux de la jeune femme.

— Vous n'avez pas besoin de me le rappeler, mademoiselle. Je ne suis pas juif et pourtant je connais la folie humaine.

Il avait parlé d'une voix dépourvue d'agressivité, mais ferme.

Un peu surprise, elle le dévisagea comme si elle venait seulement de prendre conscience de sa présence, bien qu'il ne l'eût pas quittée depuis qu'on était venu la chercher à son domicile. Elle se rendit compte alors qu'il avait les yeux vairons, l'un d'un bleu clair et l'autre vert, qu'il était plutôt grand, assez svelte, non dénué d'un certain magnétisme et ne devait guère avoir plus de quarante ans.

— Mlle Yanovsky a raison, confirma le maire. Ce type d'agression est, hélas, courant. Comment éliminer l'hypothèse d'un crime politique fomenté par un Palestinien ou un islamiste ? Ou les deux à la fois.

Le procureur fit glisser sa main le long de son menton en hochant la tête à plusieurs reprises.

— Bien sûr, bien sûr. Néanmoins, selon l'agent Stone, qui est un inspecteur de grande expérience, ces motifs paraissent peu probables.

— Pour quelle raison ? s'informa Tamara.

— Parce qu'à cette heure, expliqua Alan Stone, le meurtre de votre grand-père n'a été revendiqué par personne. Aucun groupuscule connu ou inconnu ne s'en est prévalu. D'autre part, la méthode utilisée ne porte la marque d'aucune organisation terroriste. Le passé a prouvé que ces gens-là préfèrent les actions spectaculaires, les tueries de masse, à l'assassinat d'un individu. Dois-je vous rappeler… Le massacre de l'aéroport de Lod ? Vingt-six morts, une centaine de blessés. La pizzeria Sbarro, à Jérusalem ? Quinze tués, une centaine de blessés. L'attentat de l'hôtel Park de Netanya ? Trente personnes tuées et cent quarante blessées. Le...

— Stop ! lâcha Tamara. On a compris. Revenons à vos deux autres mobiles : le vol ou la vengeance.

Grimsley observa :

— Si j'en crois les propos de votre père, l'acte de vengeance semble peu plausible. M. Yanovsky nous a bien déclaré qu'il n'imaginait personne qui eût voulu assassiner un homme tel que votre grand-père. Reste donc le vol.

— Et dans ce cas, vous pouvez nous aider, annonça Alan Stone.

— Comment ?

— Je suppose que vous connaissez bien les conditions matérielles dans lesquelles vivait M. Yanovsky. Possédait-il des objets de valeur, des tableaux, que sais-je ?

— Vous plaisantez, monsieur ! protesta Dan. Mon pauvre père ignorait le mot « richesse ». Il le haïssait sous toutes ses formes. Depuis vingt ans, il roulait dans la même guimbarde. Une vieille Chevrolet dont on se demandait comment, jusqu'ici, elle n'avait pas rendu l'âme. Même cet appartement ne lui appartenait pas. Il était en location. Si le meurtrier s'est introduit dans l'intention de faire fortune, il a dû être fortement déçu.

Le maire suggéra :

— Il ne possédait même pas des souvenirs de famille d'une quelconque valeur ?

Tamara émit un petit rire.

— Des souvenirs de famille ? Je ne crois pas que les nazis eurent la grandeur d'âme de laisser quoi que ce soit à leurs victimes. Au cas où vous l'ignoreriez, sachez que mon grand-père est un rescapé de Treblinka. Tous ceux qui furent raflés en même temps que lui ont péri. Ses parents, sa sœur, ses deux frères. Tous. Éradiqués.

Le maire lança au procureur un regard gêné. Curieusement, ce dernier n'avait pas cillé. Comme si l'information lui semblait anodine : *Encore une de ces histoires de juifs et de Shoah*, crut lire Tamara dans ses pensées.

— Madame... pardon, mademoiselle Yanovsky, déclara-t-il, j'ai bien compris. Voudriez-vous tout de même faire le tour de l'appartement ? Sait-on jamais ?

— Puisque vous insistez.

— Je vais t'accompagner, proposa Dan.

Partout où ils allèrent, ils eurent l'impression de voir Menahem. Dans la chambre à coucher, ils crurent le découvrir endormi. Dans la cuisine, ils l'imaginèrent en train de préparer son café. Bien noir et sans sucre, comme il en avait l'habitude. Sa présence était si forte que c'en était étouffant.

Leur inspection terminée, ils regagnèrent le bureau.

— À en juger par votre mine, observa Alan Stone, il semble que vous n'ayez pas grand-chose à nous annoncer.

— Exact, confirma Tamara. Rien. De toute façon, nous ne savons même pas ce que nous cherchons.

— Je vous avais prévenus, rappela Dan. Mon père ne possédait rien. Rien sinon ses livres et... (il pointa l'index vers la niche où trônait le candélabre à sept branches en vermeil) cette menora à laquelle il tenait par-dessus tout.

Stone s'en approcha, suivi de Tamara. Une fois devant le candélabre, la jeune femme s'immobilisa, pensive, et récita à voix basse :

— « Tu feras un chandelier d'or pur ; ce chandelier sera fait d'or battu. Son pied, sa tige, ses calices, ses pommes et ses fleurs seront d'une même pièce… »

L'agent la dévisagea, perplexe.

— Pardon, mademoiselle ?

— Rien, fit la jeune femme. Je pensais à haute voix…

— Ce candélabre m'a l'air bougrement ancien ; les pommes et les fleurs ciselées sont quasiment invisibles. Totalement érodées.

— Ancien, il l'est sûrement. Selon mon grand-père, l'empereur Titus l'aurait emporté à Rome après avoir détruit le Temple de Jérusalem. Par la suite, il serait tombé entre les mains des Vandales qui saccagèrent la capitale de l'Empire et ils l'auraient rapporté à Carthage. Une centaine d'années plus tard, le général byzantin qui a conquis la ville s'en est emparé à son tour pour l'offrir à l'empereur Justinien. Depuis, personne ne sait ce qu'il en est advenu.

Elle marqua une pause avant de conclure :

— Sauf mon grand-père.

— Comment ? questionna Stone.

— Ce serait trop fastidieux à raconter. Disons qu'il lui fut agréable de penser que l'objet le plus représentatif de notre Temple se trouvait sous son toit.

— Il n'a jamais cherché à en faire don à la ville de Jérusalem ?

La remarque fit sourire la jeune femme.

— Si, évidemment. Mais le chandelier ne résista pas à la datation au carbone 14 exigée par les autorités religieuses. Le résultat situa sa fabrication au XVe siècle, de l'ère moderne bien entendu.

— M. Yanovsky a dû être déçu, j'imagine.

— Au risque de vous surprendre, figurez-vous que non. Il continua à y croire dur comme fer. Pour lui, dans son cœur, il ne faisait aucun doute que sa menora était bien celle dérobée par l'empereur romain.

Il y eut un long silence, puis Stone laissa tomber :

— Finalement, l'affaire se révèle plus ardue qu'il n'y paraît.

— Que voulez-vous dire ? s'inquiéta le maire.

— Il me paraît évident que celui qui a tué M. Yanovsky poursuivait un but précis. L'a-t-il atteint ? C'est toute la question. Vous me suivez ?

— Pas vraiment, objecta Tamara.

Stone plissa les yeux, dans une attitude concentrée.

— On ne débarque pas chez une personnalité de cette envergure en pleine nuit sans y avoir été poussé par un motif impérieux. De surcroît…

— Pardonnez-moi, monsieur Stone, vous devez bien avoir autre chose que votre pressentiment, non ? Un élément tangible.

Stone répliqua en la fixant :

— Le double de la clef de l'appartement. Voilà qui représente bien plus qu'un pressentiment, mademoiselle Yanovsky. À moins d'être un psychopathe, on ne torture pas un vieillard sans une solide raison. L'agresseur de M. Yanovsky était certainement à la recherche de quelque chose d'important, assez important en tout cas pour user de la violence.

— À la recherche de quelque chose, répéta Dan, je veux bien vous l'accorder. Mais de quoi ? Je vous l'ai dit : mon père ne possédait aucun objet de valeur. Alors, qu'est-ce qui aurait pu justifier un tel acte ?

Stone glissa nerveusement les doigts dans ses mèches noires.

— C'est précisément ce qu'il nous incombe de trouver. D'ailleurs…

Il s'interrompit net. Tamara venait de s'emparer de la menora.

— Mademoiselle ! Que faites-vous ?

— Vous voyez bien, répondit-elle, l'air innocent, je le prends.

L'agent du FBI lança un coup d'œil circonspect vers le procureur.

— C'est que, expliqua ce dernier, tant qu'une décision de justice n'a pas été prononcée, tout doit rester à la même place sur la scène de crime.

Tamara le toisa.

— Désolée, monsieur Grimsley. Il ne s'agit pas d'un « objet » (elle avait prononcé le mot sur un ton amer), c'est un symbole sacré qui appartient à notre famille. Mon grand-père y tenait par-dessus tout. Je regrette, mais je l'emporte.

Il y eut un nouvel échange silencieux entre les deux hommes.

— Steven, laissez faire, intervint le maire. Mademoiselle peut garder le candélabre. J'en assume la responsabilité.

Tamara remercia d'un mouvement de tête et s'informa :

— J'imagine que vous n'avez plus besoin de nous ?

Stone confirma et extirpa de sa poche une carte de visite.

— N'hésitez pas à m'appeler au cas où.

— Bien sûr.

Elle salua de la tête les trois hommes et tourna les talons en serrant la menora contre elle.

Alors qu'elle franchissait le seuil du bureau, elle crut entendre la voix de son grand-père qui lui chuchotait à l'oreille :

— « Tu ne te prosterneras point devant leurs dieux, et tu ne les serviras point »…

4

New York, bureau de Scott Wallace.

Scott Wallace réprima une grimace en s'installant derrière son bureau. Il avait beau être accoutumé à ses séances d'autoflagellation, la souffrance continuait d'être pénible, et il remercia Dieu pour cela. Le jour où il deviendrait insensible à la douleur, le sacrifice serait sans mérite.

Il décocha un regard noir à son interlocuteur et poursuivit :

— Fiasco sur toute la ligne, *my dear* John ! Votre type a merdé. Bravo ! *Great !* Vous avez foutu par terre des années d'effort. Vous saviez pourtant que le rabbin représentait notre dernière piste, la plus sûre.

John Reynolds baissa les yeux et conserva le silence. Le contraste entre les deux personnages avait de quoi surprendre. Wallace était de taille modeste, sec comme un sarment, cheveux noir corbeau, cachant de petits yeux derrière des lunettes cerclées de métal. Tandis que Reynolds faisait penser à un marine avec son imposante musculature, son crâne dégarni et luisant.

— À cause de votre incompétence, reprit Wallace, le projet *Mount of Moses* aura vécu ! Et…

Il s'interrompit pour contenir un cri de douleur.

John Reynolds l'observa, sans faire de commentaires. Il était au courant des rituels de pénitence auxquels se livrait son supérieur hiérarchique et il se serait bien gardé de les juger. Pour toute la congrégation de l'ordre des Chevaliers du Mont, Wallace n'était-il pas considéré comme l'Élu ? L'Élu est saint, même si, pour le protestantisme, dont se revendiquaient la majorité des membres, le mot « saint » n'avait pas la même acception que chez les catholiques. Il voulait simplement dire « chrétien », puisque Dieu seul méritait d'être vénéré.

Wallace se leva péniblement.

— Comment votre homme a-t-il pu commettre une telle connerie ! hurla-t-il.

— Croyez que je suis le premier contrarié. Sachez néanmoins que j'ai pris immédiatement les mesures qui s'imposaient. L'homme est actuellement à bord d'un avion en partance pour le Canada, et de là, vers l'enfer.

Reynolds appuya volontairement sur ce dernier mot et précisa :

— Il portait des gants, la police ne trouvera aucun indice. Elle croira à un cambriolage qui a mal tourné. Il s'est agi d'un fâcheux accident. Impardonnable, je le reconnais, mais, croyez-moi, notre homme n'a pas cherché à tuer le Grand Rabbin. C'est…

— Bien sûr, ironisa Wallace. Il espérait sans doute que ce vieillard survivrait à une chute de trente étages !

— Un accident, répéta Reynolds. Mais sachez que rien n'est perdu.

— Expliquez-vous.

— Tous les éléments réunis depuis des années, je dis bien *tous*, conduisaient à Yanovsky. Tous ont démontré de manière formelle qu'il était le dépositaire du document qui mène à l'objet sacré. Par conséquent, ce document est toujours dans l'appartement.

Wallace ricana.

— N'importe quoi ! Il a pu aussi le confier à quelqu'un d'autre, vous ne croyez pas ? Ou le planquer ailleurs !

— C'est une éventualité, mais elle ne change rien.

— Ah ? Parce que vous avez le moyen de faire parler les morts, Reynolds ?

— Non, monsieur. Les vivants. Une vivante en particulier.

Scott arrêta d'arpenter la pièce et plongea ses petits yeux dans ceux de son collègue.

— Une vivante…

— Oui, monsieur : la petite-fille de Yanovsky.

***

Pakistan, non loin de Peshawar, au même moment.

Un jeune homme frappa à la porte d'une maison qui n'était cossue que par ses dimensions ; elle comportait deux étages, contre un seul pour la plupart de celles qui l'entouraient. Par un judas, un œil méfiant apparut.

— Sayed, annonça le jeune homme.

Des serrures cliquetèrent et la porte s'ouvrit. Un individu armé conduisit le visiteur vers la grande pièce centrale, où cinq hommes, accroupis sur deux épaisseurs de tapis, regardaient la télévision pakistanaise en sirotant un thé plus noir que de l'encre. Une forte odeur de bois aromatique flottait dans la pièce, chauffée par des braseros.

— J'apporte des nouvelles, maître, dit, en arabe, le dénommé Sayed à l'adresse d'un personnage d'une cinquantaine d'années, au regard vif, le visage cerné d'une barbe grise.

— Assieds-toi. De qui ?

— L'un de tes amis : le cheikh Osman.

Le quinquagénaire fronça les sourcils.

— Bonnes ?

— Mi-bonnes, mi-mauvaises. Il a été blessé par balle. Il a survécu et est à l'hôpital d'Amman.

— Qui sont les responsables ?

— Qui voulez-vous que ce soit ? Les gens de la CIA.

Les autres avaient détourné les yeux de la télévision. L'un d'eux, très mince, posa son bol de thé près d'un fusil-mitrailleur couché sur le tapis et lança, courroucé :

— Ces chiens d'Américains. S'en prendre à Saad ! L'un de nos plus braves combattants !

Il secoua la tête dans un geste d'incrédulité et lâcha avec hargne :

— Nous leur ferons entendre raison ! L'heure est proche.

La télévision diffusait maintenant un film de cowboys, sous-titré en ourdou.

— Éteignez cette horreur ! ordonna-t-il.

L'assistant se saisit de la télécommande et l'écran devint noir.

— Le problème principal des musulmans, reprit le quinquagénaire, est que, dès qu'ils se retournent pour ajuster leur manteau, ils découvrent un Américain derrière eux, lorsque ce n'est pas un sioniste. Quand leurs femmes balaient sous le lit, qu'est-ce qu'elles trouvent ? Un Américain ou un juif. Quand ils veulent s'essuyer après les ablutions, ils cherchent la serviette. Ils demandent aux domestiques : « Où est ma serviette ? » et les domestiques répondent : « Les Américains l'ont prise. »

Un rire silencieux secoua les côtes de Sayed. Il connaissait l'humour de leur compagnon et s'émerveillait qu'il fût toujours efficace. Ces propos étaient ce soir destinés à des visiteurs pachtouns, et donc traduits pour eux par un interprète pakistanais. En vérité, la scène ne se passait pas exactement au Pakistan, mais dans un pays qui n'a pas de frontières et échappe à toutes les autorités mondiales, politiques comme policières. Ce pays est le domaine d'Allah seul.

Ici dans la vallée, se trouve un hameau de pasteurs qui se suffisent de leurs chèvres, de leurs moutons, de riz, de blé, de dattes et d'eau pure. Ils ne savent pas ce qu'est la télévision. Il n'existe ici ni émetteurs ni récepteurs. Quelques-uns en connaissent l'existence en étant allés acheter des armes à Peshawar. Ils remercient le ciel de leur avoir épargné ces boîtes sataniques qui diffusent à longueur de journée des images de femmes impudiques, de godelureaux fardés braillant des inepties, de politiciens véreux par nature et, pis encore, d'Américains qui galopent comme des fous sur des chevaux en tirant des coups de feu. D'ailleurs, après le départ des Occidentaux, ces suppôts du diable, les talibans reprendront en main l'Afghanistan et pendront ces boîtes impures aux arbres.

— Les Anglais, enchaîna El-Mandouri (c'était le nom du quinquagénaire), aujourd'hui domestiques des Américains, étaient autrefois plus fins. Au moins quelques-uns se donnaient-ils la peine d'apprendre l'arabe. Aussi les a-t-on supportés plus longtemps. Mais les Américains ! Écoutez ce qu'a écrit d'eux l'un de mes maîtres, Sayed El-Quotb, qui vécut longtemps chez eux, après la Deuxième Guerre des Occidentaux.

Il prit un livre près de lui et, à la lumière d'une lampe électrique qui éclairait la pièce, il lut ceci :

— « Il est étonnant de constater combien, en dépit de son éducation avancée et de son perfectionnisme, l'Américain est réellement primitif dans sa vision de la vie. Son comportement rappelle l'âge des cavernes. Il est primitif dans la façon dont il aspire au pouvoir, dont il méprise les idéaux, les principes et les bonnes manières. »

Les chefs pachtouns hochèrent la tête.

— Tout à fait comme les Russes, dirent-ils.

— Ces gens n'ont pas de religion, surenchérit El-Mandouri. El-Quotb vivait à Greeley, dans le Colorado. C'est une toute petite ville. Il y a compté vingt églises et a voulu vérifier ce qui s'y faisait. Il s'est rendu dans l'une d'elles et qu'a-t-il vu, mes frères ? Qu'a-t-il vu ? Dans la cour de cette église, le soir, des couples dansaient ! Il a même noté le titre de la chanson : *Baby, it's cold outside* !

L'assistance parut horrifiée par la vision de couples dansant dans un lieu de culte et chassa l'image d'une aussi monstrueuse impiété. Dans une mosquée, les danseurs se feraient tailler en pièces et leurs restes seraient jetés aux chiens.

— Et ce sont ces gens qui possèdent des bases dans la terre sacrée de mon pays ! Ils devaient partir à la fin de l'invasion de l'Irak, mais ils se sont installés de manière permanente ! Et mes frères saoudiens, parfaitement complices, leur offrent l'hospitalité.

— De vils occupants, dit Sayed. Et il faut les traiter comme tels.

— Tu as bien raison, mon frère, approuva El-Mandouri. Autant je condamne les attentats contre des avions ou des groupes d'étrangers, parce que des gens pieux et même des frères peuvent s'y trouver, et parce que le Livre interdit de verser le sang d'innocents, autant j'approuve les attaques contre une puissance étrangère et hostile qui nous insulte par sa présence imposée.

Il prit une courte inspiration avant de poursuivre :

— Le problème est le suivant : quand nous les attaquons dans les pays où ils se sont implantés, comme en Irak, en Arabie saoudite ou en Égypte, cela ne les fait pas partir. Et les polices de ces pays sévissent contre nos frères. Ce qu'il faut, c'est évidemment les attaquer chez eux. Mais cela ne semble pas les affecter outre mesure.

Il leva la main.

— C'est pourquoi nous devons nous emparer de la Main de Justice. Le sceptre d'Allah ! C'est vital. Nous connaissons sa puissance. Elle est infinie ! Incommensurable. Le Prophète, béni soit son saint Nom, le savait. N'est-il pas écrit : « Allah gardera le sceptre à l'abri des regards aussi longtemps qu'Il le décidera. Ensuite, il fera son apparition. Il couvrira alors la terre de la justice, tout autant qu'elle était plongée dans l'oppression » ?

El-Mandouri serra le poing et conclut :

— Nous le trouverons. Quand il sera entre nos mains, nous dominerons le monde et l'islam triomphera.

Sayed afficha soudain une moue embarrassée qui n'échappa pas à son maître.

— Y aurait-il quelque chose qui te choquerait dans mes propos ?

— Non, maître, bien au contraire. Je suis convaincu de leur justesse. Cependant…

— Tu tergiverses comme une femme. Parle donc !

Sayed bafouilla :

— Je suis aussi porteur d'une autre nouvelle, mauvaise celle-là : le Grand Rabbin de New York est mort.

Le quinquagénaire ouvrit des yeux effarés.

— Et c'est maintenant que tu me l'annonces ? Maintenant ?

— Je… je n'osais…

— Tu n'osais, tu n'osais ! Dis-moi plutôt de quoi il est mort ?

Sayed mit quelques secondes avant de révéler :

— Il a été assassiné, maître. Jeté par la fenêtre de son appartement.

Un murmure d'effroi parcourut l'assemblée.

— Assassiné ? Quel est le fils de scorpion qui a pu commettre un crime aussi odieux ?

— Nous ne savons pas, maître. Nous n'avons aucune information.

— Ce ne peut être que l'œuvre d'un malade mental. L'Amérique en regorge !

El-Mandouri fourragea dans sa barbe nerveusement, visiblement contrarié au plus haut point.

— Le plus grave, c'est que sa mort ruine tous nos projets. Il était le seul à savoir où est caché le sceptre d'Allah. C'est une catastrophe. Tout s'écroule ! J'ose espérer que vous avez inspecté l'appartement.

— Ce sera chose faite cette nuit, maître. Il était impossible de pénétrer dans les lieux tant que la police montait la garde.

— Le Grand Rabbin, mort… C'est une tragédie ! Si nous ne trouvons rien dans l'appartement, nous devrons repartir de zéro. C'est effroyable !

Sayed fit un pas en avant et se pencha vers son interlocuteur.

— Pas vraiment, maître. Si les fouilles n'aboutissaient pas, il nous resterait encore un espoir.

— Explique-toi.

— La petite-fille du Grand Rabbin était adorée par son grand-père. Il a certainement dû lui laisser un message, un indice. Il nous suffira de la suivre à la trace. Nos guetteurs sont déjà en place.

El-Mandouri médita un instant.

— Tu n'as peut-être pas tort. C'est envisageable. Mais dans ce cas, il ne faudra pas la lâcher d'un pouce !

— Rassurez-vous, maître. Nous contrôlons la situation.

— J'espère bien ! J'espère bien ! Tu comprends, mon frère, nous ne pouvons pas échouer. Nous ne *devons* pas !

Reprenant son souffle, le quinquagénaire appela un disciple et le pria d'aller vérifier le niveau du carburant dans le groupe électrogène qu'on entendait bourdonner.

Puis il se tourna en direction de La Mecque et donna le signal de la prière du soir.

5

New York, Washington Cemetery, Bay Parkway.

Une file de voitures était passée sous le portail gothique à deux arches, avant de s'immobiliser le long d'une allée bordée d'arbres nus. Le ciel était d'un gris sale et le crachin mouillant les stèles ajoutait au sentiment de tristesse.

Tout ce que la ville de New York comptait de personnalités se trouvait rassemblé. Steven Grimsley, le procureur, le maire Richard Dean, quelques sénateurs, une candidate à la Cour suprême et, bien entendu, les plus éminentes personnalités de la communauté juive new-yorkaise.

Ni fleurs ni couronnes.

Tamara, son père, Dan, et sa mère, Léa, entourés des membres de la famille Yanovsky, se tenaient au premier rang, les yeux rivés sur la tombe.

La veille, dans une pièce de l'appartement de Menahem, on avait allongé sa dépouille dévêtue et recouverte d'un drap blanc, une bougie près de son visage, une autre à ses pieds. Les miroirs avaient été voilés d'un linge, les fenêtres ouvertes afin que l'âme puisse rejoindre son Créateur. Au moment final, la devise d'Israël avait été proclamée à voix haute : « Écoute, Israël, l'Éternel est notre Dieu, l'Éternel est Un. »

Lorsque, dans un silence de plomb, le rabbin, Dov Roth, commença la lecture de la prière des morts, Tamara éclata en sanglots. Les mots prononcés par son grand-père, les heures passées en sa compagnie, les images de l'enfance, les milliers de souvenirs, tout remontait en elle dans un flot désordonné. Le plus injuste n'est pas le départ de ceux que l'on aime, mais la désespérance qu'ils laissent derrière eux.

Pourquoi ? Pourquoi, Dieu ? Pour quelle raison une main meurtrière s'est-elle abattue sur Menahem ? Quel homme s'est arrogé le droit d'assassiner la bonté ?

Elle essuya ses larmes, releva la tête et croisa le regard d'Alan Stone. L'agent du FBI l'observait avec bienveillance.

On descendait maintenant le corps en terre. En voyant le cercueil glisser vers le néant, Tamara eut la certitude qu'il emportait une part d'elle et que plus rien ne serait comme avant.

Ensuite, ce fut le défilé interminable des condoléances, les mains serrées à des inconnus, les accolades compassées. Un rituel qui, lui aussi, entretenait un sentiment de désespérance.

Vers midi, la cérémonie fut achevée.

Tous se retirèrent, sauf Dan et Tamara.

Ils restèrent seuls devant la tombe, recueillis. Chacun en proie à ses souvenirs.

Aucun des deux ne remarqua l'homme qui se tenait en retrait, debout parmi les arbres. Il était vêtu d'une discrète tunique blanche. Quel âge pouvait-il avoir ? Vingt ans ? Mille ans ? Son visage était lisse. Et la beauté qui s'en dégageait n'était comparable à aucune autre.

***

New York, quartier du Queens, une semaine plus tard.

Tamara n'avait plus de larmes. C'était mieux ainsi. À quoi servait-il de pleurer ? Les sanglots ont-ils jamais ramené un mort à la vie ?

Elle quitta le divan où elle s'était allongée après une nuit d'insomnie, une de plus, et se rendit dans la cuisine. Un café, le second, finirait bien par l'arracher à sa torpeur.

« Par le thé, l'Orient s'introduit dans les salons bourgeois, par le café, il pénètre dans les cerveaux. » Cet aphorisme, que Menahem prenait plaisir à répéter, la fit sourire. Son premier sourire depuis une semaine. Elle versa de l'eau dans une petite cafetière orientale, attendit l'ébullition, puis y versa deux cuillères de moka et un sucre. Mixture singulière qui changeait de nom, selon les régions d'Orient et dont elle ne pouvait plus se passer depuis son dernier séjour à Istanbul. Elle la préférait, et de loin, au produit de ces machines à capsules d'aluminium qui, depuis quelques années, envahissaient la planète. Sa tasse de café en main, elle retourna dans le salon et se laissa choir sur le divan.

La télé diffusait des images de ce que certains surnommaient le « troisième printemps arabe », sous-entendant que les saisons précédentes avaient viré au cauchemar. En Égypte, l'ex-président Moubarak, condamné à plier bagage, s'était vu remplacer par un islamiste, Mohamed Morsi. Ce même Morsi, laminé un an plus tard par un tsunami populaire, croupissait en prison. Un civil lui avait succédé, qui se voulait laïc et intègre. L'illusion n'avait pas duré longtemps. Il y avait un moment déjà que l'armée se languissait. Elle estima que le petit rêve de démocratie n'avait que trop duré. Un général au charisme indéniable, Mounir Hakim, s'était emparé des rênes du pays. Le peuple égyptien avait cru voir en lui un nouveau Saladin ; il avait découvert un double de Nicolae Ceauçescu. En Tunisie, à quelques détails près, le scénario avait été le même. Aujourd'hui, les deux peuples, embrasés comme aux plus beaux jours des premières révoltes, dérivaient dans un chaos qui semblait ne jamais devoir finir.

Tamara saisit la télécommande et coupa le son.

« L'agresseur de M. Yanovsky était certainement à la recherche de quelque chose d'important, assez pour user de violence. »

Les propos de l'agent Stone continuaient de résonner dans l'esprit de la jeune femme.

Elle but la dernière gorgée de café.

Que faire ? Où aller ?

Peut-être n'aurait-elle pas dû prendre un congé à l'université. Ne valait-il pas mieux continuer à donner ses cours, s'affairer, pour occuper ses pensées ? En vérité, elle ne s'en sentait pas la force et, de toute façon, elle se devait de respecter les *sheloshim*, les trente jours de deuil.

Elle se leva, tourna en rond pendant un moment, avant de se décider à s'installer à son bureau. Elle resta là, méditative, s'imprégnant des mille et un souvenirs qui l'attachaient au défunt.

« Ma Tamtam (c'est ainsi que Menahem la surnommait parfois), n'oublie jamais que la vraie mort s'accomplit dans l'oubli. Tant que l'on conserve le souvenir de celui qui est parti, il demeure vivant. »

C'est ce qu'il lui avait écrit un jour.

Donc, tant qu'elle vivrait, Menahem ne mourrait jamais.

Elle ouvrit l'un des tiroirs et récupéra une chemise en carton qui contenait tous les mots de son grand-père et se plongea dans leur lecture.

Elle allait refermer la dernière missive, lorsqu'une phrase écrite en toutes petites lettres attira son attention. Elle était rédigée au bas de la page et, détail peu commun, en hébreu. Habituellement, Menahem écrivait soit en anglais, soit en yiddish, cette langue particulière aux juifs d'Europe centrale ; jamais en hébreu. Élément plus curieux, les caractères étaient volontairement centrés. Tamara déchiffra :

Moriah...

Et en dessous, elle lut :

N'oublie pas que ce qui provient de la flamme
appartient à la flamme.

Ce passage lui aurait donc échappé lors de sa première lecture ? Ou ne s'y était-elle simplement pas attardée ?

Moriah ? Que signifiait donc ce mot ? Elle le relut à voix haute comme pour mieux s'en imprégner. Bizarre. « Ce qui provient de la flamme appartient à la flamme. » Cela sonnait comme un message crypté.

La jeune femme eut beau retourner la phrase dans tous les sens, rien n'apparaissait. Et pourtant ! Menahem était d'un caractère bien trop méticuleux pour gribouiller à la légère des mots sans signification.

Finalement, elle s'avoua vaincue. Elle rangea la lettre dans son enveloppe, puis dans l'étui, plaça le tout dans son tiroir et quitta la pièce. Sortir ! Respirer !

Elle serra contre elle les pans de son blouson. Un demi-mile environ la séparait de Flushing Meadow Park. Depuis six ans qu'elle habitait le quartier, elle remerciait tous les jours sa bonne étoile de lui avoir permis de trouver un appartement si proche de ce fabuleux espace vert. À condition évidemment de l'éviter pendant la période des tournois de tennis. La faune qui l'envahissait le rendait infréquentable.

Mais ce lieu était surtout cher à son cœur parce que c'était ici qu'elle venait souvent se promener avec son grand-père. Tous deux passaient des heures assis au bord du lac à discuter de tout. De la vie, de la mort, des mystères cachés de la Torah.

Elle accéléra le pas.

L'homme qui la suivait à distance fit de même…

Replet, les traits taillés à la serpe, un nez busqué, les joues noires de barbe. Il ne la quittait pas des yeux.

Parvenue devant le Meadow Lake, Tamara se laissa choir sur le gazon. Une dizaine de barques glissaient sur la surface. Quelques pêcheurs étaient assis le long de la rive.

Elle ne se souvenait pas avoir vu un jour aussi transparent, lumineux.

« N'oublie pas que ce qui provient de la flamme appartient à la flamme. »

Elle s'allongea sur le dos, ferma les yeux et essaya de faire le vide dans son esprit.

Combien de temps demeura-t-elle ainsi, immobile ?

Suffisamment en tout cas pour que l'homme qui la suivait, tapi non loin derrière un arbre, commence à montrer des signes d'impatience. Il passa à plusieurs reprises sa paume le long de sa barbe, tout en se demandant pour quelle raison ses supérieurs attachaient tant d'importance à cette juive. Préparait-elle un coup contre les intérêts arabes ? Appartenait-elle au service secret israélien, le Mossad, cet organisme puant composé d'hérétiques coupables de tant de morts dans les rangs palestiniens ? Qu'Allah les consume de son feu ardent ! Bientôt l'heure de la justice sonnerait et tous ces fils de chien maudiraient leur mère de les avoir enfantés. Cette juive, là-bas, il lui aurait bien réglé son compte sur-le-champ. Une de moins. Cependant, les ordres étaient clairs : « Tu ne toucheras pas une mèche de ses cheveux. Tu te contenteras de la pister comme son ombre et de nous rapporter ses faits et gestes. Rien de plus. »

Voilà déjà plus d'une semaine qu'il la suivait. Rien à signaler.

Il voulut prendre son paquet de cigarettes dans la poche de son veston, mais il laissa son geste en suspens : la femme venait de se lever.

Elle chassa d'un geste de la main les quelques herbes qui collaient à ses vêtements et repartit droit devant.

L'homme lui emboîta le pas.

Quelques minutes plus tard, presque à son insu, elle arriva au pied de l'Unisphère, un imposant globe terrestre entouré de jets d'eau, qui semblait flotter dans l'espace. Érigée une quarantaine d'années auparavant à l'occasion de la Foire internationale de New York, la sculpture était censée représenter « la réussite de l'homme dans un monde qui rétrécit et un univers qui s'agrandit ».

Elle demeura songeuse, fixant le contour métallique des continents de l'œuvre.

Elle s'apprêtait à repartir, quand elle entendit une voix de femme demander à son compagnon la signification des anneaux qui entouraient le globe :

— À quoi riment donc ces cercles absurdes ? Dieu qu'ils sont laids !

L'homme à ses côtés, son mari sans doute, expliqua :

— Selon certains, ces anneaux d'acier figurent les satellites qui gravitent autour de la Terre ; selon d'autres, ils représenteraient les circonvolutions de Gagarine et de John Glenn.

— Bizarre tout de même. Moi, ils me font penser aux anneaux de Saturne.

— Peut-être. Mais là, c'est la Terre que nous voyons. Pas Saturne.

La femme haussa les épaules.

— Je te reconnais bien là, mon pauvre chéri. Tu crois toujours tout ce que tu vois ! N'y a-t-il pas une autre vérité derrière la vérité ?

L'homme répliqua avec lassitude :

— Tout ce que tu voudras, chérie.

Tamara ne put s'empêcher de sourire.

« Une autre vérité derrière la vérité » ?

Décidément, cette dame se montrait bien philosophe.

Elle jeta un dernier coup d'œil à la sphère et décida de rentrer.

Au bord du lac, son attention fut attirée par l'aspect d'un corps allongé au pied d'un arbre. Sa position était pour le moins curieuse : couché sur le côté, la tête inclinée vers le thorax, comme détachée du reste du tronc.

Intriguée, Tamara s'approcha.

Un pas, puis deux.

Elle sentit ses jambes se dérober.

La gorge de l'inconnu était tranchée de part en part et un filet de sang coulait encore sporadiquement, maculant les herbes d'un rouge sale.

Elle tenta de maîtriser les battements de son cœur. Affolée, elle s'entendit hurler dans une sorte de brouillard.

— Mademoiselle Yanovsky, vous êtes sûre de n'avoir rien oublié ? Aucun élément qui soit susceptible de nous aider ?

Tamara porta à ses lèvres un second verre d'Absolut et inspira profondément. Généralement, elle ne buvait que du vin, et encore. Mais la vodka avait le don de la fouetter littéralement. C'était son 911 à elle, son secours d'urgence. Elle fixa le policier avec lassitude :

— Je vous ai déjà répondu. Rien. Aucun fuyard.

— Bizarre. En plus, le type était armé. Et pas n'importe quelle arme. Un Glock 17, semi-automatique.

— Qu'a-t-elle de spécial ?

— C'est notre arme favorite, figurez-vous. Elle est portée par la plupart des officiers de police aux États-Unis.

Tamara fit une moue évasive. Au fond, elle n'en avait rien à faire de ces détails. Elle demanda :

— Je suppose que vous allez pouvoir l'identifier ?

— Eh bien non ! Il n'avait pas le moindre document sur lui. Absolument rien. Ce qui va nous rendre la tâche plus ardue et…

Elle s'exclama :

— C'est fou ! Assassiner un homme en plein jour, dans un lieu aussi fréquenté !

Le policier esquissa un sourire désabusé.

— Si vous saviez ! Ce genre de crime est d'une banalité. Entre le meurtre involontaire, le crime de légitime défense et les assassinats prémédités, nous ne chômons pas beaucoup. Tenez, pas plus tard qu'hier, un papy de soixante et onze ans s'est fait tuer par balle sur Madison Avenue et…

Tamara vit le moment où le flic allait lui déballer les statistiques mondiales de la criminalité. Elle le coupa.

— Ne m'en veuillez pas, mais je suis épuisée. J'aimerais m'allonger un peu.

— Bien sûr, mademoiselle. Je comprends. Mais excusez-moi, il vous faudra néanmoins passer au commissariat pour faire une déposition.

— C'est *vraiment* indispensable ?

— Oui. C'est la procédure.

Tamara approuva de la tête.

— Très bien. Je passerai demain matin.

Le policier la salua d'un geste du menton.

— Bon courage.

Après son départ, Tamara poussa un soupir et but d'un trait le reste de sa vodka.

Son regard croisa le chandelier qu'elle avait placé, bien en vue, sur une commode adossée au mur du salon. Un rai de soleil faisait étinceler sa base.

« N'oublie pas que ce qui provient de la flamme appartient à la flamme. »

Mystère des associations d'idées, les mots prononcés une heure auparavant par l'inconnue devant la sphère se superposèrent à ceux de son grand-père.

« Une autre vérité derrière la vérité. »

Tamara bondit vers une étagère qui ployait sous les ouvrages, saisit un exemplaire de la Torah, l'ouvrit à l'Exode au chapitre 25. Au fur et à mesure qu'elle déchiffrait le texte sacré, la pâleur gagnait son visage. Elle lut à mi-voix :

— « Tu feras un chandelier d'or pur ; ce chandelier sera fait d'or battu ; son pied, sa tige, ses calices, ses pommes et ses fleurs seront d'une même pièce.

« Six branches sortiront de ses côtés, trois branches du chandelier de l'un des côtés, et trois branches du chandelier de l'autre côté.

« Il y aura sur une branche trois calices en forme d'amande, avec pommes et fleurs, et sur une autre branche trois calices en forme d'amande, avec pommes et fleurs ; il en sera de même pour les six branches sortant du chandelier.

« À la tige du chandelier, il y aura quatre calices en forme d'amande, avec leurs pommes et leurs fleurs. »

Telle une élève studieuse, elle ânonna : « Tiges, branches, fleurs », puis fonça vers son bureau. Sans prendre la peine de s'asseoir, elle frappa hâtivement sur le clavier de son ordinateur : « Moriah-Menora ».

En un dixième de seconde, le moteur de recherche afficha une série d'articles. Seul l'un d'entre eux l'intéressa : « The Menorah and the Moriah ». L'article rapportait les propos d'un célèbre botaniste israélien, le Dr Éphraïm Hareuveni.

Cette fois, elle se laissa tomber sur sa chaise. Abasourdie.

« Le Dr Hareuveni avait été particulièrement intrigué par la description du candélabre qu'Adonaï avait faite à Moïse lorsque, à la tête du peuple, le prophète avançait dans le désert. Était-il possible que dans le Sinaï existassent des plantes dont la forme ressemblait à la menora ? Décidés à en avoir le cœur net, le Dr Hareuveni et son épouse partirent prospecter dans la région. Il ne leur fallut pas longtemps pour constater que la plante existait bien. On la trouvait non seulement dans le Sinaï, mais aussi en Israël et dans les montagnes du Liban. Il s'agit d'une variété de plantes sauvages appelées *Salvia Palestinae*, qui comprend la menthe poivrée, la menthe verte et… la sauge. Cette dernière est appelée la *moriah* en araméen. Moriah qui, coïncidence ou non, est aussi le nom du mont du Temple, et le lieu du sacrifice d'Isaac. Une variante en Y de cette forme fut par ailleurs dessinée par Maimonide dans l'un de ses traités midrashiques : trois branches droites à l'est, trois à l'ouest et une au centre. Cette forme en Y, selon la Kabbale, devait rappeler les sept branches du delta du Nil. »

À droite de l'article, se détachait une reproduction de la fameuse plante.

Tamara resta figée devant son écran. Elle se serait giflée tant elle se sentait stupide. Comment n'avait-elle pas établi le lien, alors que les indices laissés par son grand-père étaient aussi flagrants !

« Une autre vérité derrière la vérité » !

Elle eut une pensée reconnaissante pour la femme du parc.

À présent, il ne restait plus qu'à vérifier si les conclusions auxquelles elle avait abouti se confirmaient.

Elle marcha vers le chandelier à sept branches. Elle l'examina avec attention à la recherche d'une marque quelconque laissée par son grand-père, mais ne trouva rien.

« N'oublie pas que ce qui provient de la flamme appartient à la flamme. »

La flamme…

Elle referma ses doigts sur le calice situé sur la première branche en partant de la gauche et tenta de le dévisser. Impossible. Il était soudé. Elle répéta la manœuvre avec le second calice, puis le troisième ; même résultat. Devant le calice central, elle marqua un temps d'arrêt, comme si elle appréhendait quelque chose. Et si elle s'était fourvoyée ?

Elle effectua une torsion qui provoqua une légère oscillation. Une nouvelle pression eut pour effet de faire pivoter le calice sur la tige. Elle le dévissa totalement et constata que la tige était creuse. Un rouleau finement serré apparut à l'intérieur. D'un geste sec, elle renversa la menora, branches tournées vers le bas, et la secoua. Le rouleau glissa hors de son abri et chuta sur le sol ; le rouleau, et aussi une petite clef.

Elle crut entendre le rire de son grand-père qui envahissait la pièce.

6

« *Ma petite-fille, mon rayon de soleil, ma Tamtam,*

Il pleut sur New York et j'ignore pourquoi mais ce ciel lourd pendu au-dessus de l'Hudson River me fait penser à un linceul.

Pardonne mon écriture tremblée et les ratures de cette lettre. À cette heure, ma main, jadis si ferme, se dérobe, et mes yeux, usés par trop de veilles, se voilent à mon insu. C'est que, depuis ces dernières années, j'ai noirci tant de pages, posé et effacé tant de mots…

Qu'importe. Lorsque les rides recouvrent les souvenirs, on ne s'attache plus aux années écoulées. Seuls comptent, n'est-ce pas, les jours à venir. En ce qui me concerne, jamais cette notion de temps ne m'est apparue aussi évidente. La raison en est simple : je sens la fin du mien toute proche.

Autorise-toi la nostalgie, mais pas la tristesse. N'oublie pas qu'au-dessus de quatre-vingts ans on quitte ce monde par un baiser de Dieu et qu'il est interdit de porter le deuil. Si le malheur vient frapper à ta porte, montre-lui les merveilleux moments de bonheur que nous avons passés ensemble. Il en sera tellement effrayé qu'il s'enfuira pour ne plus jamais revenir.

Ne tressaille pas, ma petite Tamara, ce que j'ai à te révéler éveillera en toi une émotion si forte, si démesurée, que mon absence te semblera tout à coup bien relative. Nul doute que tout autre que toi, prenant connaissance de ce qui va suivre, l'attribuerait sans complaisance aux divagations d'un vieux fou. Pour toi, ma petite, je sais qu'il n'en sera rien. Il me souvient que ta foi fut toujours inébranlable.

C'est l'histoire du sceptre de Dieu.

Oui, tu as bien lu : le sceptre de Dieu, taillé dans une matière proche du saphir avec son Nom secret inscrit dessus. Il est l'instrument qui représente à lui seul l'emprise divine sur toutes les forces de la nature. La puissance absolue. L'énergie de l'univers. La foudre des foudres. La fureur des galaxies, la chaleur des étoiles. Il ne garde son apparence originelle qu'entre les mains d'un Élu, et de lui seul. Dans d'autres circonstances, il prend la forme d'un vulgaire bâton de bois.

Dois-je te rappeler ce que tu sais déjà ?

Créé à l'aube de notre monde, ce sceptre, cette Main de Justice – c'est le surnom qu'on lui donne parfois – fut tout d'abord confié à Adam lorsque l'Éternel le chassa du paradis. Adam le transmit à Énoch, lequel le transmit à Noé qui le transmit à Sem. Sem transmit le sceptre à Abraham. Abraham à Isaac. Isaac à Jacob qui, fuyant la colère de son frère Ésaü, ouvrit, grâce à lui, les eaux du Jourdain en crue. Une fois en Égypte, Jacob le transmit à Joseph, son fils.

Lorsque Joseph mourut, sa maison fut pillée et ses biens, ainsi que le sceptre devenu un vulgaire bâton de bois, furent entreposés dans la salle des trésors du pharaon. Jéthro était alors l'un de ses conseillers. Il vit le bâton, s'en empara et s'enfuit d'Égypte. Une fois à Madian, au cœur du Sinaï, il le planta dans son jardin, à l'abri des regards. De toute façon, qui se serait intéressé à un vulgaire morceau de bois ? Dès cet instant, aucun homme ne fut en mesure d'arracher le sceptre du sol.

Personne, jusqu'à ce que Moïse apparaisse.

Moïse (pardonne-moi de te rappeler une fois encore ce que tu n'ignores pas), fuyant Pharaon, arriva dans le pays de Madian. C'est là qu'un jour, au bord d'un puits, il prit la défense des filles de Jéthro agressées par des bergers. Lorsqu'elles revinrent chez elles, leur père leur demanda : "Pourquoi revenez-vous si tôt aujourd'hui ?" Elles répondirent : "Un Égyptien nous a délivrées de la main des bergers et a même puisé de l'eau pour faire boire notre troupeau." Il leur dit : "Où est-il ? Pourquoi avez-vous laissé cet homme ? Allez le chercher et ramenez-le, pour qu'il prenne quelque nourriture." Lorsque Moïse arriva, Jéthro lui offrit l'hospitalité.

Un jour, en se promenant dans le jardin de son bienfaiteur, Moïse fut attiré par une lumière aveuglante. Il s'approcha et ce qu'il découvrit n'était plus un vulgaire bâton, mais le sceptre de Dieu dans sa majestueuse beauté. Dans un geste spontané, il étendit sa main et le sceptre vint s'y blottir. Moïse lut sur sa surface le Nom secret de l'Éternel qui apparaissait en lettres de feu.

Jéthro, témoin de la scène, s'exclama : "Celui-ci est destiné à délivrer Israël de l'Égypte dans le futur." C'est pour cette raison sans doute qu'il lui donna pour femme sa fille Séphora. Note tout de même un détail important : il est écrit à propos de Moïse : "Il lut", mais à propos de Jéthro le texte indique : "Il le vit". Ce qui sous-entend que Moïse lut et *comprit*, alors que Jéthro *vit* sans comprendre.

Ce sceptre contient, n'en doute pas, le feu de l'univers. C'est grâce à lui que les dix plaies furent infligées à l'Égypte. C'est aussi devant lui que la mer Rouge s'ouvrit pour laisser passer les enfants d'Israël. C'est lui qui leur offrit de l'eau douce dans le désert. Lui aussi qui fit tomber les cailles et la manne du ciel. Autant de prodiges qui ne sont en vérité que des broutilles comparées à celui que Josué accomplit au cours de la bataille contre les rois amorrites. Ce jour-là, en dressant le sceptre vers l'azur, il stoppa la course du soleil et de la lune pour donner la victoire à Israël : "Alors Josué parla à l'Éternel, le jour où l'Éternel livra les Amorrhéens aux enfants d'Israël, et il dit en présence d'Israël : Soleil, arrête-toi sur Gabaon, et toi, lune, sur la vallée d'Ajalon !"

Et le plus merveilleux, c'est que toutes ces choses furent accomplies sans troubler à aucun moment les lois de la nature.

Ni hier, ni aujourd'hui, ni demain ni jamais, les hommes ne posséderont une arme aussi puissante.

Mais, tu l'as compris, cette Main de Dieu ne manifesterait son pouvoir qu'entre les mains de l'Élu. Souviens-toi de l'épisode de la Sunamite venue, à la mort de son fils, demander de l'aide au prophète Élisée. Ce dernier confia le bâton à un serviteur et le chargea de se rendre au chevet de l'enfant afin de le faire ressusciter. Évidemment, le miracle n'eut pas lieu.

Avant de mourir, Moïse confia le sceptre à Josué, et la transmission se poursuivit jusqu'au roi Josias. C'est là qu'elle s'interrompt.

Tu connais la suite…

Le schisme, la fracture du royaume fomentée par Jéroboam, le maître de corvée du souverain. La première déportation.

Puis vint 586 avant l'ère commune.

Au cinquième mois du règne de Sédécias, le 7 du mois – c'était en la dix-neuvième année de Nabuchodonosor –, Nebuzaradân, commandant de la garde, officier du roi de Babylone, fit son entrée dans la cité de David, incendia le sanctuaire de Yahvé, le palais royal et toutes les maisons. Et ce fut l'arrachement. La seconde déportation.

L'Éternel avait-il décidé d'abandonner définitivement ses enfants à leur funeste sort ? Après tout, ce "peuple à la nuque raide" ne méritait-il pas qu'on le châtiât une fois pour toutes, lui qui, si souvent au cours de son existence, avait trahi les préceptes divins ? Pourtant, non. La Bonté de Dieu est infinie. Au terme de soixante-dix années, Cyrus le Perse envahit Babylone et les fils d'Israël furent autorisés à rentrer dans leur patrie. Puis, ce fut le siège de Jérusalem. Mais avant de livrer l'assaut final, les Romains autorisèrent le Grand Rabbin du Sanhédrin et sa suite à quitter la ville sans savoir qu'ils emportaient avec eux le bâton sacré. Où allèrent-ils ? Que devint le sceptre ? L'a-t-on détruit ? Est-il tombé entre des mains impies ?

Répondre à ces interrogations fut l'obsession de toute ma vie.

Je ne compte plus le nombre des années passées à tenter de briser les sceaux de ce mystère. Une vie, mon enfant. Toute une vie à essayer d'atteindre l'inaccessible. J'y suis parvenu.

À l'heure où je t'écris, je sais où se trouve le sceptre de Dieu. Je pourrais t'en révéler l'endroit, mais ce serait mettre ton existence en péril. Ceux qui veulent s'en emparer n'hésiteront pas à te faire subir les pires tortures et te contraindront à parler.

Nul ne résiste longtemps à la souffrance lorsque la souffrance devient inhumaine.

Sache seulement que tu trouveras le sceptre “là où tout a commencé”. Ce sont les derniers mots que prononça le Grand Rabbin sur son lit de mort, quand ses disciples l’interrogèrent à ce propos.

Depuis quelques mois, je sais que l’on me guette. Mon instinct me souffle que des gens ont eu connaissance de mon secret. Par quel sortilège ont-ils appris que je pouvais les conduire à la Main de Justice ? J’ai eu beau m’interroger sans répit, l’explication m’échappe. J’ai seulement la certitude que nous avons affaire à des êtres malintentionnés. Je n’ose imaginer ce qui adviendrait s’ils entraient en possession d’un tel pouvoir.

Conscient que mes jours sont comptés, j’ai conçu un plan qui, si tu le décryptes (et nul doute que tu y parviendras), te conduira vers ton ultime destination. Le bâton en ta possession, tu le cacheras au point cardinal opposé au point actuel. Tu le feras disparaître à la vue des méchants. Pourquoi ? Parce que, depuis quelque temps, il se passe des événements troubles, infiniment graves, qui, tôt ou tard, mettront le sceptre en péril. Et souviens-toi : nul, sauf l’Élu, ne peut exploiter son incommensurable puissance. En revanche, à une âme juste il est accordé de pouvoir le saisir sans encourir de châtiment.

Le plan que j’ai conçu se trouve dans un coffre loué à la Chemical Bank, 277 Park Avenue. Ma chérie, mon enfant, je ne saurais que te conseiller la plus extrême prudence. Je crains que ceux qui me poursuivent ne tentent de t'arracher ce qu'ils ne pourront plus obtenir de moi. Et pour cause, à l'heure où tu me liras, ma vie aura atteint son terme. Car je mourrai, sois-en sûre, plutôt que de leur révéler ma découverte. Ils pourront me torturer, me briser les os, me transpercer, jamais je ne parlerai.

Avant de te quitter, je veux te faire une ultime recommandation : pas un mot de cette lettre à qui que ce soit ; ni à ton père, ni à ta mère. Non que je manque de confiance à leur égard, mais il est inutile de mettre d'autres personnes en péril. Car le péril sera là. N'en doute pas. Il *est* là. Il rôde déjà autour de toi. Son ombre s'est posée sur la tienne dès l'instant où l'ange de la mort m'a emporté.

Autre chose : ne te fie pas aux apparences ! Jamais ! Un mot peut en cacher un autre. Un ange, un démon. Et surtout : utilise ton instinct plutôt que ton savoir. Tout est synonyme…

Tout au long de ta quête, garde aussi en mémoire le jeu du ricochet auquel nous nous livrions sur le Meadow Lake lorsque tu étais enfant. Tu n'as pas oublié, je pense.

Je te demande pardon, ma petite-fille, pour tous les désagréments que je te cause, mais si je ne m'étais pas confié à toi, alors à qui ? Qui, dans mon entourage, eût été digne d'entreprendre une mission aussi sacrée ? Qui possède à la fois le courage et une science incomparable de la Torah, sinon ma Tamara ? Je t'ai enseigné tout ce que je sais. Et tout ce que je sais n'est rien en comparaison avec tout ce que tu apprendras encore. Bonne chance, ma chérie et que l'Éternel t'accompagne.

Ton grand-père qui t'aime. »

Tamara posa la lettre sur la table basse.

Un invisible étau enserrait sa poitrine, avec l'impression de tanguer, coquille de noix sur un océan, entre réel et irréel. Le sceptre de Dieu ? Le bâton de Moïse ? Elle avait toujours été convaincue que ce ne pouvait être qu'un symbole. La figuration de la puissance divine accordée à des élus. Mais un véritable objet ? Et qui, de surcroît, aurait traversé les siècles, les millénaires ? Était-ce possible ?

Et à quoi rimait cette histoire de plan ? En réalité, si ces propos n'émanaient pas de Menahem, sans doute jamais n'y aurait-elle accordé foi. Un autre élément de taille venait la conforter dans sa certitude : c'était la façon dont était mort son grand-père. Son assassinat ne confirmait-il pas la sincérité de sa lettre ? Certes, mais il pouvait aussi s'agir d'une simple coïncidence.

« Je crains que ceux qui me poursuivent ne tentent de t'arracher ce qu'ils ne pourront plus obtenir de moi. »

L'image de l'homme assassiné à Meadow Park surgit dans son esprit. Elle sentit un frisson lui parcourir le corps.

7

New York, mairie.

Richard Dean recula son fauteuil, posa les jambes sur son bureau et bascula la tête en arrière. Après un long silence, il se redressa et fixa brièvement Alan Stone. La double couleur des prunelles de l'agent du FBI l'avait toujours mis mal à l'aise.

— Ainsi, vous maintenez qu'il ne s'agit pas d'un crime crapuleux.

Ce n'était pas une question, mais une affirmation.

— J'en suis convaincu. Ni d'un crime crapuleux, ni d'un attentat politique. Comme je vous l'ai déjà dit : la méthode utilisée ne porte pas la marque d'une quelconque organisation terroriste. Et personne à ce jour n'a revendiqué l'assassinat. Je…

— Conclusion ?

— Aucune. Pour l'instant du moins.

Le maire de New York grimaça.

— Et vous croyez vraiment que mes administrés vont se contenter de ce type de réponse ? Et la communauté juive ? Deux millions de voix ! Et la presse ?

Dois-je vous rappeler que ce n'est pas un misérable SDF que l'on a défenestré, mais une personnalité ! Et pas n'importe laquelle !

Dean se pencha en avant et questionna :

— Vous avez bien une vague idée, tout de même ?

Stone resta un moment silencieux, puis laissa tomber d'une voix neutre :

— L'appartement du rabbin a été cambriolé.

— Quoi ? Quand ?

— Cette nuit. Quelqu'un a brisé les scellés et mis les pièces sens dessus dessous. Étrangement, rien ne manque.

— Comment le savez-vous ?

— L'inventaire de chaque objet avait été dressé la veille. Tout est là.

— L'assassin de Yanovsky serait donc revenu sur les lieux du crime ?

— C'est une possibilité.

— Absurde ! Pourquoi n'a-t-il pas fait ce boulot le soir même ? Il avait tout son temps.

Stone secoua la tête.

— Impossible. Une fois le rabbin défenestré, il n'avait que quelques minutes pour détaler. Il n'aurait pas pris le risque d'attendre l'arrivée de la police. Quoi qu'il en soit, ce cambriolage confirme ce que je pressentais depuis le premier jour : Yanovsky détenait quelque chose, un document, un secret, que sais-je ! Quelque chose de suffisamment important en tout cas pour éveiller la convoitise de quelqu'un prêt à tout pour mettre la main dessus.

— Pourtant son fils et sa petite-fille nous ont assuré que Yanovsky ne possédait aucun bien.

— Et ils disaient certainement la vérité.

— Mais alors ?

— Vous savez, monsieur le maire, ce que nous montrons de nos vies n'est parfois qu'une apparence. Nous avons tous nos inavouables secrets.

Il conclut avec un léger sourire :

— Pas vous ?

Et il se leva en précisant :

— Sachez néanmoins que j'ai ma petite idée. Je vous tiendrai au courant.

Stone quitta la mairie, récupéra sa voiture et se dirigea vers Chambers Street. Quelques minutes plus tard, il arrivait devant la Stuyvesant High School. Il se gara sur le parking de l'école et franchit à pied les quelques mètres qui le séparaient du Nelson Rockefeller Park. En remontant l'allée principale, il dépassa un groupe d'enfants qui jouaient sur les pelouses. Parvenu devant une statue en bronze représentant un mille-pattes, l'une des nombreuses œuvres de Tom Otterness qui parsemaient la ville, il accosta un homme à lunettes qui manifestement l'attendait.

— Salut, Mike, lança-t-il en tapant sur l'épaule du personnage. J'aime ta ponctualité.

— Quoi de plus normal, mon cher. Ne dit-on pas qu'elle est la politesse des rois ?

— Si ma mémoire est bonne, ce ne fut pas toujours ta qualité première ! Il fut un temps où tu débarquais à nos rendez-vous avec une à deux heures de retard !

— Oh là ! Tu remontes au Déluge. Nous avions vingt ans à l'époque. On mûrit, mon cher.

Stone ironisa.

— Nous sommes si vieux ?

— Adultes, adultes. Pas vieux !

Alan Stone suggéra :

— Marchons.

Ils partirent vers l'Hudson River.

— Du nouveau ? questionna Mike.

— C'est précisément ce que j'allais te demander.

Mike Panetta pencha la tête sur le côté, ce qui lui donnait un air enfantin qui accentuait le contraste avec l'allure plutôt machiste de Stone. Il était de taille moyenne, replet, avec un regard de myope. Mais la différence physique entre les deux hommes était largement comblée par une vision commune du monde.

— Une semaine, c'est peu, reprit-il. Et puis, reconnais que tu ne m'as pas donné grand-chose à me mettre sous la dent. Une évidence toutefois : derrière ce meurtre se cachent certainement des intérêts colossaux et d'importantes personnes.

— Mon ami, tu bosses au sein de la plus grosse machine d'espionnage du monde. Si la CIA n'est pas foutue de trouver la réponse, personne n'y arrivera.

— N'exagérons rien ! Nous pouvons certes réaliser l'impossible, mais les miracles exigent du temps.

Content de sa boutade, un sourire éclaira son visage :

— Alors patience, ajouta-t-il.

Stone hocha la tête.

— OK. Mais essayons tout de même de ne pas trop traîner.

— Et Mlle Yanovsky ? Tu as pu l'interroger ?

— Ce n'était pas le moment. La malheureuse était brisée. Au cimetière, son chagrin faisait vraiment peine à voir. Elle m'a fendu le cœur.

Mike Panetta s'arrêta net et pivota vers son ami.

— Tiens, tiens, monsieur Stone. Vous auriez donc un cœur ?

***

New York, la Chemical Bank.

En pénétrant dans la salle des coffres de la Chemical Bank, Tamara eut l'impression d'entrer dans une vaste chambre stérile. Murs blancs, dallage blanc, lumière crue. Si l'individu qui la précédait n'avait pas été vêtu d'un austère costume trois-pièces, il aurait pu jouer le rôle du chirurgien.

Parvenu devant un pan de mur composé de tiroirs gris métallisé, l'homme s'arrêta.

— Voici, mademoiselle Yanovsky : 4223.

Il extirpa une clef de sa poche qu'il introduisit dans l'une des deux serrures qui ouvraient le coffre. Il y eut un déclic. Il invita Tamara à glisser à son tour sa propre clef dans la seconde serrure. Nouveau déclic.

La mine impassible, l'homme pointa le doigt en direction d'une petite pièce en retrait et expliqua :

— Vous pourrez à loisir vous isoler. Votre opération terminée, appuyez sur le bouton près de la porte pour me prévenir.

Tamara le remercia.

Un silence presque surnaturel régnait autour d'elle.

Elle hésita un bref instant, puis fit coulisser le tiroir sur ses rails et le sortit de son habitacle. Elle récupéra le boîtier métallique qui s'y trouvait et l'ouvrit.

À l'intérieur, une enveloppe sur laquelle était inscrit à la main : « Pour ma petite-fille, Tamara Yanovsky, à ouvrir par elle, et elle seule, après ma mort. »

Sa main tremblait un peu lorsqu'elle la décacheta. Elle y trouva un chèque de 50 000 dollars et une feuille de papier.

Sur le chèque était collé un post-it : « Pour tes frais. Ce sont les économies d'une vie. »

Elle déplia ensuite la feuille et manqua de s'étrangler. Au centre, une phrase se détachait :

Va où coulent le lait et le miel,
Là où une étoile est morte dans la gloire et le désespoir.

Ce n'était pas possible ! Il devait y avoir une erreur !

Bouche bée, elle fixait les mots inscrits, comme on fixe une absurdité.

Qu'est-ce que son grand-père avait bien pu imaginer ? Un texte aussi inintelligible méritait-il qu'on le protégeât dans le coffre d'une banque ? Cela ne tenait pas la route.

Elle examina à nouveau le boîtier métallique, sachant pourtant qu'elle n'y trouverait rien d'autre.

Troublée, elle rangea la feuille et le chèque dans son sac, replaça le boîtier dans son casier et le referma. Puis, comme le lui avait recommandé l'homme, elle sonna.

***

Installé devant son PC, Scott Wallace regardait la vidéo diffusée sur le net avec une expression ravie. La scène se déroulait à Gainsville, en Floride. On apercevait un homme, la soixantaine, grand, le crâne entièrement dégarni, brûlant des exemplaires du Coran, tandis qu'une vingtaine d'autres, littéralement surexcités, assistaient à l'autodafé. Certains agitaient des pancartes sur lesquelles on pouvait lire : « Lève-toi maintenant, Amérique ! »

Sous les applaudissements, l'homme saisit une effigie de Mahomet, la brandit vers le ciel et cria :

— Voici l'ange de la mort ! Mais il ne pourra rien contre la vraie foi, celle des enfants de Jésus-Christ, Notre Seigneur ! Nous le détruirons !

Nouveaux applaudissements couverts par des cris d'hystérie.

L'effigie du Prophète alla rejoindre dans les flammes les exemplaires de son livre sacré. Quelques secondes plus tard, en lettres rouge sang, le mot *fin* s'afficha sur l'écran.

Scott Wallace joignit ses mains en un geste de prière et murmura :

— Seigneur Tout-Puissant ! Grâce te soit rendue.

Il éteignit son ordinateur et leva des yeux brillants vers son visiteur qui n'était autre que le héros de la vidéo.

— Je vous félicite de tout mon cœur, pasteur Farrell. Vous avez été grandiose ! Ah ! Si seulement notre pays tout entier rejoignait notre vision. Quelle force nous représenterions ! Notre pays et tous les chrétiens du monde. Vous imaginez un peu ? Plus de deux milliards d'hommes soudés dans la même croyance, le même rejet de la barbarie, des métèques, des juifs et de l'islam, cette religion de macaques !

Le pasteur Farrell sourit.

— J'ai fait un rêve, ironisa-t-il.

Et il enchaîna :

— Ce rêve se concrétisera, vous et moi nous le savons. Jour après jour des voix s'élèvent contre la décadence et l'immoralité, incarnées par ces horreurs que sont l'avortement, le divorce, la promotion des minorités de toutes sortes. Et l'heure viendra pour notre cher Obama ; ce dictateur communiste, ce musulman, ce sang-mêlé.

— Il le faut, approuva Scott Wallace. Nous devons nous débarrasser de ces soi-disant élites qui confisquent le pouvoir et mentent aux enfants du Christ et à la race blanche.

Il inspira profondément et poursuivit :

— Jusque-là, pour exercer une influence dans l'élaboration des politiques publiques, nous estimions qu'il fallait qu'un maximum de nos membres et de nos sympathisants aient accès aux arcanes du pouvoir, si possible jusqu'à Washington. C'est pourquoi certains élus républicains proches de nos idées ont d'ores et déjà créé, au Congrès, un « caucus[1] », première étape vers la légitimité institutionnelle. Mais il n'y a pas que l'Amérique. Les sociétés européennes doivent elles aussi pouvoir compter sur une solide cohésion sociale, laquelle ne peut exister que dans un système monoculturel. Une telle entreprise exige du temps. Or, lorsque l'on assiste à ce qui se passe en ce moment dans le monde, ces dérives socialo-communistes, ces légitimations de mariages gays, ces pseudo-révoltes

1. Un groupe politique.

arabes, on comprend que le temps nous est compté. La Main de Justice nous permettra de triompher plus rapidement et définitivement.

Le pasteur approuva d'un mouvement de tête.

— À ce propos, où en sommes-nous ?

— Nous avons placé la petite-fille du rabbin sous surveillance. Si quelqu'un doit nous mener sur la piste du sceptre, c'est elle. Mais…

Une ombre passa sur les traits de Scott Wallace.

— Nous ne sommes pas les seuls.

— Que voulez-vous dire ?

— Nous avons découvert que d'autres s'intéressaient à l'objet sacré. Par hasard, d'ailleurs. Ou presque. Figurez-vous que nos hommes ont pénétré dans l'appartement du rabbin dans l'espoir d'y trouver quelques indices. Une fois à l'intérieur, ils ont constaté qu'on les avait précédés. Dans le même temps, j'avais donné des ordres pour qu'on prenne la fille en filature, jour et nuit. Et là… nouvelle surprise. Il y a quarante-huit heures, l'un des nôtres, un ancien marine, l'a suivie jusqu'à Flushing Meadow, et a constaté qu'un énergumène barbu ne la lâchait pas d'une semelle. À un moment donné, notre homme a voulu en avoir le cœur net. Il a abordé le barbu et lui a demandé du feu. Il aurait exigé son portefeuille que le type n'eût pas réagi avec plus de violence. Il a carrément envoyé notre homme se faire foutre. Et comme ce dernier n'est pas du genre commode, il s'en est suivi une altercation. Il lui a balancé son poing dans la gueule. L'autre a sorti son arme.

Wallace se tut un instant, tandis qu'un rictus déformait ses lèvres.

— Un malade !

— Je ne vous le fais pas dire.

— Et comment l'affaire s'est-elle terminée ?

— Comme il fallait s'y attendre. En deux temps trois mouvements, George, notre homme, lui a tranché la gorge.

— Bravo, voilà un soldat courageux et efficace !

— Attendez, ce n'est pas fini. Intrigué, George a fouillé le cadavre, récupéré un portefeuille et une carte d'identité. Et là, tenez-vous bien…

Wallace observa un bref silence pour donner plus de poids à sa révélation.

— Fayez Abdel Al-Hazmi, né en 1970 à Djedda, en Arabie saoudite.

— Un Arabe.

— Un de ces maudits fils du diable, oui.

— Mais pourquoi suivait-il la petite-fille du rabbin ?

Scott quitta son bureau. Son visage était empreint d'un mélange de dureté et de gravité.

— La réponse est hélas sans appel. Nous ne sommes pas les seuls sur cette affaire.

Le pasteur Farrell sursauta violemment.

— Vous voulez dire que…

— Oui, mon cher. Un groupe, sans doute islamiste, tente de nous doubler.

— Mais comment ont-ils été informés ? Par qui ? Que je sache, la Bible nous appartient, à nous les chrétiens.

— Disons que les juifs possèdent aussi leur part.

— Je vous l'accorde. Cependant, les musulmans ? Sont-ils même au courant de l'existence du sceptre de Dieu ?

Éludant la question, Wallace retourna vers son bureau et appuya sur l'interphone. Une voix féminine se fit entendre.

— Oui, monsieur ?

— Dites à Robert de venir.

Se tournant vers le pasteur, il annonça :

— Vous allez comprendre.

Quelques minutes plus tard, la porte s'ouvrit, livrant le passage à un petit homme, visage rond appuyé sur un double menton.

— Entrez, Robert. Je ne vous présente pas le pasteur Farrell. Vous le connaissez de réputation.

Le bonhomme s'inclina obséquieusement.

— Permettez-moi de vous exprimer toute mon admiration.

Farrell remercia d'un battement de paupières.

— Robert, reprit Wallace, est notre spécialiste des religions. Un puits de science.

Il désigna un siège au nouveau venu.

— Bob, expliquez donc au pasteur le lien entre l'islam et la Main de Justice. Il semble l'ignorer.

Le petit homme acquiesça.

— Il faut d'abord que vous sachiez que le personnage même de Moïse occupe une place prépondérante dans le Livre des musulmans : il est cité cent douze fois.

Farrell fronça les sourcils. Manifestement, l'information le surprenait.

— Et pour cause, de quoi croyez-vous que le Coran est composé, sinon d'une compilation du judaïsme et du christianisme ?

Il fit une moue méprisante.

— Un vulgaire plagiat. Voyez-vous, à cette époque, le Prophète n'était pas seulement entouré de Bédouins idolâtres. Autour de lui évoluaient aussi des chrétiens et des juifs. Surtout des juifs. À Yathrib – l'ancienne Médine – par exemple, on dénombrait trois juifs sur cinq habitants.

— Bon sang ! Seigneur ! Mais qu'est-ce que ces youpins faisaient dans le coin ?

— D'après une légende, des Israélites envoyés par Josué contre les Amalécites se seraient établis dans la ville et sur le territoire de Khaibar, une oasis d'Arabie saoudite. Une autre légende rapporte que les guerriers de Saül, qui avaient épargné le roi amalécite, auraient trouvé, après leur désobéissance, un accueil très hostile auprès du peuple juif et se seraient rendus dans le Hedjaz. On dit aussi qu'une colonie juive aurait émigré sous David dans le nord de l'Arabie. Il se peut que, pendant le règne des puissants rois de Judée, des navigateurs israélites aient créé des comptoirs dans le sud de l'Arabie pour trafiquer avec les Indes.

— Ils étaient déjà partout, soupira Farrell.

Robert fit mine de ne pas saisir l'allusion et poursuivit son exposé :

— Que croyez-vous que ces chrétiens et ces juifs faisaient dans les campements à la nuit tombée ? Ils parlaient. Ils racontaient leur foi, assis autour des feux. Et le Prophète, qui n'était pas sourd, écoutait leurs récits. Comme l'homme devait être rusé et certainement intelligent, l'idée de créer une nouvelle religion fabriquée de toutes pièces des récits des deux autres a dû naître dans son esprit…

— D'où les mentions de Moïse que l'on retrouve dans le Coran.

— Pas seulement Moïse : la Vierge, Jésus, Joseph, Abraham, Isaac, Jacob... La liste n'est pas exhaustive. Tout le monde y est, ou presque.

Wallace crut bon d'intervenir :

— Allons à l'essentiel, je vous prie : le sceptre.

— Bien sûr. Excusez-moi, je m'égare. Le sceptre est mentionné pas moins de treize fois dans les sourates. Ainsi : « Frappe le rocher avec ton bâton. » « Il jeta son bâton et voilà que c'était un serpent. » « Il [Moïse] dit : "C'est mon bâton sur lequel je m'appuie, qui me sert à effeuiller [les arbres] pour mes moutons et j'en fais d'autres usages." »

Le petit homme se tut, affichant une moue satisfaite.

— Vous saisissez maintenant ? Chez les musulmans, la Main de Justice occupe la même place que dans les deux autres monothéismes : c'est une arme sacrée.

— Ce qui expliquerait que ces types cherchent à s'en emparer...

— C'est une évidence. Sinon comment expliquer la présence de cet Arabe sur les traces de la fille Yanovsky ?

— Une coïncidence, peut-être, suggéra Farrell.

— Et l'intrusion dans l'appartement du rabbin ? rappela Wallace. Non, mon cher. Dans ce cas précis, la coïncidence n'est qu'une explication qui attend son heure.

8

« Va où coulent le lait et le miel, là où une étoile est morte dans la gloire et le désespoir. »

Assise dans un coin du restaurant de son père, Tamara faisait tournoyer une petite cuillère dans une tasse de thé à la menthe. Que cachait cette phrase ? Elle se sentait trop triste pour chercher sérieusement une explication. Trop vide. Combien de temps faut-il attendre pour que la douleur d'un deuil s'estompe ? Un an ? Dix ans ? S'estompe-t-elle jamais ? Menahem était une part de la vie de Tamara et celle qui lui restait paraissait dépourvue de sens.

— Tu as tort, ma fille…

La voix de Léa la fit presque sursauter. Avait-elle lu dans ses pensées ? Ce n'était pas impossible. Une mère sait tout ; surtout ce que son enfant tente de lui cacher.

— Je comprends ta tristesse, poursuivit Léa, mais tu es jeune. Le monde est à toi. La vie te tend les bras, va vers elle.

— Le monde ? Quel monde, mamé ? Je me sens si vieille tout à coup. Tant que grand-père vivait, je me sentais encore une enfant à ses côtés, j'étais sa petite-fille, sa Tamtam. Maintenant, j'ai mille ans.

— À mes yeux et à ceux de ton père, quel âge crois-tu avoir ?

Tamara leva son visage. Elle n'avait pas entendu son père venir. Dan s'installa près d'elle et l'entoura tendrement de ses bras.

— Pour moi, pour ta mère, tu seras toujours notre bébé. Mais ce n'est pas un remède à ta douleur. Pourquoi ne reprends-tu pas ton activité à l'université ? Le travail permet de supporter le chagrin. Il le noie.

— Et si je te répondais que je n'ai aucune envie de le noyer, ce chagrin ? Il me tient compagnie. Il me comble.

Elle avait répliqué avec une pointe de défi, comme pour se donner du courage, ou pour mieux se mentir.

Dan la fixa un moment avec gravité.

— Tu as perdu ton grand-père, Tamara, moi j'ai perdu mon père. Ma douleur est aussi profonde que la tienne. Nos tristesses sont jumelles. Perdre un père est une épreuve bien lourde. Pourtant, je ne crois pas que la solution serait de me laisser aller, de sombrer. Le temps, hélas, ou tant mieux, panse nos plaies. C'est un médecin formidable. Fais-lui confiance.

Léa prit la main de sa fille et la porta tendrement à ses lèvres.

— Je vais essayer, murmura Tamara. Mais je ne vous promets pas d'y parvenir.

Elle embrassa ses parents et quitta le restaurant, les épaules légèrement voûtées.

Elle marcha longtemps, ou plutôt elle erra, en proie à des pensées contradictoires. Finalement, lorsqu'elle se décida à regagner son appartement, le crépuscule envahissait le ciel de pourpre.

Une fois chez elle, elle se laissa choir sur son divan et resta allongée, les yeux clos.

« Va où coulent le lait et le miel, là où une étoile est morte dans la gloire et le désespoir. »

La phrase énigmatique rédigée par Menahem rejaillit dans son esprit. Une phrase en héritage ! Si la situation n'était pas aussi triste, elle aurait pu prêter à rire. Une phrase… !

La sonnerie de la porte l'arracha à ses pensées.

Elle consulta sa montre : 19 heures. On sonna une seconde fois, avec plus d'insistance. De mauvaise grâce, elle s'arracha du divan. Méfiante, elle jeta un coup d'œil à travers le judas avant d'ouvrir. Il lui fallut un court instant avant de mettre un nom sur le visage qui se détachait dans le couloir.

Elle écarta le battant.

— Agent Stone ?

— Bonsoir, j'espère que je ne vous dérange pas.

— Tout dépend de la raison de votre visite.

— Je pense qu'elle vous intéressera.

Elle hésita, puis :

— Entrez, je vous prie.

Elle referma la porte et le conduisit vers le salon.

— C'est charmant chez vous, commenta-t-il.

Il désigna un fauteuil.

— Puis-je ?

Elle acquiesça.

— Désolée, mais à part un café et un fond de vodka, je n'ai rien à vous offrir.

— Je me contenterais volontiers du fond de vodka.

— Sec ou avec un glaçon ? lui dit-elle de la cuisine.

— Un glaçon serait un péché.

Quelques minutes plus tard, elle lui tendait un verre d'Absolut.

— Et vous ? Vous ne buvez rien ?

— Non. J'ai dépassé la dose prescrite par mon organisme.

Elle enchaîna très vite :

— Avez-vous retrouvé le meurtrier ?

— Nous y travaillons.

— Une piste… ?

— Plutôt un embryon.

— Je vous écoute.

— L'appartement de votre grand-père a été visité.

Elle plissa le front.

— Cambriolé, vous voulez dire ? Qu'a-t-on volé ?

— Rien, apparemment. Mais l'acte confirme ma première impression. Je reste convaincu que votre grand-père possédait quelque chose de précieux sur lequel on cherche à mettre la main.

L'évocation de son grand-père fit frissonner Tamara.

Comme elle gardait le silence, Stone questionna avec plus d'insistance :

— Vous ne voyez toujours pas de quoi il peut s'agir ?

— Non, vraiment pas.

En même temps qu'elle prononçait ces mots, elle s'en voulut. Le ton n'y était pas. Mais il était hors de question de parler de la lettre laissée par Menahem.

— Il y a autre chose, reprit Stone.

Il sortit une note de sa poche revolver.

— Avez-vous parmi vos connaissances un certain Fayez Abdel Al-Hazmi ?

— Ce nom ne me dit absolument rien. De qui s'agit-il ?

— D'un Saoudien. Un type pas très fréquentable.

Stone lut d'une voix monocorde :

— Égyptien de naissance, l'individu était également détenteur d'un passeport saoudien. En 1990, il reçoit le diplôme d'architecture de l'université du Caire. Après avoir travaillé pendant deux ans à l'urbanisme, il s'installe en Allemagne. Il condamnait un hypothétique mouvement juif mondial qui, selon lui, contrôlait le monde financier et les médias depuis New York. Il tenait également des propos très polémiques à l'égard de certains gouvernements arabes. Pour lui, Saddam Hussein était un comique créé par les États-Unis pour donner à Washington une excuse d'intervenir au Moyen-Orient. C'est en fréquentant la mosquée Qud à Hambourg qu'il rencontra un dénommé Mohammed Zammar, figure connue de l'islam local, mais aussi de nos services. Il a combattu en Afghanistan et prône un jihad dur. Il était également recruteur pour le compte d'al-Qaida. Il y a environ six mois, Fayez Abdel Al-Hazmi est entré avec un visa de tourisme sur le territoire des États-Unis. Négligence ou pas de notre part, il se baladait sans surveillance.

Elle ironisa :

— Ce n'est pas la première bévue du FBI… Vous les accumulez.

Sans commentaires, Stone remit sa note dans sa poche et conclut :

— Vous savez tout.

Tamara afficha une expression totalement décontenancée.

— Je ne comprends pas, quel rapport avec mon grand-père ?

— Un homme assassiné dans Meadow Park. Cela ne vous rappelle rien ?

Elle réprima un sursaut.

— Vous êtes au courant ?

— Bien sûr. Pour le pire ou pour le meilleur, tout ce qui vous touche de près ou de loin concerne désormais l'Agence.

Il précisa :

— Le cadavre que vous avez découvert était celui d'Abdel Al-Hazmi. De toute évidence, ce personnage vous filait.

— Pour quelle raison ? C'est inepte !

— Mademoiselle Yanovsky...

— Appelez-moi Tamara.

— Tamara... Pas si absurde, si ma thèse est exacte : la recherche d'un objet précieux détenu par votre grand-père.

Une nouvelle fois, la mise en garde de Menahem surgit dans la pensée de la jeune femme.

« Je sais que l'on me guette. Mon instinct me souffle que des gens ont eu connaissance de mon secret. »

Elle se racla la gorge.

— Et pourquoi ce Al-Hazmi a-t-il été assassiné ? Par qui ?

Stone leva les yeux au ciel.

— C'est là que les choses se compliquent terriblement. Un islamiste vous suit. Voilà qui est déjà bizarre. Il se fait tuer. Voilà qui l'est encore plus. Et par un professionnel. Flinguer en plein jour un homme qui devait être sur ses gardes et armé n'est pas à la portée du premier venu.

— Je… je ne comprends rien. Tout cela m'échappe.

— Consolez-vous : nous sommes deux. Je nage aussi en plein brouillard.

— Et c'est vous qu'on a chargé de l'affaire.

Il confirma.

Durant leur conversation, la nuit avait envahi le salon. Elle et lui n'étaient plus que deux ombres. Elle dut s'en rendre compte, car elle se leva pour allumer. De retour auprès de Stone, elle constata que l'expression décontractée de ce dernier avait cédé la place à une réelle gravité.

— Tamara, vous êtes en danger.

Elle voulut protester.

— Laissez-moi finir. Cet homme qui vous suivait, sa personnalité, le cambriolage de l'appartement, l'assassinat de votre grand-père, cette série d'événements ne doit rien au hasard. Nous sommes devant une affaire très sérieuse. Vous devez me croire.

Il plongea ses yeux vairons dans ceux de la jeune femme et dit en détachant les mots :

— Et surtout me faire confiance.

« Pas un mot de cette lettre à qui que ce soit »… avait recommandé Menahem.

Elle répliqua :

— Je vous fais confiance, monsieur Stone…

— Alan.

— Alan. Malheureusement, je n'ai rien à vous dire de plus. Mon grand-père ne possédait rien qui justifie sa mort.

Il hocha la tête, but la dernière gorgée de vodka avant de demander à brûle-pourpoint :

— Vous êtes née aux États-Unis ?

— Et j'y ai grandi. Pourquoi ?

— Simple curiosité. Votre grand-père étant originaire de Pologne, je pensais que…

— Non. Mon père est né ici, ainsi que ma mère.

Elle esquissa un sourire pour préciser :

— Et je n'ai pas pu faire autrement.

— C'est passionnant.

— Pardon ? Je ne vois vraiment pas ce…

— Je voulais parler de ces mélanges de races. Cette Amérique qui s'est construite avec toutes ces couleurs et tous ces peuples : Jaunes, Noirs, Rouges, Blancs, Irlandais, Italiens… un véritable kaléidoscope. Rares sont les familles qui n'ont pas un ancêtre venu d'ailleurs. Ou alors, elles ne se souviennent plus.

— C'est votre cas ?

Il haussa les épaules.

— Sans doute. Mais j'appartiens à une famille qui n'a plus rien (il hésita sur le terme) d'exotique. Mon père était pasteur. Un homme strict et raide qui, malheureusement, avait la main leste. Ma mère avançait dans son ombre. J'étais fils unique, et je ne riais pas tous les jours.

— Ce qui a fait de vous un flic et un bon protestant. Et j'imagine pratiquant aussi.

Il se mit à rire.

— Pratiquant ? Pas le moins du monde. La dernière fois que j'ai mis les pieds dans un temple, je devais avoir seize ou dix-sept ans. Protestant, évidemment. Avais-je le choix ? L'avez-vous eu ?

— Non, mais je ne m'en plains pas.

— Tant mieux. Tant de gens n'aiment pas ce qu'ils sont.

Elle crut détecter une pointe de nostalgie dans cette réplique. Mais peut-être se trompait-elle.

Il se leva.

— Je ne veux pas vous importuner plus longtemps.

Il s'approcha d'elle.

— Avez-vous conservé la carte de visite que je vous ai confiée le jour où nous nous sommes rencontrés ?

— Je crois. J'avoue que je ne sais plus ce que j'en ai fait.

— Pas grave. Puis-je avoir votre portable ?

Elle hésita.

— Pourquoi ?

— Vous verrez bien. N'ayez crainte, je ne vais pas vous le dérober.

Elle lui tendit l'appareil.

Il enregistra son numéro de téléphone dans l'agenda.

— Voilà, dit-il en lui restituant le mobile. Ainsi, vous l'aurez toujours à portée de main. Au cas où…

Au moment de franchir le seuil de l'appartement, il lança sans se retourner :

— Rappelez-vous, Tamara, je suis du côté des gentils.

Elle le guetta par la fenêtre et le vit monter dans sa voiture.

Curieux personnage, pensa-t-elle.

À 1 heure du matin, elle ne dormait toujours pas.

Les mots, non, l'injonction de Menahem ne cessait de la hanter.

« Va où coulent le lait et le miel, là où une étoile est morte dans la gloire et le désespoir. »

Le cerveau en ébullition, elle rejeta le drap d'un mouvement rageur et se rendit dans son bureau. Trente minutes plus tard, une dizaine de pages noircies de mots étaient dispersées autour d'elle. *Étoile, lait, miel, gloire, désespoir.*

Elle essaya de remettre de l'ordre dans le fouillis de ses interrogations.

Où coulent le lait et le miel... Le sens de cette phrase lui avait déjà sauté aux yeux tant il était évident. À quelle autre terre sinon celle d'Israël ces termes pouvaient-ils faire allusion ?

Elle connaissait suffisamment l'Ancien Testament pour se souvenir de ces versets qui ne laissaient planer aucun doute : « Je suis descendu pour les délivrer de la main des Égyptiens, et pour les faire monter dans un bon et vaste pays où coulent le lait et le miel. »

Mais alors, que signifiait l'« étoile morte dans la gloire et le désespoir » ?

Elle écrivit pour la dixième fois : « Étoile ». Comme si visualiser le mot lui apporterait une révélation.

Étoile... si son grand-père évoquait Israël, ce serait donc dans l'histoire du peuple juif qu'elle devait chercher le lien.

Elle introduisit dans son ordinateur un logiciel de recherche biblique et pianota, mais sans conviction, le mot « étoile ». Treize références apparurent aussitôt. La seule mentionnée dans la Torah se trouvait dans Amos 5,26. Toutes les autres appartenaient au Nouveau Testament. Donc sans intérêt.

Elle lut celle attribuée à Amos : « Vous emportez Sikkut, votre roi, et l'étoile de votre dieu, Kirrun, ces images que vous vous êtes fabriquées ! »

Elle n'était pas plus avancée...

Alors, elle inscrivit à tout hasard le mot « astre » puis « étoile ». Cette fois, deux sources lui furent proposées : dans les Nombres 24, 17, « Un **astre** issu de Jacob. Un sceptre se lève, issu d'Israël. » Et dans Ésaïe 14, 12 : « Comment es-tu tombé du ciel, **étoile** du matin, fils de l'aurore ? »

Sceptre... ! Première allusion pertinente au bâton de Moïse.

Sceptre-étoile.

Le cerveau en ébullition, elle referma son ordinateur et quitta son siège.

Trop complexe ! Trop confus ! Trop hermétique. Mais pour qui son grand-père la prenait-il ?

Elle regagna sa chambre et, frustrée, s'écroula sur son lit.

9

New York, bureau de Scott Wallace.

Un bip signala à Scott Wallace l'arrivée d'un nouveau mail. Il ajusta ses petites lunettes cerclées de métal et se pencha sur l'écran de son ordinateur.

Samaranganews@my-info.com
To : Moses@gmail.com
Ras. Depuis son retour de la banque, tante Kay est toujours immobilisée chez elle. Pas de signe de rétablissement prévu. Notre équipe médicale continue de surveiller sa santé. Bien à vous. Samaranga.

Wallace poussa un juron et fit pivoter le fauteuil sur lequel il était assis. Par-delà la baie vitrée, on apercevait le ruban verdâtre de l'Hudson River – *shit!* Et si tout le monde s'était planté ? Si le rabbin n'avait laissé aucun testament, aucune directive à sa petite-fille ? Alors, tout serait définitivement perdu ! Il alluma un cigare, tira quelques bouffées :

Non, c'était impensable. Elle s'était bien rendue à la Chemical Bank pour récupérer quelque chose. Et cela devait avoir suffisamment d'intérêt pour que son grand-père ait jugé préférable de le mettre à l'abri. Ce ne pouvait être que le plan. Il devait en avoir le cœur net. Sans tarder.

Il pivota à nouveau vers son ordinateur et répondit au mail.

Moses@gmail.com
To : Samaranganews@my-info.com.
Une visite de mon neveu auprès de tante Kay s'impose de toute urgence.
Rassurez-moi. M.

***

La synagogue de Park Avenue était déserte. Tamara se tenait debout au pied de l'autel, yeux clos, comme séparée du monde. Chaque fois que le désarroi l'envahissait, c'est ici qu'elle venait se réfugier.

Elle sortit la lettre de son grand-père et la serra contre sa poitrine. Qu'espérait-elle par ce geste ? Une révélation divine ?

Plus elle réfléchissait à cette affaire, plus elle se sentait dépassée. Pire encore, elle estimait que la lettre de son grand-père contenait certaines incohérences ; celle-ci tout particulièrement : « Nul, sauf l'Élu, ne peut exploiter son incommensurable puissance. En revanche, à une âme juste il est accordé de pouvoir le saisir sans encourir de châtiment. » En imaginant, idée improbable, qu'elle soit un jour en présence du sceptre, qu'est-ce qui pouvait lui assurer qu'elle serait en mesure de le récupérer ? Comment saurait-elle si elle possédait cette « âme juste » évoquée par Menahem ?

Elle sourit malgré elle. Tamara Yanovsky ? Exempte de tous péchés ? C'eût été bien surprenant. Jusqu'ici, sa vie, en amour ou dans son métier, n'avait rien d'exemplaire. Plus incohérent encore, cette notion de « juste » ne s'appliquait généralement qu'aux non-juifs. Pourquoi Menahem avait-il employé ce mot ? Peut-être ne s'appliquait-il pas à Tamara ? Alors à qui ?

Elle chassa ces pensées et tenta de se recueillir. Dans le même temps, au plus profond d'elle-même, elle savait que, si elle ne tentait pas de décrypter le texte, elle vivrait à jamais avec le remords d'avoir trahi son grand-père.

Une pensée l'effleura.

Et si le mot « étoile » ne concernait pas un lieu géographique, mais un personnage ? Un être dans le désespoir, rattaché au verset des Nombres ? Belle idée ! Des personnages désespérés, la Torah en comptait des milliers !

Une idée fusa dans son esprit. Et si c'était... ?

De retour à son domicile, elle n'eut pas besoin d'introduire sa clef dans la serrure. La porte de son appartement était entrebâillée. L'intérieur ressemblait à un champ de bataille. Elle s'avança. De la cuisine au salon, tout avait été dévasté. Ses tiroirs, ses armoires : vidés, et leur contenu éparpillé çà et là. Son canapé, ses coussins, lacérés.

Elle se laissa choir sur le sol, en proie à un sentiment confus qui oscillait entre la crainte et la colère. À nouveau lui revint la mise en garde de son grand-père :

« Le péril sera là. N'en doute pas. Il *est* là. Il rôde déjà autour de toi. Son ombre s'est posée sur la tienne dès l'instant où l'ange de la mort m'a emporté. »

Elle se dressa d'un seul coup, blême.

La lettre de Menahem ! Dieu merci, elle ne s'en était jamais séparée. Se pourrait-il qu'elle fût la cause de cette intrusion ? L'interrogation la fit frémir. L'avait-on suivie alors qu'elle se rendait à la Chemical Bank ?

Sans hésiter, elle sortit la missive de son sac et la réduisit en cendres dans l'évier de sa cuisine. Un verre de vodka à la main, elle retourna dans le salon et composa le numéro de Stone. Heureuse idée qu'il avait eue de le lui avoir enregistré la veille ! pensa-t-elle.

Au bout de la seconde sonnerie, la voix de l'agent résonna.

— Alan ?

Elle ne lui laissa pas le temps de confirmer et poursuivit :

— Pouvez-vous venir ?

Elle ajouta :

— Tout de suite, c'est grave.

Il ne posa aucune question.

Une trentaine de minutes plus tard, il débarquait dans l'appartement. Il trouva Tamara assise, la tête entre les mains, sur un coussin éventré.

— Eh bien ! Joli travail, ironisa-t-il.

Et il se hâta de demander :

— Vous n'avez rien ?

— Non. Mais je ne vous aurais pas répondu la même chose si j'étais arrivée quelques minutes plus tôt. Qui a bien pu faire ça ?

Il s'installa par terre, près d'elle.

— La réponse coule de source, non ? Celui ou ceux qui ont assassiné votre grand-père, ou ceux qui ont cambriolé son appartement le lendemain.

Elle éclata brusquement en sanglots.

— C'est une histoire de fous..., hoqueta-t-elle. Ces gens sont des monstres.

Il lui effleura la joue d'un geste consolateur.

— Allons, calmez-vous. Nous finirons bien par mettre la main sur eux. En attendant, vous ne pouvez pas continuer à vivre sans protection. Je vais demander que l'on place des policiers devant votre maison. Ainsi, vous serez en sécurité. OK ?

Elle opina. Elle faisait tout à coup penser à une enfant perdue.

Il regarda autour de lui.

— Vous a-t-on volé quelque chose ?

— Je n'en sais rien. Je ne crois pas. Comme mon grand-père, je n'ai jamais possédé quoi que ce soit qui vaille la peine d'être dérobé.

Elle désigna du doigt son ordinateur portable.

— Lui, il est toujours là.

— Vérifiez tout de même. Au cas où...

Elle réussit à sourire entre deux larmes.

— C'est votre expression préférée ? « Au cas où » ? C'est la troisième fois que vous l'employez. La première, c'était dans l'appartement de mon grand-père, quand vous m'avez remis votre carte de visite.

— Je ne m'en souviens pas, mais vous avez probablement raison. Un tic sans doute.

Il prit congé d'elle tout en déclarant :

— Je vais faire le nécessaire pour votre protection. Bonne nuit quand même.

Stone parti, elle resta à sa place, mais cette fois sans larmes.

Soudain, elle serra les poings et se dit à voix haute :

— Qui que vous soyez, bande de salopards, vous ne gagnerez pas ! Ne vous imaginez pas que je vais baisser les bras !

Elle reprit place devant son ordinateur et l'alluma. Ses doigts coururent sur le clavier. Elle pianota : « Shimon Bar Kokhba. » Presque immédiatement, un article éclaira l'écran.

« Shimon Bar Kokhba est un patriote juif, instigateur et dirigeant de la dernière guerre judéo-romaine. Outré par la décision de l'empereur Hadrien de faire construire un temple dédié à Jupiter sur l'emplacement du Temple de Jérusalem détruit en 70 par Titus, il mena un ultime soulèvement contre les Romains, en 132, et parvint à rétablir l'indépendance de la province de Judée.

Né, semble-t-il, sous le nom de Shimon ben Koziva ou bar Keziva, il fut reconnu comme Messie par le plus grand sage de son temps, Rabbi Aqiba.

Celui-ci, se référant aux Nombres 24, 17 : "Une étoile est descendue de Jacob", lui donna le nom de Bar Kokhba, **Fils de l'Étoile**. »

Tamara se sentait submergée par l'excitation.

Shimon Bar Kokhba ! Le Fils de l'Étoile…

Elle leva les yeux vers le ciel et murmura :

— Tu as décidé de me piéger, grand-père ? Tu n'y arriveras pas !

L'hypothèse était plus que plausible, d'autant que Bar Kokhba avait parfaitement pu périr « dans le désespoir » ! Et pour cause : acculé par les Romains, il s'était réfugié dans la forteresse de Betar, au sud-ouest de Jérusalem, que les Romains avaient fini par conquérir. Ils massacrèrent tous ses défenseurs. À la suite de cette défaite, Jérusalem fut rasée, interdite aux juifs, et une nouvelle ville romaine, *Ælia Capitolina*, fut érigée sur son site.

Mais la joie de Tamara retomba aussitôt. Son grand-père avait bien précisé : « Là où une étoile est morte dans la gloire *et* le désespoir. »

Dans le désespoir, certes… mais la gloire ? Nulle gloire dans la chute de Betar ! Ce fut un désastre ! Une hécatombe ! Par conséquent, ce ne pouvait être Betar. Il n'existait d'ailleurs pas la moindre trace de cette forteresse. Rien. Le néant ! On avait même du mal à la situer avec précision. Selon certains, elle se serait trouvée aux environs de Battir, un village arabe à proximité des ruines de Betar, ou à Betar Illit.

Elle se retrouvait dans un cul-de-sac !

Elle détestait se sentir ainsi prisonnière. Prisonnière et frustrée.

À travers la fenêtre, le soir glissait, recouvrant la pièce de taches d'ombre.

Elle entrouvrit les battants et respira l'air frais à pleins poumons.

Son attention se porta sur une voiture garée face à son immeuble. À l'intérieur, deux hommes chargés par Stone de veiller à sa sécurité. Efficace, cet homme ! pensa-t-elle.

« Utilise ton instinct plutôt que ton savoir. Tout est synonyme… »

Elle revint vers le fauteuil, se saisit d'une page blanche et écrivit :

Bar Kokhba… l'étoile. Un synonyme.
Betar… désespoir.
Gloire… ? Pas de synonyme. Ou alors ?
Forteresse…
Forteresse… Gloire…

Massada ! La forteresse de Massada ! Lieu de désespoir, mais *aussi* lieu de gloire ! N'était-ce pas au sommet de cette montagne de Judée qu'un groupe de rebelles juifs avait tenu tête des mois durant et avec une extraordinaire vaillance aux légions romaines ? Véritable symbole de l'héroïsme face à l'oppression ?

La gloire *et* le désespoir.

Tout s'éclairait désormais.

Son grand-père l'envoyait en Israël… et à Massada.

D'accord, grand-père, mais dans quel but ?

Avait-il caché le sceptre là-bas ? Quelque part dans les ruines ?

Mais l'étoile, si ce n'est pas Bar Kokhba, alors qui ?

Elle pianota le nom de Massada sur son ordinateur et rechercha le seul récit que l'on possédât du siège, rédigé par l'historien Flavius Josèphe.

Les mots défilèrent, poignants.

« Ensemble, ils embrassèrent, étreignirent leurs femmes, serrèrent dans leurs bras leurs enfants, s'attachant avec des larmes à ces derniers baisers ; ensemble, comme si des bras étrangers les eussent assistés dans cette œuvre, ils exécutèrent leurs résolutions, et la pensée des maux que ces malheureux devaient souffrir, s'ils tombaient aux mains des ennemis, était pour les meurtriers, dans cette nécessité de donner la mort, une consolation. Aussi, ne pouvant plus supporter l'angoisse dont ces actes une fois accomplis les accablaient, et croyant que ce serait faire injure aux victimes de leur survivre même un court instant, ils tirèrent au sort dix d'entre eux pour être les meurtriers de tous ; chacun s'étendit auprès de sa femme et de ses enfants qui gisaient à terre, les entourant de ses bras, et tous offrirent leur gorge toute prête à ceux qui accomplissaient ce sinistre office. Le dernier survivant, après avoir contemplé autour de lui la multitude des cadavres étendus, craignant qu'au milieu de ce vaste carnage il ne restât quelqu'un pour réclamer le secours de sa main et ayant reconnu que tous avaient péri, mit le feu au palais, s'enfonça d'un bras vigoureux son épée tout entière dans le corps et tomba près de ceux de sa famille… »

À cette évocation, elle ne put s'empêcher d'éprouver un serrement de cœur. Malheureusement, elle n'y voyait aucun indice susceptible de la conduire au sceptre. Un seul être eût été capable de l'éclairer. Une femme : Isabelle Boissard. Elle travaillait à l'École biblique et archéologique française de Jérusalem. L'institution s'était rendue tout particulièrement célèbre lors de la découverte des manuscrits de Qumran.

Pendant des décennies, son fondateur, le frère Marie Joseph Lagrange, membre de l'ordre des prêcheurs, avait été suspecté de « modernisme » par le Vatican. Il lui fut interdit de publier ses travaux et ceux de son équipe. L'École fut même fermée momentanément. L'opposition de l'époque entre les dominicains et les jésuites se traduisit par la création de l'Institut biblique pontifical de Rome, créé par le pape et confié aux jésuites en 1909 dans le but de concurrencer l'établissement du frère Lagrange.

Tamara avait fait la connaissance d'Isabelle cinq ans plus tôt, alors que celle-ci donnait une conférence sur la linguistique sémitique. Une amitié était née entre les deux femmes, jamais démentie depuis.

Mais même avec l'aide d'Isabelle, Tamara se sentait-elle prête à se lancer dans cette quête ?

Le voulait-elle vraiment ?

10

Rome, cité du Vatican, 29 janvier.

— Entrez, monsieur l'ambassadeur, quel plaisir de vous revoir !

Le cardinal Arcangelo Piccini trottinait sur le tapis de son vaste salon à la rencontre de Douglas Ruggles, l'ambassadeur des États-Unis auprès du Vatican.

Tout chez l'homme d'Église évoquait la bonhomie : visage affable et rond, sourire jovial, petites mains potelées qu'il agitait constamment en parlant.

Cependant, derrière ce physique avenant, se cachaient un caractère d'acier, une érudition hors du commun et une volonté inébranlable mise au service du Saint-Siège. De surcroît, il était depuis peu l'homme de confiance du pape François, lequel lui confiait volontiers les affaires « délicates ». Cela faisait bientôt trois années que l'ambassadeur et lui se connaissaient ; trois années au cours desquelles s'étaient noués, non des liens d'amitié mais de complicité. C'est sans doute la raison pour laquelle Douglas Ruggles n'avait pas hésité à répondre favorablement à l'appel du cardinal.

Piccini désigna un siège recouvert de velours pourpre.

— Asseyez-vous donc, mon ami.

Lui-même s'installa en face du diplomate.

— À quand déjà remonte notre dernière entrevue ?

— Très exactement à six mois. Le 12 juillet. Je m'en souviens parce que ce jour-là le thermomètre frôlait les 47°. Le temps passe si vite…

— Et nous sommes dans l'impuissance de l'arrêter, enchaîna l'homme d'Église.

Le cardinal s'enfonça dans son fauteuil et demanda d'un air indifférent :

— Vous souvenez-vous des propos attribués, à tort d'ailleurs, à ce Français, André Malraux, concernant le troisième millénaire ?

L'ambassadeur secoua la tête.

— « Le troisième millénaire sera religieux ou ne sera pas. » Intéressant, non ?

— Une affirmation qui ne peut que vous plaire, je présume, votre Éminence ?

— Tout dépend de quelle spiritualité il s'agit. Celle qui défend l'amour de Dieu, la foi, la générosité, ou… celle de certains illuminés qui se prennent pour Dieu en personne ?

Le cardinal se frotta le menton, songeur, avant de reprendre :

— Puisque nous évoquons Malraux…

— Décidément, observa le diplomate d'un ton affable, le personnage semble avoir vos faveurs.

— Il ne m'était pas indifférent, en effet. J'appréciais son goût de l'emphase et son patriotisme. Il y a une trentaine d'années, il a fait cette déclaration étonnante, avérée celle-là : « Politiquement, l'unité de l'Europe est une utopie. Il faudrait un ennemi commun pour qu'elle se fasse, et le seul ennemi commun qui pourrait exister serait l'islam. » Curieuse coïncidence, vous ne trouvez pas ? D'autant plus curieuse que je la juge aujourd'hui on ne peut plus actuelle. Avec une nuance toutefois...

Piccini se tut un bref instant, puis :

— On pourrait paraphraser la déclaration de Malraux de cette manière : « Politiquement, l'unité du monde arabe est une utopie. Il faudrait un ennemi commun pour qu'elle se fasse, et le seul ennemi commun qui pourrait exister serait le christianisme. » Et j'ajouterais : « Et le judaïsme. » N'est-ce pas exactement ce qui se passe depuis une dizaine d'années ?

Douglas Ruggles ne put qu'approuver.

— C'est exact. Force est de constater que nous sommes confrontés depuis quelque temps à une guerre sainte, livrée par des fanatiques islamistes qui utilisent les préceptes religieux à des fins politiques.

Le cardinal sourit.

— À des fins politiques ? C'est un euphémisme, mon cher. Je dirais plutôt, en vue d'une domination planétaire.

— Ne croyez-vous pas que vous y allez un peu fort, votre Éminence ?

— Je crois au contraire que je suis en deçà de la vérité.

Piccini se raidit légèrement, ôta un invisible fil de sa soutane et reprit :

— Il se livre désormais un bras de fer entre Orient et Occident, mais aussi entre les musulmans eux-mêmes. Il suffit d'observer avec quelle violence chiites et sunnites s'entretuent jusque dans les mosquées ! Ne nous y trompons pas : le choc qui ébranle le monde n'est ni un choc des religions ni un choc des civilisations. Non ! Ce choc, c'est autre chose, de plus fondamental et de plus tragique. Un choc entre une pensée des temps modernes et une mentalité qui appartient aux temps médiévaux. Un affrontement entre le civilisé et le primitif, entre la barbarie et la raison. C'est un combat à mort entre la connaissance et l'obscurantisme…

Le cardinal s'arrêta, attendant une réaction de la part de son interlocuteur. Elle ne tarda pas :

— Votre Éminence, permettez-moi de vous faire observer que l'islamisme est à la religion musulmane ce que l'Inquisition fut à l'Église : une déficience de l'intelligence humaine ! Mais pourquoi me rappelez-vous cela ? Depuis le 11 Septembre, tous les Américains ont conscience de cet extrémisme. Nos soldats meurent tous les jours dans le monde pour défendre nos valeurs.

— Si je vous en parle, c'est parce que notre situation pourrait empirer. Vous avez dû plier bagage en Irak où vous n'aviez rien à faire. Vous n'allez pas tarder à abandonner l'Afghanistan. On ne combat pas une idée par les armes, mais par une autre idée. L'islamisme ne puise pas ses forces dans les armes – abstraction faite d'actes terroristes – mais dans le Coran. Un livre qui, comme vous le savez peut-être, contient clairement des sourates appelant à la guerre sainte contre les chrétiens, les polythéistes, les non-croyants, les juifs, bref contre tout ce qui n'est pas musulman.

L'ambassadeur plissa le front. Il rétorqua :

— Cependant, nombre de musulmans, sinon la majorité, rejettent l'islamisme, les salafistes et autres détraqués d'Allah.

— Oui. Mais qu'adviendrait-il si ces détraqués démontraient au monde entier et surtout au milliard deux cents millions de musulmans que la suprématie religieuse est de leur côté ?

Et comme Ruggles allait répliquer, Piccini, enchaîna :

— D'ailleurs, et là je soulève un point extrêmement important : il n'y a pas que dans les rangs de l'islam que sévissent les malades mentaux. On les retrouve aussi dans nos rangs, et particulièrement dans les *vôtres*, mon ami.

Le diplomate fit une moue interrogative.

— Oui, insista Piccini, j'ai bien dit dans les *vôtres*.

— Pouvez-vous être plus clair ?

— Que croyez-vous que proclament vos chrétiens fondamentalistes ? Ces « sionistes » chrétiens, futurs massacreurs de juifs ? Vous n'êtes pas sans connaître leur vision, j'imagine ?

— Je sais qu'ils estiment que la création de l'État d'Israël est en accord avec les prophéties bibliques.

— C'est tout ?

— Ils pensent aussi que la judaïsation des territoires palestiniens est une obligation divine. Où est le problème ?

Piccini secoua la tête d'un air affligé.

— Vous savez quel est le drame des politiciens ? Ils sont comme des touristes dans un musée, qui contemplent un tableau le nez collé contre la toile. L'ensemble leur échappe.

Le prélat développa :

— Mon cher, sachez donc que vos fameux « sionistes chrétiens » poursuivent un but précis. Pour eux, l'éradication des Arabes d'Israël a pour seule finalité de ramener Jésus sur terre, le faire définitivement reconnaître comme Messie et assurer le triomphe de Dieu sur les forces du mal à l'issue de l'apocalypse. Leur désir de rendre la Terre sainte aux juifs cache en vérité la volonté de les convertir. Pour ces gens, la conversion des juifs est un préalable au retour du Christ et à l'avènement de la fin des temps. À la tête de la London Society for Promoting Christianity among the Jews, fondée en 1808, un prêtre, le révérend anglican Lewis Way, fut le premier à populariser, notamment à travers son magazine *The Jewish Expositor*, l'idée qu'un retour des juifs en Palestine hâterait leur conversion et donc le retour sur terre du Christ.

Douglas Ruggles se mit à rire.

— Grand bien leur fasse. Chacun a le droit de délirer. Les États-Unis sont une grande démocratie où chacun est libre de s'exprimer. D'ailleurs, je ne vois vraiment pas quel est le lien entre ces chrétiens sionistes et les islamistes que nous évoquions.

— Vous ne voyez pas ? C'est pourtant une évidence : les uns comme les autres ne rêvent que d'effacer notre civilisation, et cette pensée humaine qui se veut libre et tolérante. Ces jeteurs de fatwa et ces chrétiens extrémistes poursuivent le même but : dominer le monde au nom de leur Dieu. Mais, en réalité, ils ne font que servir le diable, car qui voudrait de ce dieu qui s'abreuve du sang de ses créatures ? Reste à savoir lequel des deux l'emportera. Et quel que soit le gagnant, nous avons tout à perdre.

L'ambassadeur afficha un sourire condescendant.

— Permettez-moi de vous faire observer que, pour qu'existe une suprématie religieuse, une suprématie militaire est nécessaire. Je vais sans doute vous choquer, mais comment croyez-vous que le christianisme s'est répandu dans le monde, sinon par l'épée ?

Le cardinal répliqua sèchement :

— L'islam aussi, mon cher.

— Certes. Toutefois, à l'heure où nous parlons, les musulmans sont en sous-nombre et militairement le monde occidental a une longueur d'avance. Donc...

Le silence qui s'ensuivit dans le bureau du cardinal fut rompu par les cloches de la basilique.

Piccini se leva, marcha vers la fenêtre et demanda sans se retourner :

— Que pensez-vous de l'assassinat du Grand Rabbin de New York ?

— Une horreur.

— Mais encore ?

— Que dire de plus ? C'est sûrement le fait d'un minable petit cambrioleur. À moins qu'il ne s'agisse d'un antisémite.

Piccini se retourna, le visage grave.

— Et si je vous disais qu'il ne s'agit ni d'un cambrioleur ni d'un antisémite ?

— Ah ? Qui donc alors ? À ma connaissance, le FBI...

— Le FBI tourne en rond.

— Je...

Le cardinal annonça avec une soudaine fermeté :

— Nous savons qui a assassiné le Grand Rabbin.

— *Vous* ? sourcilla l'ambassadeur.

— Vous n'ignorez pas que le Saint-Siège possède des réseaux dans le monde entier. Nous ne sommes ni le Mossad ni la NSA, mais nous avons nos sources. Elles sont fiables, croyez-moi.

Le diplomate se pencha légèrement en avant, le visage tendu.

— Je vous écoute.

— Ce que je vais vous révéler est d'une infinie gravité.

Le cardinal joignit les mains comme en prière et commença…

***

New York, Washington Cemetery, Bay Parkway.

Une fine neige se mit à tomber.

Depuis combien de temps Tamara était-elle assise devant la sépulture de Menahem ? Une sépulture nue, sans pierre tombale qui, selon la tradition, ne devait être posée qu'un an après le décès.

La jeune femme serra les pans de son manteau contre sa poitrine, indifférente aux flocons qui blanchissaient peu à peu le paysage. Qu'espérait-elle en venant ici ?

« Je te demande pardon, ma petite-fille, pour tous les désagréments que je te cause, mais si je ne m'étais pas confié à toi, alors à qui ? Qui, dans mon entourage, eût été digne d'entreprendre une mission aussi sacrée ? Qui possède à la fois le courage et une science incomparable de la Torah, sinon ma Tamara ? Je t'ai enseigné tout ce que je sais. Et tout ce que je sais n'est rien en comparaison avec tout ce que tu apprendras encore. »

Elle eut envie de crier : « Je n'en suis pas digne ! Tu t'es trompé grand-père ! Ce courage que tu m'attribues, je ne le possède pas ! »

— J'étais sûr de te retrouver là !

Elle se retourna vivement et aperçut son père.

— Oui, répéta-t-il, j'en étais sûr.

Il lui tendit la main et l'aida à se relever.

— Voilà vingt-quatre heures que ta mère et moi essayons de te joindre. Ta messagerie doit être saturée de nos appels. Un jour de plus, et ta mère prévenait la police. Qu'est-ce qui se passe, ma chérie ?

Elle garda le silence.

Il la prit par la main.

— Ne restons pas là, nous allons attraper la crève.

Elle le suivit docilement.

— Comment as-tu su que j'étais au cimetière ?

— Allons, ma fille. N'avons-nous pas quelques gènes en commun ? Moi aussi, quand j'étais plus jeune, j'avais tendance à fuir, à m'isoler du monde.

Elle s'entendit murmurer :

— Je me sens perdue, papa.

Dan hocha la tête.

— Nous le sommes tous à un moment donné de notre vie. Ceux qui n'ont jamais connu le doute sont les gens immobiles.

Ils étaient arrivés à la porte du cimetière. Il s'arrêta et posa les mains sur les épaules de sa fille.

— Si tu me confiais ce qui te tracasse ? Je sais que la disparition de Menahem a été un grand coup, mais mon instinct me dit qu'il y a autre chose. Veux-tu m'en parler ?

« Pas un mot de cette lettre à qui que ce soit ; il est inutile de mettre d'autres personnes en péril. »

Elle mentit.

— Disons que je me trouve à un carrefour et que je m'interroge.

— Et je ne peux pas t'aider à choisir la bonne route ?

Elle fit non de la tête.

Il médita un bref instant.

— Je vais te raconter une petite histoire. Peut-être t'éclairera-t-elle ? Imagine que chaque matin, une banque t'ouvre un compte de quatre-vingt-six mille quatre cents dollars. Mais elle t'impose deux règles : tout ce que tu n'as pas dépensé dans la journée te sera enlevé le soir. Tu ne peux pas tricher ni virer cet argent sur un autre compte, tu ne peux que le dépenser, tout en sachant qu'au réveil la banque créditera à nouveau ton compte de quatre-vingt-six mille quatre cents dollars pour la journée. Deuxième règle, la banque peut interrompre ce « jeu » sans préavis ; à n'importe quel moment elle pourra te dire que c'est fini, qu'elle ferme le compte et qu'il n'y en aura pas d'autres. Alors, consciente de cette situation, que ferais-tu ?

Il ne laissa pas Tamara répondre et poursuivit :

— À mon avis, tu t'empresserais de dépenser chaque cent à te faire plaisir et à offrir quantité de cadeaux aux gens que tu aimes. Tu ferais en sorte d'utiliser chaque dollar pour apporter du bonheur dans ta vie et dans celle de ceux qui t'entourent. Or, mon trésor, cette banque magique existe : c'est le temps ! Chaque matin, au réveil, nous sommes crédités de quatre-vingt-six mille quatre cents secondes de vie pour la journée, et lorsque nous nous endormons le soir, il n'y a pas de report. Ce qui n'a pas été vécu dans la journée est perdu, hier n'est plus. Chaque matin, cette magie recommence. Nous jouons avec cette règle incontournable : la banque peut fermer notre compte à n'importe quel moment, sans aucun préavis et s'emparer de notre existence.

Il se tut à nouveau, fixa intensément Tamara et chuchota presque :

— Lorsque l'on se sent hésitant et perdu, mille questions nous assaillent. Ne t'en pose qu'une seule : que comptes-tu faire de tes quatre-vingt-six mille quatre cents secondes ?

***

Rome, ambassade américaine.

Le mobile de l'ambassadeur Douglas Ruggles vibra dans sa poche. Il manqua de le faire tomber en le récupérant. L'écran affichait : « Numéro inconnu. » Il décrocha.

— Hello, Douglas. Il fait beau à Rome ?

— Salut. Alors ? Tu as vérifié ?

— Oui. Il semble qu'il y ait du vrai dans le récit de ton cardinal. L'assassinat du rabbin n'est pas très... catholique, si j'ose dire.

L'interlocuteur de l'ambassadeur s'empressa de préciser :

— Rassure-toi, nous avons quelqu'un sur le coup.

— C'est-à-dire ?

— Pas au téléphone. Mais rassure-toi. Nous contrôlons la situation.

Il y eut un silence, puis l'ambassadeur observa :

— À un moment, j'ai cru que le cardinal débloquait. C'est quand même insensé, cette affaire. Ce serait donc possible ? Le... l'objet existe donc ?

L'homme au bout du fil éluda la question.

— Je dois te quitter, mon ami. Mais je te tiendrai au courant. Ciao !

Douglas Ruggles raccrocha à son tour et demeura un long moment songeur en haut des marches de la Piazza di Spagna.

Une histoire de dingues... Il devenait urgent qu'il se replongeât dans sa Bible.

***

New York, bureau de Scott Wallace.

— Ça y est, monsieur Wallace. Elle s'apprête à partir.

— Destination ?

— Jérusalem. Elle vient de commander son billet pour demain matin, sur le vol El Al 8064.

— Parfait. Vous connaissez les instructions ? On ne la touche pas ! On lui fout la paix et on la laisse nous mener tranquillement au but. C'est bien compris ?

— Parfaitement, monsieur.

Scott Wallace raccrocha.

Finalement, pensa-t-il, tout se passait mieux que prévu. Ce n'était plus qu'une affaire de jours, voire d'heures…

***

Pakistan, non loin de Peshawar.

Le corps tourné en direction de La Mecque, El-Mandouri acheva la quatrième prière de la journée, celle du coucher du soleil, *al-maghrib*. Il entreprit ensuite de rouler son tapis et de le ranger dans un petit coffre en bois ciselé.

Alors seulement, il se dirigea vers l'homme qui l'attendait patiemment à l'autre bout de la pièce.

— *Salam aleïkoum*, mon frère Sayed, déclara El-Mandouri. Je t'écoute.

— Nous avons reçu des informations toutes fraîches de nos amis de New York. La juive part demain pour Israël, elle…

— Qu'est-ce que tu viens de dire ? Elle part pour où ?

— Isra…

— De quel pays parles-tu ?

Le dénommé Sayed parut déstabilisé.

— Je…

Le cheikh fit un pas vers lui et le fixa avec une extraordinaire dureté.

— Tu voulais dire la Palestine, n'est-ce pas ?

Prenant conscience de son erreur, l'homme faillit s'évanouir.

— Oui, oui, pardon, maître, ma langue a fourché, je…

— Ta langue, elle finira en enfer ! N'oublie pas ceci : il n'y a jamais eu que la Palestine ! Il n'y aura toujours que la Palestine ! Ce pays que tu as mentionné est une illusion d'optique. Et comme toutes les illusions, celle-ci disparaîtra pour céder la place à la réalité. C'est clair ?

— Oui, maître, oui…

— À présent, reprenons… Tu disais que la juive partait demain…

— Pour la Palestine.

— Bien. Ce qui prouve que les mécréants qui ont cambriolé son appartement n'ont rien trouvé. Je suis rassuré.

— Pardon, maître, mais comment pouvez-vous être sûr qu'ils n'ont rien trouvé ?

El-Mandouri se mit à rire comme on rit d'un gamin.

— Parce que, mon cher Sayed, si c'était le cas, s'ils avaient mis la main sur le plan, à l'heure où je parle, les vers seraient déjà en train de se régaler de la dépouille de la juive. Tu connais le proverbe : « On ne mord pas la main qui vous caresse. » Or la juive nous caresse. Lentement, mais sûrement. Et ces caresses nous conduiront là où nous espérons aller.

À voir l'expression de Sayed, on devinait qu'il n'avait pas très bien saisi la métaphore. Mais peu importait. Le maître n'était-il pas l'Élu désigné par le Tout-Puissant ? L'homme qui mènerait les fils de l'islam à la victoire finale en brandissant le sceptre de Dieu retrouvé ?

11

Israël, aéroport Ben-Gourion, le lendemain.

Tamara passa le contrôle douanier, traversa le terminal 1 et, une fois à l'extérieur, héla un taxi.

— Jérusalem, annonça-t-elle. Hôtel Crowne Plaza.

Le chauffeur répondit par un large sourire. Ce n'était pas tous les jours qu'un client lui demandait de parcourir les cinquante et un kilomètres qui séparaient l'aéroport de la Ville sainte.

Tandis que la voiture s'ébranlait, Tamara ferma les yeux pour se laisser imprégner de l'atmosphère de cette terre miraculeuse où elle avait marché tant de fois dans les pas de son grand-père. Israël, berceau des trois religions monothéistes, l'un des lieux les plus chargés de l'histoire du monde, si petit et pourtant au centre de toutes les attentions ; si précieux qu'il enflamme toutes les passions. Rien qui pousse ici n'est remis au vent. Les cultures et les hommes fusent sur chaque parcelle, se croisent, s'entrechoquent, s'enrichissent pour composer un tableau aussi insaisissable que mouvant.

Menahem lui avait dit un jour : « Ma chérie, Israël ne se raconte pas. Israël se vit. » Et d'ajouter : « On ne vit pas à Jérusalem, Jérusalem vit en vous. »

Bien sûr, grand-père, mais je ne parviens pas à résoudre l'énigme de l'étoile.

Il leur fallut environ une heure pour entrer dans la cité de David et une vingtaine de minutes de plus pour se frayer un chemin dans les embouteillages jusqu'au sommet de Givat Ram, où se dressait l'hôtel, tout près du Palais des congrès international et à quelques pas du musée d'Israël.

Le Crowne Plaza n'avait rien d'une pension de famille : tour blanche d'une trentaine d'étages, apparence froide cachant à l'intérieur le luxe propre aux cinq-étoiles *made in USA.* Et pourtant, c'était exactement le cadre dans lequel Tamara se sentait à l'aise. Sans qu'elle puisse s'expliquer pourquoi, les hôtels de ce genre avaient le don de la sécuriser, bien qu'ils fussent à l'opposé de sa vision de la vie et de ses goûts simples.

Elle se présenta à la réception, s'enregistra, et avec l'aide d'un porteur, elle gagna sa chambre. Sans attendre, elle fonça sous la douche et y passa un long moment, laissant avec volupté les filets d'eau glisser sur sa peau. Alors qu'elle était en train de se sécher, la sonnerie du téléphone retentit.

Qui pouvait bien l'appeler ? Son père, sans doute. Il était le seul à savoir qu'elle se trouvait à Jérusalem : « J'ai besoin de me changer les idées. Changer d'air », avait-elle menti. Et il l'avait crue. Pourquoi en eût-il été autrement ?

Elle enfila un peignoir et alla décrocher.

— Ms Yanovsky ?

Ce n'était pas la voix de son père.

Hésitante, elle répondit par l'infirmative.

— Ici le concierge, reprit la voix. Quelqu'un vient de déposer un pli pour vous. Pouvons-nous vous le faire monter ?

— Un pli ?

Bizarre. Même Isabelle Boissard ignorait encore sa présence ici. Elle avait jugé plus discret de ne pas annoncer sa visite.

Elle insista :

— Vous êtes sûr qu'il est à mon intention ?

— Ms Tamara Yanovsky, c'est bien vous ?

Elle confirma.

— Très bien. Qu'on me le livre.

Alors qu'elle retournait dans la salle de bains pour se sécher les cheveux, on frappa à la porte.

À peine l'eut-elle entrouverte, qu'elle eut la sensation que le sol se dérobait sous ses pieds.

***

Quand elle ouvrit les yeux, elle fut prise d'un effroyable sentiment de panique. Aveugle ! Elle était aveugle ! Il lui fallut quelques secondes avant de comprendre que le lieu où elle se trouvait était totalement plongé dans le noir.

Elle était assise sur une chaise, les poignets liés derrière le dos, les chevilles entravées.

Depuis combien de temps ?

La dernière chose dont elle se souvenait était l'apparition de trois hommes. Elle n'avait pas eu le temps de pousser un cri avant que l'un d'eux ne lui enfonce une seringue dans l'avant-bras. Puis, ce fut le trou noir.

Or, à présent, elle sentait bien qu'elle ne portait plus son peignoir. On l'avait habillée. L'idée de mains étrangères se posant sur son corps dénudé lui donna la nausée. Comment ses agresseurs avaient-ils pu réussir à la sortir de l'hôtel, droguée, sans éveiller l'attention du personnel ?

L'avertissement de Stone lui revint en mémoire : « Tamara, vous êtes en danger. »

Il y eut un bruit de pas.

Elle cria :

— Qui êtes-vous ? Que voulez-vous ?

Le cliquetis d'une clef qui tourne dans une serrure. Le grincement à peine audible d'une porte qui pivote sur ses gonds.

La lumière jaillit, inondant la pièce d'un jaune sale.

Tamara cligna des yeux.

Deux hommes se tenaient devant elle. Le premier, le crâne chauve, un peu voûté, s'approcha.

— Désolé de vous avoir quelque peu bousculée. Nous n'avions guère le choix.

Il s'était exprimé d'une voix impersonnelle et dans son regard bleu flottait une lueur glaciale. Un petit objet métallique luisait sur son thorax. Une minuscule croix en or. Une croix ?

Elle réitéra sa question :

— Que voulez-vous ?

L'homme la fixa longuement.

— Vous n'êtes pas ici pour faire du tourisme, Ms Yanovsky.

— Ici, comme vous dites, je suis chez moi.

Les lèvres de l'homme formèrent un rictus.

Il répliqua :

— Nous sommes tous chez nous ici. Personne n'a le monopole de cette terre. Mais peu importe !

Il fit un signe à son acolyte. Aussitôt, celui-ci fit jaillir une cordelette en cuir de sa poche, avança d'un pas vers Tamara et, en un éclair, glissa la cordelette autour de son cou.

— Vous… Vous êtes fous ! hurla-t-elle en se débattant sur sa chaise.

L'homme leva les yeux au ciel et soupira :

— Vous allez mourir, Ms Yanovsky. C'est triste. Mais c'est ainsi.

Il poursuivit comme s'il se parlait à lui-même :

— La mort, voyez-vous, la mort nous attend tous, après avoir passé un temps médiocre à vivre. Et ce résultat final est le même pour tous, riches ou pauvres. Quand on y réfléchit bien, le laps de temps qui sépare la vie de la mort est infiniment court. Que représente la durée d'une vie humaine à l'échelle de l'éternité ? Vous êtes juive, hélas… Vous ne pouvez pas comprendre ce qu'est la mort en Jésus-Christ Notre Seigneur.

— Mais vous délirez ? Libérez-moi ! hurla-t-elle.

— Savez-vous que le mot *mort* et le verbe *mourir* sont cités cent soixante-dix-neuf fois dans la Bible ? Nous, chrétiens, nous nous réjouissons que cette mort physique ait été vaincue par Jésus. Le Seigneur a mis en nous la pensée de l'éternité.

Il caressa la joue de Tamara et enchaîna d'une voix qui se voulait affligée :

— Vous avez peur, n'est-ce pas ? Vous êtes terrorisée. Ne me dites pas non. Je le vois bien. C'est normal. Vous êtes juive. La crainte qu'éprouvent les non-convertis tels que vous et qu'ils cachent est entièrement fondée. Savez-vous pourquoi ? Parce qu'ils n'ont pas d'assurance, ils ne savent ni d'où ils viennent, ni où ils vont, ils sont égarés, loin de Dieu. Je vous plains, Ms Yanovsky.

Un cauchemar… je vais me réveiller, songea Tamara.

L'homme lui demanda :

— Savez-vous comment se produit une mort par strangulation ? Je vais vous expliquer : l'excitation du nerf laryngé et du sinus carotidien entraîne une syncope cardio-inhibitrice puis une anoxie cérébrale. L'anoxie cérébrale débute rapidement, suivie d'une perte de conscience immédiate. Un œdème cérébral se développe par acidose et pérennise la souffrance cérébrale. Il…

— Taisez-vous ! cria Tamara, au bord de l'hystérie. Vous êtes un sadique !

L'homme resta de marbre, puis du pouce il dessina une croix sur le front de la jeune femme.

Elle l'entendit qui récitait en latin :

— « Je vous adore, Dieu caché et omniprésent. Toute force s'évanouit devant toi. Toute puissance s'incline. »

Il pivota sur ses talons et ordonna à son compagnon :

— Tue !

Tamara, les yeux exorbités par la terreur, sentit le cuir s'enfoncer dans la peau de son cou.

Elle ne pouvait plus hurler. Juste émettre quelques borborygmes, tout en essayant de happer un peu d'air, bouche entrouverte, comme un poisson sorti de l'eau. Elle allait mourir. Mourir bêtement. Sans même savoir qui était en train de l'assassiner, ni pourquoi.

Elle entrevit le visage de Menahem comme dans un songe. Dans le lointain, elle crut entendre deux bruits secs, un peu comme des claquements de porte ; ce fut l'ultime perception qu'elle emporta avec elle avant de sombrer dans l'inconscience.

Les questions sans réponse immédiate continuent de creuser leurs galeries dans le cerveau jusqu'à ce qu'elles aient trouvé leurs solutions. La légende veut que de grands mathématiciens aient résolu certains problèmes dans leurs songes. Les rêves mystérieux du pharaon que Joseph avait déchiffrés furent d'ailleurs à l'origine de la fortune de l'Hébreu.

Mais Tamara n'était pas la fille de Jacob, et elle se sentait incapable de décrypter la situation.

Alan Stone ? Ici ? Devant elle ? Car nul doute qu'il s'agissait bien de lui qui l'observait d'un air grave. Un mirage, sûrement ?

Pourtant, elle sentit qu'il glissait un bras autour de ses épaules et la soulevait avec précaution.

— Tout va bien, dit-il.

Elle battit des paupières. Chercha à scruter la pièce. Où étaient donc passés ses agresseurs ? Là, deux corps étendus. Inertes.

Elle bredouilla :

— Ce… c'est vous qui…

— C'est moi qui… oui.

— Que… comment… ?

— Pas maintenant. Vous vous sentez en état de marcher ?

Elle opina et, aidée par l'agent, elle se redressa lentement.

— Venez, ordonna-t-il, foutons le camp d'ici.

***

Jérusalem, hôtel Crowne Plaza.

Assise dans sa chambre, Tamara examinait Stone comme si elle le voyait pour la première fois.

— À présent, demanda-t-elle, si vous m'expliquiez…

En guise de réponse, il répliqua :

— Faites votre valise. Nous devons foutre le camp. Vous êtes en danger ici. Ceux qui ont tenté de vous tuer ne vont pas tarder à revenir à la charge. Et cette fois…

— Je ne bougerai pas d'ici avant que vous ne m'expliquiez ! Je veux savoir ! Par quelle diablerie êtes-vous arrivé ici ?

Il insista :

— Je vous en conjure, le temps presse. Vous devez…

Elle se buta.

— Je veux savoir !

— C'est pourtant simple, Tamara ! Je vous l'ai dit plusieurs fois, j'ai toujours été convaincu que le meurtre de votre grand-père n'était pas un acte antisémite, et encore moins le fait d'un quelconque groupuscule terroriste arabe. Les événements m'ont prouvé que j'avais raison. D'abord, il y a eu ce type qui vous pistait à Flushing Meadow, ce Al-Hazmi. Son assassinat et…

— J'y ai repensé, c'était peut-être une coïncidence…

— Vous qualifiez de coïncidence un islamiste, membre d'al-Qaida, qui suit une femme dont le grand-père, Grand Rabbin de New York de surcroît, a été défenestré ? Coïncidence aussi que ce même type ait été égorgé ? Coïncidence que l'appartement de ce même rabbin soit cambriolé ? Coïncidence que le cambriolage de votre propre appartement, coïncidence votre kidnapping ? Rassurez-moi, Tamara, vous jouez à Blanche-Neige, ou votre quotient intellectuel n'est pas celui que je crois ? Vous…

— Je ne vous permets pas…

— Vous vouliez en savoir plus, alors écoutez-moi jusqu'au bout.

Impressionnée par la dureté du ton, elle baissa les yeux.

— Primo, depuis cette série de… coïncidences, vous imaginez bien que nous avançons dans votre ombre. J'ai donné des ordres dans ce sens. Non pour vous espionner, mais pour vous protéger. Soit dit en passant, vous auriez pu m'avertir de votre décision de vous rendre en Israël.

— Pourquoi l'aurais-je fait ? Donnez-moi une bonne raison ?

— Tout simplement parce que je croyais que vous aviez compris que j'étais dans le camp des gentils. Mais peu importe ! Un de mes collègues qui travaille à la

CIA, un ami très cher, a, depuis peu, ses entrées à la NSA.

— La NSA ?

— La National Security Agency, l'agence chargée de la sécurité du territoire des États-Unis.

Il poursuivit :

— Cet ami m'a transmis une information qui est venue confirmer mon hypothèse. Avez-vous entendu parler du réseau Échelon ?

Elle fit non de la tête.

— « Échelon » est un nom de code utilisé pendant de nombreuses années par les services de renseignements des États-Unis pour désigner une base d'interception des communications transitant par des satellites commerciaux. Par extension, le réseau Échelon désigne le système mondial d'interception des communications privées et publiques, élaboré par les États-Unis, le Royaume-Uni, le Canada, l'Australie et la Nouvelle-Zélande. C'est un réseau global, appuyé par des satellites artificiels, de vastes bases d'écoutes, qui intercepte les télécopies, les communications téléphoniques, les courriels et, grâce à un puissant système d'ordinateurs, est capable de trier en fonction de certains termes les communications écrites et, à partir de l'intonation de la voix, les communications orales.

Il continua, imperturbable :

— Bien que plusieurs autres pays aient mis en place des systèmes similaires, Échelon reste aujourd'hui le plus puissant réseau d'écoutes au monde.

— Vive la démocratie !

Stone reprit :

— Ce matin même, l'ami en question m'a fait part d'une conversation téléphonique qui a eu lieu entre l'ambassadeur des États-Unis à Rome et une personnalité que je ne nommerai pas, qui occupe une fonction importante au sein de la CIA. La teneur de leur échange est apparue suffisamment troublante pour que mon ami m'en fasse part. Il y était question du meurtre de votre grand-père et d'un objet énigmatique. Malheureusement, mon interlocuteur n'a pas été capable de me préciser de quel objet il s'agissait.

Il posa sur Tamara un regard appuyé :

— Vous devez certainement en avoir une petite idée, j'imagine ?

Elle répliqua :

— Pas la moindre…

— Bien sûr.

— Dites-moi plutôt pour quelle raison votre ami vous communique ces informations qui sont, je suppose, secret-défense ? Par plaisir ?

— Non, ma chère, tout simplement parce que je l'ai chargé de me transmettre toute allusion à l'assassinat de votre grand-père.

— Il doit beaucoup vous apprécier, cet ami, pour prendre de tels risques.

Stone sourit.

— Énormément. À la longue, vous verrez que vous aussi vous me découvrirez des qualités.

— Vous m'avez sauvé la vie, c'en est déjà une. Mais comment avez-vous su que je me trouvais à Jérusalem ?

Prenant le ciel à témoin :

— Décidément, vous n'avez rien retenu. Je viens de vous expliquer que vous étiez sous surveillance ! Nous observons tous vos faits et gestes.

— Mon téléphone est aussi sur écoutes, j'imagine ?

— À votre avis ?

Une lueur de colère passa dans le regard de Tamara.

— Vous êtes vraiment des…

Il posa l'index sur les lèvres de la jeune femme, la forçant à se taire.

— Chut… ne dites rien que vous pourriez regretter. Et permettez-moi de constater que vous faites preuve d'une belle ingratitude. Je poursuis ou non ?

Sans attendre la réponse, il enchaîna :

— Dès que j'ai appris que vous partiez, je vous ai emboîté le pas. Je venais d'arriver devant l'hôtel lorsque je vous ai vue sortir en compagnie de vos ravisseurs.

Éperdue, Tamara se prit la tête entre les mains.

— Avez-vous une idée de leur identité ?

— J'avoue que non. Et leur attitude brouille terriblement l'hypothèse à laquelle j'étais parvenu.

— Laquelle ?

— Je pense que nous sommes en présence de deux groupes rivaux qui sont à la recherche de ce fameux objet évoqué par l'ambassadeur. Ne l'ayant pas trouvé dans l'appartement, ils sont persuadés qu'il a été mis à l'abri par votre grand-père et que vous seule savez où. Ils espèrent donc que vous les y mènerez.

— Pourquoi parlez-vous de *deux* groupes ?

— Pourquoi aurait-on tué cet islamiste, si ce n'est parce que ses assassins poursuivaient le même but que lui et qu'il représentait un danger à leurs yeux ?

Elle réfléchit quelques secondes, puis :

— Quelque chose ne colle pas, dit-elle. Si je savais où était caché cet objet dont j'ignore tout, pour quelle raison aurait-on voulu me supprimer ? C'est stupide ! Une fois morte, je devenais inutile.

— Peut-être voulaient-ils seulement vous faire parler ?

— Non. Non ! Je peux vous assurer que non. Ils m'ont interrogée, certes, mais guère longtemps et sans conviction. S'ils avaient vraiment voulu me faire parler, ils y seraient parvenus. Leur but était clairement de se débarrasser de moi. J'en suis convaincue.

— C'est bien pourquoi je disais que mon hypothèse est brouillée. Il y aurait donc un troisième élément qui serait prêt, lui – à la différence des deux autres –, à vous éliminer ?

Il se tut, marcha vers la fenêtre et nota :

— Étonnant.

— Quoi donc ?

Il revint vers Tamara.

— Vous venez de déclarer que vous ne saviez rien à propos de cet objet, et voilà que vous admettez que vous auriez parlé sous la pression.

Elle se renfrogna.

— Libre à vous de croire ce qu'il vous plaira.

— Bien sûr. À présent, faites votre valise. On décampe.

— On ? Vous comptez m'accompagner ?

— Que cela vous plaise ou non, vous n'avez pas le choix.

— Vous oubliez que je suis une grande fille et…

— Tamara… voulez-vous arrêter de parler ? Nous n'avons que trop traîné. Venez !

— Et où allons-nous ?

— Dans un endroit sûr.

— Où ?

Il explosa :

— Stop ! Vous allez la fermer. Vous commencez vraiment à me courir ! Préparez-vous !

— Je n'irai nulle part avant d'avoir rencontré la personne que je suis venue voir.

— Qui ça ?

— Une amie qui travaille à l'École biblique et archéologique française de Jérusalem. Elle est la raison de ma présence ici. Je ne me suis pas tapé tout ce voyage pour rien. C'est à prendre ou à laisser !

Les traits d'Alan Stone virèrent au blanc. Il toisa la jeune femme un moment avant de laisser tomber :

— Vous savez quoi, mademoiselle Yanovsky ? Vous m'emmerdez !

12

Langley, Virginie, bureau de la CIA.

Depuis bientôt cinq ans que Sidney Vanderberg était à la tête de l'Agence, jamais il n'avait entendu autant d'âneries de la bouche de l'un de ses subalternes. En l'occurrence de celle de Mike Panetta.

Des groupuscules seraient à la recherche du… sceptre de Dieu ? Le bâton qui aurait servi à Moïse pour fendre les eaux de la mer Rouge ? Rien que ça ? Et quoi encore ? Et par-dessus le marché, ce serait la petite-fille du Grand Rabbin Yanovsky qui connaîtrait l'endroit où son défunt grand-père aurait planqué ce trésor ? À ce micmac se greffait une sombre histoire de fanatiques venus d'on ne sait où et qui chercheraient à s'en emparer ? Dans quel monde vivions-nous ?

Vanderberg poussa un profond soupir.

— Dites-moi, Mike, avez-vous toute votre tête ? Ne me dites pas que vous croyez un seul mot de cette fable ? Je vous en prie, rassurez-moi !

Mike Panetta écarta les mains avec fatalité.

— Pourtant, monsieur, les faits sont là.

— Les faits ? Quels faits ? Où croyez-vous que nous soyons ? À Disneyland ? Chez Spielberg en train de rejouer une nouvelle version d'*À la recherche de l'Arche perdue* ? Vous déraillez totalement, ma parole ! Vous êtes juif, bien entendu.

L'affirmation fit sursauter Panetta.

— Pardon, monsieur ?

— Pour croire à ces fadaises, Moïse et tout ce tralala, vous devez être juif, non ?

— Non. De par mes origines italiennes, je suis catholique.

Le directeur de l'Agence croisa les mains.

— Peu importe ! Juif, chrétien, musulman, sachez que je n'appartiens à aucun des trois camps. Et pour tout vous dire, et sans vouloir vous offenser, ces histoires m'ennuient copieusement. Non pas que je ne m'y sois jamais intéressé, bien au contraire. Je m'y suis plongé, beaucoup trop. Au point de m'y noyer. Oh oui ! Des jours et des nuits durant. Mon père faisait partie de ces cathos invétérés qui croyaient dur comme fer à ces balivernes. Et rien que pour le contrarier, j'ai cherché à lui prouver qu'il ne détenait pas la vérité. J'en ai lu, des bouquins ! Au bout du compte, qu'ai-je constaté ? Un sacré foutoir.

Il cita :

— Jésus est-il né l'année zéro ? Non, en moins 7 ! Le 25 décembre ? Non, à Pâques, en avril ! Hérode a-t-il ordonné le massacre des Innocents ? Non, Hérode est mort en l'an moins 4, et si Jésus est né en l'an zéro, ça ne colle pas ! *Bullshit!* Marie était-elle vierge ? Jésus avait-il des frères et sœurs ? Quelle importance ? Et je ne vous parle pas des invraisemblances ! Les Hébreux esclaves pendant plus de deux siècles en Égypte ? Foutaises ! Je vous mets au défi de trouver une seule inscription sur les murs des temples, ou un seul papyrus qui atteste leur présence sous un quelconque pharaon. La plus grande fête musulmane est l'Aïd-el-Kébir qui commémore le sacrifice d'Abraham avec son fils... Ismaël ! Or la Genèse nous dit qu'il s'agit de son fils Isaac ! Je vous fais grâce du reste... Alors, vous comprenez, cette histoire de bâton...

Un silence lourd pesa dans le vaste bureau où flottait sur fond bleu, sentinelle virtuelle, l'aigle dominé par les trois mots : Central Intelligence Agency.

Panetta se racla la gorge.

— Monsieur, je comprends parfaitement votre scepticisme, et, au risque de vous surprendre, je le partage. Néanmoins, permettez-moi une question : le 15 novembre 1989, auriez-vous jamais cru que, quarante-huit heures plus tard, le mur de Berlin s'effondrerait ? Et...

Vanderberg ricana.

— Je ne vois vraiment pas le rapport !

— En 1912, si vous aviez assisté au départ du *Titanic*, considéré par tous comme étant insubmersible, auriez-vous imaginé qu'il coulerait corps et biens quelques jours après ? Plus impensable encore : quatorze ans avant le drame, un écrivain, Morgan Robertson, publiait *Le Naufrage du « Titan »*. Savez-vous ce que racontait l'histoire ? Comment, lors de sa première traversée de l'Atlantique, un navire de 75 000 tonnes, fonçant à travers le brouillard à la vitesse de quinze mètres par seconde, s'encastre dans un iceberg en plein brouillard, au large de Terre-Neuve. Lequel d'entre nous aurait pu imaginer qu'un matin de septembre 2001 deux avions fonceraient contre les tours du World Trade Center ? Je pourrais vous citer ainsi toute une série d'événements qui, a priori, appartiennent au domaine de l'inimaginable. Par conséquent, pourquoi ne pas laisser la place au doute ?

Sidney Vanderberg tira un havane de son tiroir. Il en sectionna le bout avec ses dents et le porta à ses lèvres.

— J'ai arrêté de fumer depuis trois ans, crut-il bon de préciser devant l'expression perplexe de son interlocuteur. Mais ça me calme…

Il resta un moment méditatif, les yeux rivés au plafond, puis :

— Que savons-nous de ce cardinal… Ce Piccini.

Mike Panetta répliqua sur un ton récitatif :

— Né en 1946, à Fossarmato, en Lombardie. Son enfance est marquée par son père officier de gendarmerie et fervent pratiquant catholique, viscéralement hostile aux fascistes qu'il considérait comme des « criminels ». Ordonné prêtre en 1985 dans le diocèse de Pavie, il a passé un doctorat de droit canon à l'Université pontificale grégorienne. Nommé secrétaire de la congrégation pour les Évêques avec le titre d'archevêque en mai 1986, il est consacré le 26 juin suivant par le pape Jean-Paul II en personne. Le 30 février 1990, il est élevé au cardinalat. Depuis 2005, il était le conseiller personnel de Benoît XVI. Il œuvre désormais aux côtés du pape François. Esprit ouvert et érudit, c'est lui qui aurait soufflé au pape de renoncer au titre de « patriarche de l'Occident », afin de se rapprocher notamment des chrétiens orthodoxes.

Sidney Vanderberg grommela :

— Que savons-nous encore ?

— C'est aussi Piccini qui a conseillé au pape de se rendre à Auschwitz, visite hautement symbolique du fait de la nationalité allemande du souverain pontife et de rencontrer, lors de son voyage aux États-Unis en 2008, la communauté juive de New York. Il n'est pas impossible que ce soit aussi sous son influence que le pape ait décidé, voilà quelques années, de se recueillir au mémorial de Yad Vashem, où il a prononcé le mot tabou de « Shoah » et parlé sans ambiguïté, une fois n'est pas coutume, des « six millions de juifs » assassinés par les nazis, concluant que leurs camps d'extermination étaient des « symboles de l'enfer sur la terre ».

— Voilà qui nous change des esprits poussiéreux et obtus auxquels le Vatican nous a habitués depuis des siècles !

— Je ne vous le fais pas dire. C'est l'une des raisons qui m'encourage à accorder foi à ses propos.

Vanderberg mâchonna nerveusement le bout de son cigare.

— Quelque chose m'échappe, et c'est un euphémisme. Imaginons que ce… truc… ce machin… existe bien. Pouvez-vous me donner une raison valable, une seule, pour laquelle nous devrions nous emmerder à mettre la main dessus ? Cette… chose n'a de valeur que pour un musée, et encore ! Alors, pourquoi ce remue-ménage ? Pourquoi ces types s'entretuent-ils pour le récupérer ? Pouvez-vous m'éclairer ?

Panetta se redressa légèrement avant de répondre.

— Si le bâton de Moïse existe, alors, confrontées à lui, nos ogives nucléaires feraient figure de vulgaires pétards tout juste bons à célébrer Halloween.

— Vous plaisantez, Mike…

— Pas du tout. Celui qui détiendra ce bâton détiendra la puissance absolue.

— Un bâton… La puissance absolue… Pourriez-vous me faire la grâce de décoder ?

En quelques mots, Mike décrivit l'épopée du sceptre.

— Joli conte. Mais il ne me dit toujours pas pourquoi ce machin serait doté d'une quelconque puissance.

— Alors, rétorqua Panetta, concentrez-vous quelques secondes et essayez de visualiser un objet, ciselé avant l'aube de la création par le Créateur lui-même. Une bombe, puissance cent mille milliards.

Il y eut un long silence. Manifestement, le directeur de la CIA semblait en proie à des pensées contradictoires.

— Vous avez bien dit que la petite-fille du rabbin Yanovsky pourrait détenir la clef de l'affaire ?

— En effet. Tout porte à croire que son grand-père lui aurait laissé des indications.

— Alors, pourquoi ne pas tout simplement l'interroger ? Convoquez-la et l'affaire sera réglée.

— Pas si évident. Si elle est réellement au courant, rien au monde ne la fera parler. Et je nous vois mal nous livrer à une séance de torture comme du temps de notre précédent président. Depuis Guantánamo et le scandale de la prison d'Abou Ghraib, ne…

Vanderberg gronda :

— Ah ! Pitié ! Ne me cassez pas les couilles avec ces histoires de droits de l'homme ! Ces mecs étaient des terroristes, des putains de terroristes !

— Ce que Mlle Yanovsky n'est pas, jusqu'à preuve du contraire.

— OK ! Que proposez-vous ? Que nous la filions ?

Mike se racla la gorge.

— C'est déjà fait, monsieur.

— Ah bon ?

— Un agent lui colle aux basques.

— Un agent ?

— Alan Stone.

— Il travaille dans lequel de nos services ?

— Aucun, monsieur. Il bosse pour le FBI.

Le directeur crut avoir mal entendu.

— Voulez-vous répéter ?

— Alan Stone est un agent du FBI. C'est un de mes plus proches amis. Un frère.

— Et pourquoi diable serait-il sur une affaire qui nous concerne ?

— Parce qu'il était sur le coup bien avant que nous n'ayons eu vent de ce qui se tramait. En fait, depuis l'assassinat du Grand Rabbin. Il a tout de suite flairé que quelque chose se cachait derrière cette histoire. Il n'a jamais cru que la mort de Yanovsky était le fait d'un vulgaire cambrioleur. Et puis, il y a eu le meurtre de cet islamiste, Al-Hazmi, et la visite de l'appartement de Tamara Yanovsky. Mais ce n'est pas l'essentiel.

Il marqua une courte pause avant de préciser :

— Stone a acquis la confiance de mademoiselle Yanovsky, c'est un atout important pour nous.

— Vous êtes conscient, j'imagine, que cette démarche n'est pas très régulière. Ce serait plutôt l'un de nos agents qui devrait prendre en main cette enquête. Qu'est-ce qui vous arrive, mon cher Mike ? Vous perdez les pédales, ou serait-ce le bâton qui commence à faire effet sur vos cellules ?

— Non, monsieur, ni l'un ni l'autre. J'ai pensé que Stone pouvait agir en toute discrétion et qu'il était inutile – pour l'instant du moins – d'ameuter la maison.

— Ah bon ? Et pourquoi donc ?

Panetta esquissa un sourire.

— Puis-je vous renvoyer à la réaction que vous avez manifestée lorsque je vous ai parlé de l'affaire ? Il serait quelque peu embarrassant de mettre en branle l'organisation pour nous apercevoir à la sortie que ce n'était qu'une fable. Vous ne croyez pas ?

Le directeur fit disparaître son cigare dans sa poche et éluda la question.

— Où est Stone en ce moment ?

— Aux dernières nouvelles, à Jérusalem. Avec la jeune femme.

— Et ?

— Rien de plus. Si ce n'est que grâce à lui nous connaîtrons tous les faits et gestes de Tamara.

— Très bien. Je veux bien jouer le jeu, mais à une condition : je dois être tenu au courant du moindre nouveau détail de l'affaire. Suis-je clair ?

— Très clair, monsieur.

Panetta se leva, salua, prêt à se retirer. Au moment où il atteignait la porte, la voix de son supérieur claqua :

— Prenez garde, Panetta ! L'ambassadeur, le cardinal, Stone, vous et moi, voilà qui fait beaucoup de monde au courant de cette histoire. Y aurait-il quelqu'un d'autre ?

— Non. Pas à ma connaissance.

— Alors faites en sorte que la liste des initiés s'arrête là… Nous ne voulons pas nous ridiculiser, n'est-ce pas ?

***

Pakistan, au même moment.

Le cheikh El-Mandouri ricana :

— Les Américains sont encore plus bêtes que le reste du monde occidental. Non seulement, ils n'ont jamais rien compris militairement à l'Orient, mais ils pensent que, parce qu'ils sont les plus forts, ils auront toujours raison. Regardez quel souk ils ont déclenché en Irak, en Afghanistan, et en Asie ! Faites-leur confiance : partout où ils interviendront, ils mettront le chaos !

— Finalement, demanda une voix, quel est, selon toi, notre plus grand ennemi ?

— Bonne question, mon ami. Il y en a trois. Numéro un, Israël et les Américains. Numéro deux, nos propres frères arabes – incompétents, analphabètes, idiots et veules, incapables de s'unir. Numéro trois, l'Occident à la botte des États-Unis.

Le cheikh prit une brève inspiration et développa :

— Un être humain change au cours de sa vie. Il se détraque lentement, certes. Son estomac, son cœur, ou bien ses reins ou sa prostate se fatiguent. Les groupes humains changent aussi. À la fin du XXe siècle, l'Irak, par exemple, n'était plus le même sous Saddam que sous Noury el-Saïd, surtout après la guerre fratricide contre l'Iran ; les gens y chuchotaient plus souvent qu'ils ne parlaient, et c'était la raison pour laquelle le niveau sonore des télévisions et des radios était si élevé dans le pays ; non que les Irakiens fussent sourds : en fait, ils allumaient télés et radios pour parler. Un quart de siècle avait suffi à leur faire comprendre qu'ils étaient en guerre, et pour longtemps. Et pas seulement avec l'Iran, mais avec le monde entier. En Syrie, on feint la sérénité, ce qui est relativement facile à la condition qu'on ne fasse pas de politique. Tout individu se mêlant du bien public est, en effet, soupçonné automatiquement d'être un séditieux, un hypocrite et un agent de l'ennemi. Quel ennemi ? Nul ne le sait. Sous le régime de Hafez el-Assad, le monde était peuplé d'ennemis : les Israéliens, bien sûr, mais aussi les Jordaniens, les Libanais, les Saoudiens, les Iraniens, les Russes, les Américains. Si des Martiens avaient atterri à Damas ou Alep et osé déambuler dans les rues, ils auraient été immédiatement appréhendés, incarcérés et torturés, aux fins d'avouer les projets de complot galactique contre le régime.

Les dix personnes présentes autour du cheikh écoutaient religieusement les propos du maître. Il y avait là des Saoudiens, des Yéménites, des Égyptiens, des Syriens. Personne n'eût imaginé l'interrompre. Tous savaient combien le maître aimait discourir sur l'état du monde et l'histoire des Arabes.

Il fixa un point invisible, songeur, et poursuivit :

— En dépit des guerres, des morts, des clameurs, les Palestiniens, eux, n'ont pas fait avancer leur cause d'un iota. Non seulement ils restent sans terre et sans État, mais encore ils sont affaiblis par la division entre Fatah et Hamas. Cette division est le seul changement dans leur situation. Des imbéciles. Semblables à leurs frères arabes. Et voyez le Liban… Le gouvernement de Hariri était comparable à une chaise plantée au bord d'un précipice : une seule quinte de toux de son occupant et elle basculait dans l'abîme. Et la chaise a basculé. La Libye, elle, a-t-elle vraiment changé ? Nullement. Ses troupeaux, ses tribus, ses clans, ses chameaux et ses points d'eau sont les mêmes qu'il y a deux mille ans. Sauf dans les villes côtières, comme Tripoli ou Benghazi. Quant à l'Égypte, rêvant de démocratie à l'instar de la Tunisie, elle n'a fait que sombrer. Son peuple est à bout de souffle ; il suffoque sous les régimes militaires. Un jour viendra. Quand ? Seul Allah le sait. Mais je peux vous jurer que le monde arabe changera, il se transformera et saura rendre coup pour coup à ses agresseurs.

Il y eut un temps de silence. On entendait au loin le vent qui s'était levé dans les plaines.

Il conclut :

— Les héritages de la Grande Guerre de libération du début du siècle ne furent pas ceux qu'on aurait escomptés. Les plus éclairés d'entre nous avaient compris qu'il n'y aurait pas de grande victoire à espérer, de ces victoires fracassantes comme on en voit dans les livres d'images et les films, où des ennemis en armures splendides caracolent à l'assaut de citadelles.

L'islam était à genoux. Mais un homme, un saint homme, s'apprête à le relever, aussi grand et noble que le fut notre défunt frère, Oussama, que son âme repose en paix.

— Que son âme repose en paix, répéta en chœur l'assistance.

— Aujourd'hui, nous est venu un nouveau sauveur : Abou Faraj. L'étendard d'Allah. Nous marcherons dans ses pas jusqu'à la victoire.

— Jusqu'à la victoire ! s'exclama une voix, à laquelle les autres voix firent écho.

El-Mandouri enchaîna :

— À présent, revenons à l'essentiel, au seul but qui nous unit : abattre l'Américain, ce suppôt de Satan, et remettre de l'ordre dans le désordre.

Il se tut, fourragea dans sa barbe, avant d'annoncer, le ton grave :

— Vous n'êtes pas sans savoir que nous avons découvert l'existence d'un groupe rival qui tente, lui aussi, de s'approprier la Main de Justice. Ce matin même, ils ont enlevé la juive alors qu'elle venait de s'installer dans sa chambre d'hôtel.

Un murmure horrifié s'éleva dans la pièce.

Quelqu'un se récria :

— Allah nous garde ! Qui sont ces mécréants ?

— Nous n'en savons rien. Pas encore, du moins. Mais, rassurez-vous. À l'heure qu'il est, notre équipe fait le guet devant l'immeuble où ces roumis l'ont emmenée. Cependant, ils ont ordre de ne pas agir.

— Mais, maître, ne craignez-vous pas qu'ils la fassent parler ?

Un petit rire sardonique secoua El-Mandouri.

— Mon frère, de deux choses l'une. Dans le cas où la fille garde le silence, nous ne changerons rien à notre stratégie. Nos pas continueront de marcher dans les siens. Dans le cas contraire, le secret aura changé de propriétaire. Et nous continuerons d'appliquer la même stratégie : le laisser nous mener au but. Une fois celui-ci atteint, le dépositaire du trésor maudira jusqu'au jour de sa naissance.

Il ferma les yeux et cita une sourate :

— « Et votre Seigneur dit : "Appelez-Moi, je vous répondrai. Ceux qui, par orgueil, se refusent à m'adorer entreront bientôt dans l'enfer, humiliés." »

Quelqu'un risqua :

— Et si les impies tuaient la juive ?

— Impensable. Ce sont des païens, mais ils ne sont pas fous. Et seul le fou coupe l'arbre qui lui donne de l'ombre.

À l'extérieur, le vent avait redoublé de violence.

***

Jérusalem.

L'École biblique et archéologique française de Jérusalem était située Nablus Road, à quelques pas d'une église du Ve siècle adossée au cimetière El-Sa'ira. Construction de pierres, à la fois sobre et massive, il s'en dégageait une atmosphère de calme et de sérénité.

À peine la Honda de location de Stone s'immobilisa-t-elle qu'il ordonna à la jeune femme :

— Vous ne sortez pas avant que je ne vous y autorise.

Il ouvrit la portière et, une fois à l'extérieur, il scruta d'un œil méfiant les alentours.

Il invita alors Tamara à le rejoindre et la saisit aussitôt par le bras.

— Qu'est-ce que vous faites ? protesta-t-elle. Je suis assez grande pour traverser la rue toute seule !

— *Shut up!* Vous ferez ce que je dis. Désormais nous appliquerons *mes* règles. OK ?

Elle lui décocha un regard noir et accéléra le pas.

Un instant plus tard, ils arrivaient devant un portique de sécurité surveillé par deux militaires en armes.

Tamara déposa son sac dans un plateau en plastique et franchit le portique. Alors qu'elle se dirigeait vers le bureau d'accueil, un éclat de voix la stoppa net. Elle se retourna et aperçut Stone en pourparlers avec les militaires de faction. Il montrait une carte plastifiée à l'un des gardes. Celui-ci l'examina attentivement, puis, d'un hochement de tête, il invita l'agent à contourner le portique.

— Qu'est-ce qui vous vaut cet honneur ? s'étonna Tamara.

Stone palpa l'intérieur de sa veste.

— Beretta M9. J'ai préféré prendre les devants.

Elle haussa les épaules et se dirigea vers le préposé installé derrière le bureau d'accueil.

— Chalom. Mon nom est Tamara Yanovsky. Pouvez-vous annoncer à Isabelle Boissard que je suis là ?

L'homme détailla la jeune femme d'un air suspicieux.

— Vous aviez rendez-vous ?

— Non. Mais…

— Alors, il faut prendre rendez-vous. Mme Boissard ne…

Tamara serra les poings.

— Je vous demande seulement de lui annoncer ma présence, c'est tout.

L'autre s'entêta.

— Et moi je vous répète que…

— Rien ! rugit Stone.

Il se pencha vers le fonctionnaire et le foudroya du regard.

— Vous allez faire ce que vous dit la demoiselle !

Il décrocha le combiné du téléphone posé sur le bureau et le brandit sous le nez du préposé.

— Appelez !

L'homme eut un léger mouvement de recul. Il balbutia :

— Vous êtes fou ?

— Totalement… Vous voulez vérifier ?

Manifestement, l'expression de Stone suffit à le convaincre.

La main légèrement tremblante, il composa un numéro. Échangea quelques mots et raccrocha.

— Mme Boissard vous attend, annonça-t-il d'une voix rauque. Deuxième étage. Bureau 102.

Isabelle Boissard faisait partie de ces femmes sur qui l'âge ne semblait pas avoir de prise. Elle n'était pas loin de la cinquantaine et en paraissait facilement dix de moins.

Elle ôta ses lunettes et les garda à la main.

— Massada, Massada, répéta-t-elle en fixant Tamara. Mais, ma chérie, je ne te comprends pas.

Nous n'avons rien découvert de particulièrement nouveau sur le sujet depuis longtemps.

— Et pourtant, les indications de mon grand-père sont claires. Tu en conviendras. (Elle récita :) « Va où coulent le lait et le miel, là où une étoile est morte dans la gloire et le désespoir. »

La Française approuva, mais sans grande conviction.

— L'étoile, Bar Kokhba... oui. Je te l'accorde. Néanmoins...

Elle fixa Tamara et secoua la tête d'un air las.

— Si je ne sais pas que ce que tu recherches, comment veux-tu que je t'indique où chercher ? Si tu voulais bien m'en dire plus, je...

— Impossible, Isabelle. N'insiste pas.

Stone, debout, bras croisés dans un coin de la pièce, laissa tomber :

— Absurde...

Tamara se retourna vivement.

— Vous, ne vous mêlez pas de ça ! Nous avons un accord. OK ?

Stone sourit.

— OK...

— Si seulement tu voulais bien m'expliquer, soupira Boissard.

— Écoute-moi, Isabelle, reprit Tamara. Nous allons simplifier. Tu connais le site de Massada. Tu as participé aux fouilles. Qu'a-t-on trouvé de particulier ?

La Française ne put s'empêcher de rire.

— De particulier ? Mais tout ! Tout.

— Explique...

— Ce qu'il faut retenir déjà, c'est la structure du

lieu. Un palais, dit palais du Nord, des habitations, des thermes, des entrepôts et une synagogue.

Isabelle déposa ses lunettes sur le bureau :

— Il faut savoir aussi que Massada a connu de nombreux remaniements au fil du temps. La dernière structure avait totalement changé de caractère par rapport au temps d'Hérode : de citadelle royale, elle était devenue la cité refuge.

— Oui, s'impatienta Tamara. Mais les découvertes…

— J'y arrive. Le sol de la synagogue nous a livré un grand nombre de tessons de poterie portant des inscriptions à l'encre. Sur les uns, on pouvait lire des noms complets : Yohanan, Shimeon, Yehuda, assortis chacun de symboles en caractères grecs ou paléohébreux.

— Paléohébreux ? s'étonna Stone.

— Le paléohébreu est une ramification de l'alphabet phénicien utilisé pour écrire l'hébreu à partir du Xe siècle avant Jésus-Christ, jusqu'à son abandon au Ve siècle avant Jésus-Christ, date de son remplacement par l'alphabet araméen qui a fini par donner l'alphabet hébreu.

À lire l'expression de l'Américain, on se doutait qu'il n'avait pas complètement saisi l'explication. Toutefois, il se contenta d'acquiescer d'un hochement de tête.

— Poursuis, Isabelle, pria Tamara.

— Sur les autres tessons, nous avons déchiffré des lettres hébraïques d'un tracé parfait supposant des scribes expérimentés : bons de rationnement ou mots de passe pendant le siège ? On ne sait. Mais la découverte la plus importante fut sans nul doute celle de deux fragments de parchemin, cachés sous le plancher de la Genizah. L'un...

— Pouvez-vous me faire la charité de m'expliquer ce qu'est une Genizah ? interrompit Stone.

— Bien sûr, répondit la Française. La Genizah est la pièce d'une synagogue servant d'entrepôt, principalement pour des ouvrages traitant de sujets religieux rédigés en hébreu, devenus inutilisables, en attendant de les enterrer dans un cimetière, car il est interdit de jeter des documents écrits comportant l'un des sept Noms de Dieu qu'on ne peut effacer. On peut y trouver aussi des lettres personnelles ou des contrats légaux qui s'ouvrent par une invocation à Dieu.

L'Américain opina, tandis que Boissard reprenait :

— L'un des fragments contenait deux versets du Deutéronome, l'autre quelques parties du livre du prophète Ézéchiel, dont le chapitre 37 contenant la fameuse vision des ossements desséchés. À d'infimes variantes près, le texte était identique à celui de la Bible hébraïque connue, preuve de la fidélité avec laquelle celle-ci a été transmise à travers les siècles.

— Pourquoi dis-tu : « la fameuse vision des ossements desséchés » ? questionna Tamara.

— Parce qu'elle est extraordinairement frappante en ce qu'elle révèle la bénédiction définitive du peuple hébreu. Les os secs d'Israël, nation considérée comme un tout, sont rassemblés par la puissance de Dieu. Le résultat de cette intervention est que les juifs dispersés sont rassemblés dans la terre, réunis sous un seul chef, formant une seule nation. C'est en quelque sorte l'Israël d'aujourd'hui qui est annoncé.

Boissard cita :

— « Je mettrai mon esprit en vous, et vous vivrez ; je vous rétablirai dans votre pays, et vous saurez que moi, l'Éternel, j'ai parlé et agi, dit l'Éternel. »

— Tu as aussi parlé de deux versets du Deutéronome…

— Exact. Le verset 10, chapitre 1, dans son intégralité et le verset 9, toujours dans le chapitre 1, mais incomplet.

Tamara demanda :

— As-tu une Torah ?

— Évidemment, mais que veux-tu en faire ? Si c'est pour retrouver le texte des versets, je le connais par cœur.

Elle récita :

— « L'Éternel, votre Dieu, vous a multipliés, et vous êtes aujourd'hui aussi nombreux que les étoiles du ciel. » Verset 10 chapitre 1. Et le verset 9 : « Veille sur ton âme, de peur que, levant tes yeux vers le ciel, et voyant le soleil, la lune et les étoiles, toute l'armée des cieux. » Satisfaite ?

La jeune femme éluda la question et interrogea :

— Oui, mais a-t-on découvert d'autres parchemins ?

— Bien sûr. Dans des bâtiments d'habitation. Ce qui prouve que les livres n'étaient pas seulement réservés à la synagogue, mais que des individus en possédaient également. La nature de ces écrits est d'ailleurs intéressante à beaucoup d'égards. Il y a d'abord deux fragments du livre des Psaumes contenant l'un les psaumes 81 à 85, l'autre le psaume 150. L'ordre des psaumes contenus dans le premier fragment, identique à celui qui nous est parvenu, atteste de l'antiquité de leur classement. Le livre des Psaumes a toujours été le plus cher au cœur des fidèles, car il apporte le réconfort dans des moments de détresse ; les assiégés de Massada durent y puiser leur force morale. On pense également avoir identifié quelques fragments du livre des Jubilés. Bref… La liste est longue.

Boissard observa sa visiteuse avec un sourire.

— Nous en aurions pour la journée. Si tu le souhaites, je peux te communiquer un document dans lequel toutes les découvertes ont été répertoriées. Ce qui te ferait gagner du temps.

Tamara acquiesça.

— Volontiers. Mais ce dont j'aurais le plus besoin, ce serait d'un plan de Massada.

— Aucun problème. Comme tous les touristes, tu n'aurais eu aucun mal à en trouver un sur place, seulement le mien est un peu plus précis.

La Française se leva, ouvrit un tiroir de son bureau et en extirpa un feuillet qu'elle tendit à son amie.

— Et à présent ? Que comptes-tu faire ?

Tamara garda le silence avant de laisser tomber d'une voix étonnamment ferme :

— Me rendre à Massada…

13

Israël, forteresse de Massada.

Au moment où le couple sortit de la voiture de location, un vent violent se mit à souffler sur le piton qui surplombait le désert. Là-haut se devinaient les vestiges de la forteresse, ultimes témoins de l'effroyable tragédie qui s'était déroulée deux mille ans plus tôt. À l'est, la falaise isolée dévalait en à-pic sur près de quatre cent cinquante mètres vers la mer Morte ; à l'ouest, elle dominait d'une centaine de mètres le terrain environnant.

Il n'était pas loin de 16 h 30. Quelques touristes, les derniers sans doute, évoluaient parmi les fantômes du passé.

Tamara resta immobile, visiblement émue, le regard levé vers les ruines.

— Majestueux et angoissant, commenta Stone, impressionné par le décor. Que s'est-il passé exactement ici ?

— Vous voulez vraiment le savoir ?

Il n'eut pas besoin de confirmer.

— Plusieurs années après la mort du roi Hérode le Grand, bâtisseur de ce lieu, un groupe de rebelles juifs vainquit la garnison romaine qui s'y trouvait et fut rejoint par des zélotes et leurs familles, fuyant Jérusalem. Dès lors, prenant Massada pour base, ils se lancèrent dans une série de raids, harcelant les Romains pendant près de deux ans. En l'an 73 de l'ère chrétienne, le gouverneur romain Flavius Silva, lassé par ces attaques, décida de marcher contre Massada à la tête de la Xe légion. Ils dressèrent des camps au pied de la falaise, mirent la place en état de siège et édifièrent des retranchements. Ensuite, à l'aide de pierres et de terre battue, ils construisirent une rampe…

Tamara pointa l'index vers un point précis du paysage.

— On peut encore en entrevoir les traces.

Et elle poursuivit :

— Au printemps 74, les Romains parvinrent à faire monter un bélier jusqu'au pied des remparts et y ouvrirent une brèche. La cause était perdue pour les résistants de Massada. Selon l'historien Flavius Josèphe, les défenseurs, presque un millier d'hommes, de femmes et d'enfants, décidèrent de se suicider plutôt que d'être pris vivants et déportés à Rome, en esclavage. Et le dernier survivant mit le feu à la forteresse.

— C'est tout ? lui répondit Stone.

— Ce n'est pas un cœur qui bat dans votre poitrine, mais une pierre. Comment ne pouvez-vous pas ressentir le désespoir qui a dû habiter ces êtres pour préférer la mort à l'esclavage ?

— Désespoir ? ou ultime acte de résistance ? Pour ma part, j'y vois ce second choix. Le même que celui qui, en 1943, poussa les soixante mille juifs survivants du ghetto de Varsovie à se soulever contre les Allemands. C'était là aussi une tentative héroïque et désespérée.

Elle fit un pas en avant.

— On y va ? Ils vont bientôt fermer le site.

Stone la suivit alors qu'elle se dirigeait vers le sentier qui menait à la forteresse.

Aucun des deux ne porta attention au 4 × 4, un Range Rover de couleur bronze, qui venait de se garer entre deux rangées de voitures. Quatre hommes en descendirent.

Sitôt l'entrée franchie, le couple se retrouva proche des ruines du palais occidental d'Hérode.

Un groupe de militaires, armés d'Uzis, les salua d'un air affable.

— Et maintenant ? interrogea Stone. Si vous me disiez ce que nous sommes venus chercher ?

La jeune femme esquissa un sourire forcé.

— Si je vous répondais que je n'en sais rien ?

— Vous plaisantez, j'espère ?

Deux vieilles Japonaises, le crâne couvert de chapeaux bariolés, passèrent à leur hauteur.

Stone fut agacé :

— Vous n'avez tout de même pas fait ce voyage sans avoir une idée précise !

— Une idée, oui… mais elle est loin d'être précise.

Elle sortit de son sac le plan que lui avait confié Boissard et l'examina un moment avant de suggérer :

— La synagogue. Je pense qu'il serait bien de commencer par là. Vous venez ?

— Pourquoi ? grommela Stone. Nous pourrions tout aussi bien errer ailleurs. Ce ne sont pas les ruines qui manquent.

Elle ne répondit pas.

D'un bout à l'autre du site, sur les vestiges des murets, courait une large ligne noire sinueuse qui servait à délimiter les ruines originelles des ajouts contemporains ; la plupart ayant été rehaussées de quelques rangées de pierres pour les rendre plus imposantes.

Derrière Stone et Tamara, les occupants du 4 × 4 les suivaient à distance. Une minuscule croix en or luisait sur la poitrine du plus âgé d'entre eux.

Bientôt apparurent les restes d'une église byzantine, des pans de pierres fracassés. Stone se demanda par quelle aberration un lieu de culte chrétien s'était retrouvé en plein cœur de ce haut lieu de la résistance juive. Mais tout, dans cette histoire, n'était-il pas aberrant ?

Ils longèrent ce qui avait dû être un bâtiment résidentiel, jusqu'au moment où la synagogue, du moins ce qu'il en restait, surgit au détour du sentier, tout au bord de la falaise.

Un guide discourait au milieu d'une dizaine de touristes américains, manifestement dépassés par ce qu'ils découvraient. Massada devait leur faire penser au paysage désertique d'une lointaine planète inhabitée. Le guide pointa le doigt vers un léger renfoncement dans lequel étaient entreposés les rouleaux de la Torah, expliquant qu'il s'agissait là d'un présent de donateurs étrangers, grâce auquel la synagogue avait retrouvé une vie endormie depuis deux millénaires.

Stone s'impatienta.

— Et maintenant ? lança-t-il nerveusement.

Tamara s'était laissée choir sur l'une des quatre marches qui formait un gradin, plongée en pleine méditation.

« La découverte la plus importante fut sans nul doute celle de deux fragments de parchemin. L'un contenait deux versets du Deutéronome, l'autre quelques parties du livre du prophète Ézéchiel, dont le chapitre 37 contenant la fameuse vision des ossements desséchés. »

Y avait-il un nouveau message caché que son grand-père aurait voulu lui transmettre ? Mais où donc ? Dans les versets du Deutéronome ? Dans le livre d'Ézéchiel ?

Stone se fit plus pressant.

— Nous n'allons pas y passer la nuit !

Tamara leva vers lui un visage fermé.

— Écoutez, si vous trouvez le temps long, allez donc vous balader et cessez de me harceler !

— Très bien, gronda Stone. Je vous attends là. Vous n'aurez qu'à m'y retrouver quand vous aurez fini de chercher ce quelque chose que vous ignorez !

Elle haussa les épaules et reprit son chemin sous le regard protecteur de Stone. Elle jeta un coup d'œil sur le plan remis par Boissard, au dos duquel elle avait recopié les fragments des deux versets du Deutéronome.

« L'Éternel, votre Dieu, vous a multipliés, et vous êtes aujourd'hui aussi nombreux que les étoiles du ciel. »

« Veille sur ton âme, de peur que, levant tes yeux vers le ciel, et voyant le soleil, la lune et les étoiles, toute l'armée des cieux. [...] »

Elle s'appliqua à les lire, les relire, cherchant à y découvrir un indice quelconque. Quel indice ? Comment trouver quelque chose dont on ignore tout ?

Elle ferma les yeux, pensa très fort à son grand-père et se remémora son avertissement.

« Ne te fie pas aux apparences ! Un mot peut en cacher un autre. Et surtout : utilise ton instinct plutôt que ton savoir. »

Elle relut une fois encore les versets.

Quels étaient les mots récurrents ? Étoiles, ciel, lune, soleil...

Étoiles, ciel, lune, soleil...

Le mot « étoiles » revenait deux fois. Mais le mot « ciel » aussi. Lequel des deux avait le plus d'importance ? *Aucun*, pensa-t-elle. En toute logique, si elle tenait compte de la phrase qui l'avait amenée ici : « Là où une étoile est morte dans la gloire et le désespoir », elle conclut qu'il s'agissait des mots « gloire » et « désespoir ». Alors où se trouvait la réponse à l'énigme de l'étoile ?

Elle soupira. De nervosité, le sang battait à ses tempes. Un sentiment de lassitude l'envahit, mais ne l'empêcha pas de poursuivre son chemin vers le palais du Nord. Le groupe de touristes américains s'était retiré, libérant l'emplacement où se dressaient les rouleaux de la Torah. Arrivée à sa hauteur, elle se recueillit un bref instant devant le livre sacré.

Grand-père, parle-moi. Tu ne me rends pas la tâche facile. Je t'en prie, parle-moi.

Elle s'apprêtait à repartir lorsqu'un dessin gravé sur une pierre encastrée dans le muret qui lui faisait face attira son regard. Deux triangles équilatéraux superposés : l'un dirigé vers le haut, l'autre vers le bas. Une étoile. L'étoile de David. De toute évidence, ce dessin était récent. Cela sautait aux yeux. Rien de surprenant dans ce lieu, mais pour Tamara c'était peut-être la réponse à l'énigme de l'étoile.

Elle s'accroupit devant le muret et passa sa paume à plusieurs reprises le long des triangles. La pierre bougea légèrement. À l'aide d'un couteau, ou d'une tige métallique, il était probable qu'on eût pu l'extraire de son écrin.

Une jeune fille, intriguée par son manège, s'approcha :

— Vous avez trouvé quelque chose d'intéressant ?

Tamara secoua la tête, puis, levant les yeux vers son interlocutrice, elle lança :

— Auriez-vous par hasard une épingle à cheveux ?

La jeune fille se mit à rire.

— Non. Pourquoi ?

— Une lime à ongles ?

— Oui ! Ça, j'ai.

La jeune fille fouilla dans son sac et tendit l'objet à Tamara. Avec précaution, celle-ci s'empressa de glisser l'instrument dans l'un des interstices qui entouraient l'étoile de David. La pierre oscilla à nouveau.

— On dirait qu'il y a quelque chose derrière ! s'exclama la jeune fille avec enthousiasme.

Concentrée, Tamara poursuivit ses tentatives, jusqu'au moment où la pierre se détacha et tomba sans qu'elle eût le temps de l'intercepter.

— Regardez ! s'écria la jeune fille, plus excitée que jamais. À l'intérieur ! On dirait que…

Un minuscule rouleau de papier était logé dans la cavité. Tamara le récupéra. Tandis qu'elle se relevait, un large sourire éclaira son visage.

— Il était temps ! déclara-t-elle.

Elle fit mine de regarder sa montre.

— 17 h 20… une minute de plus et je perdais le jeu !

— Le jeu ? Quel jeu ? questionna la jeune fille en faisant des yeux ronds.

— Une chasse au trésor. Vous n'y avez jamais joué ? C'est dommage. Vous devriez, c'est passionnant.

Puis, sans s'attarder, elle la remercia en lui rendant sa lime et quitta la synagogue.

Elle remontait le sentier quand le premier coup de feu éclata, faisant l'effet d'un roulement de tonnerre au-dessus de Massada. La balle effleura la joue de Tamara. Simultanément, elle entendit la voix de Stone, qui hurlait :

— À terre !

Elle s'exécuta, éperdue.

Un deuxième coup de feu.

La jeune fille qui venait de sortir à son tour de la synagogue s'écroula, touchée en pleine poitrine.

Des cris fusaient de toutes parts. On eût dit que le passé revenait du fond des temps et que c'étaient les cris des suicidés de Massada qui emplissaient le ciel.

Une silhouette massive, celle de l'homme qui portait une petite croix en or, fonçait vers Tamara. Recroquevillée derrière un talus, elle le vit arriver et se dit que sa fin était venue. Il brandit son arme. Elle pouvait voir distinctement l'index sur la détente. Elle ferma les yeux. Il tira.

Pourquoi ne ressentait-elle aucune douleur ?

Elle battit des paupières.

L'homme était à terre. Le visage enfoui dans la poussière. Un trou sanguinolent perforait sa nuque.

Stone déboula, son Beretta M9 à la main.

Il releva Tamara sans ménagement et ordonna :

— Fuyez ! Foutez le camp !

Elle parut hésiter.

— Foutez le camp ! répéta-t-il. Vous…

Une rafale couvrit le reste de sa phrase.

Alors que Tamara prenait ses jambes à son cou, Stone plongea sur le côté et s'abrita derrière un muret.

Deux hommes marchaient vers lui.

Tout autour, l'affolement était général. Des touristes s'étaient précipités à terre. D'autres tentaient de gagner la sortie.

Stone visa le premier homme, le plus proche, mais curieusement, avant qu'il n'appuyât sur la détente, il le vit chanceler et tanguer sur place, avant de s'écrouler. Une seconde plus tard, son compagnon subissait le même sort. Alors l'Américain comprit. En arrière-plan avaient surgi deux militaires israéliens, armes au poing.

Dieu soit loué, pensa Stone. *La cavalerie.*

Cela ne pouvait mieux tomber : son arme s'était enrayée.

Il rengaina son Beretta M9, prêt à se remettre sur ses jambes, quand un fil d'acier enserra sa gorge et lui bloqua la trachée. Le souffle coupé, il tenta de se libérer. Peine perdue. Il risqua un coup de coude dans le flanc de son agresseur invisible, mais il manquait d'élan. L'autre en profita pour raffermir sa prise sur le fil et appuyer plus fort sur la gorge. Lorsque le fil entama la peau de l'Américain, le sang gicla sur son thorax. Dans un geste désespéré, il enfonça son pouce dans l'œil de son adversaire et réussit à maintenir la pression. Un cri d'animal retentit. Le fil prit du mou. L'homme bascula en arrière, libérant Stone.

Stone toussota, récupéra un peu d'oxygène et plongea sur l'inconnu. Les deux corps enchevêtrés roulèrent sur le sable. Au terme d'une furieuse mêlée, l'homme, le visage ensanglanté, parvint à se dégager, plaqua Stone sur le dos et referma ses mains sur sa gorge dans une nouvelle tentative de strangulation. Cette fois, l'agent fut le plus rapide. Il bascula le bassin, leva les jambes, les ramena en arrière, coinça la tête de son adversaire entre ses mollets et serra de toutes ses forces.

— Stop !

Stone se figea. Les deux militaires entrevus un instant plus tôt les tenaient en joue.

— Debout ! Les mains en l'air !

Stone leva les bras, impassible, tout en déclarant :

— FBI…

— Qu'est-ce que tu racontes ?

— FBI, répéta Stone. Dans ma veste. Prenez mon portefeuille.

Le soldat eut un temps d'hésitation avant de s'exécuter tout en maintenant son Uzi contre la poitrine de Stone, tandis que son collègue tenait l'autre homme en respect.

Il récupéra le portefeuille, l'entrouvrit et examina la plaque de l'agent Stone.

— Ça me semble OK, annonça-t-il. Mais nous vérifierons.

Il pointa son arme vers l'individu qui gardait le silence.

— Et lui, c'est qui ?

— Sûrement un terroriste, lança Stone en décochant un regard noir à l'homme.

C'est à ce moment seulement qu'il nota qu'une balafre courait le long de sa joue et qu'il portait un crucifix autour du cou.

Le second militaire annonça :

— Aucun papier.

— Intéressant ! On vous emmène.

Ils se dirigèrent vers la sortie. Ils n'en étaient plus très loin, lorsque Tamara les accosta en criant :

— C'est un ami ! Il m'a sauvé la vie.

Les militaires la dévisagèrent avec méfiance.

— Qui es-tu ?

— Je m'appelle Tamara Yanovsky. Cet homme (elle pointa du doigt le balafré), cet homme et ses complices voulaient m'assassiner.

Les deux soldats échangèrent un regard circonspect.

— On verra tout cela… Suivez-nous. Je crois que…

Il fut interrompu par le bourdonnement d'un

hélicoptère frappé aux armes de Tsahal qui venait de surgir au-dessus de leurs têtes.

— Ils ont fait vite, commenta le soldat avec satisfaction.

Il enfonça la pointe de son pistolet-mitrailleur dans le dos de l'homme toujours silencieux et ordonna :

— Bouge !

— Va te faire foutre !

Le soldat rugit.

— C'est à moi que tu parles ?

Il pointa son Uzi sur la tempe du balafré.

Ce qui suivit fut si rapide que nul n'eut le temps de réagir.

L'homme arracha le pistolet-mitrailleur des mains du militaire et visa Tamara. Avant qu'il ne puisse tirer, une rafale lui transperça le corps, faisant jaillir dans l'air des flots de sang. L'homme s'écroula, mortellement atteint. C'était le second militaire qui était intervenu.

Le calme rétabli, on n'entendait plus que les vrombissements de l'hélicoptère qui s'était posé au centre de Massada.

14

Tel-Aviv, état-major du Shabak, agence de contre-espionnage israélien, 20 heures.

Le major Avraham Harel alluma une seconde cigarette et resta silencieux, scrutant avec un œil d'aigle Stone et Tamara. À l'extérieur, on entendait la pluie qui tombait drue dans un vacarme de fin du monde.

Tamara, le visage blême, réprima un frisson.

— Vous n'aimez pas la pluie ? questionna Avraham.

— Pas vraiment.

— Pourtant, fit-il remarquer, dans un pays comme le nôtre, elle est salutaire.

— Sûrement, mais là d'où je viens, il en tombe plus qu'il n'en faudrait, répondit Tamara.

Avraham tira une nouvelle bouffée et expulsa la fumée vers le plafond.

— Votre grand-père, mademoiselle Yanovsky, était un grand sage. Vous pouvez être fière de lui.

— Je le suis.

— Et on ne sait toujours pas la raison de son assassinat.

Tamara articula un « non » à peine audible.

Dehors, la pluie redoublait d'intensité.

— Quelque chose continue de m'échapper, reprit Harel en s'adressant à Stone. Si je résume vos propos, vous seriez ici en vacances en compagnie de Mlle Yanovsky.

L'Américain confirma.

— Et elle n'est pas votre petite amie.

— Une amie tout court.

— Et vous n'avez aucune idée de l'identité de vos agresseurs, ni de leur motivation.

— Ce n'est pas ce que je vous ai dit. J'ai laissé entendre qu'il existait probablement un lien entre ces types et le meurtre de Menahem Yanovsky.

— C'est exact, vous l'avez dit.

— Qu'est-ce qui vous échappe, alors ?

— Vous allez comprendre. En dépit de l'absence de document, nous avons identifié vos agresseurs.

L'information n'eut pas l'air de surprendre Stone. La réputation des services secrets israéliens n'était plus à faire.

Il demanda, connaissant par avance la réponse :

— Grâce aux caméras de vidéosurveillance de l'aéroport Ben-Gourion, j'imagine ?

Avraham acquiesça.

— Ils sont donc entrés dans le pays avec des passeports parfaitement en règle. Nous avons leurs noms, leurs nationalités : deux Grecs et deux Slovaques. Ils appartiennent à des mouvements chrétiens d'extrême droite, limite néofascistes. Les Slovaques sont membres du SNS et…

— Le SNS ? questionna Tamara.

— Quelque chose comme : Slovenská národná strano, ou strana. Désolé, je ne parle pas le slovaque… C'est un parti qui se réclame de l'héritage historique slovaque et dont les cibles de prédilection sont les Hongrois, les Roms et les homosexuels. Quant aux Grecs, ils sont affiliés à l'organisation de l'Aube dorée. Actuellement, le sixième parti en termes de voix en Grèce.

— C'est réjouissant, ironisa Tamara. Vous avez cité les Hongrois, les Roms et les homosexuels ; on peut ajouter sans crainte les juifs. Pas étonnant que des salauds de cet acabit soient mêlés au meurtre de mon grand-père.

Avraham hocha la tête.

— Nous en arrivons justement à ce qui m'échappe. Que je sache, il n'y a eu aucune revendication. Or ces types-là se vantent toujours des saloperies qu'ils commettent. Cependant, il y a aussi autre chose…

L'agent alluma une troisième cigarette.

— Admettons qu'ils soient responsables, de près ou de loin, du meurtre de votre grand-père, figure emblématique s'il en fut. Mais pourquoi s'attaquer à vous, mademoiselle Yanovsky ? Pardonnez-moi, mais vous ne représentez rien à leurs yeux ni aux yeux des médias.

Il ajouta en yiddish :

— *Vous n'êtes rien.* Alors, pourquoi vous ?

La jeune femme écarta les bras et les laissa retomber avec découragement.

— Je n'ai pas la réponse. Je suis désolée.

Avraham Harel médita un moment avant de déclarer :

— Très bien. Vous êtes libres de retourner à Jérusalem. Mais si vous voulez un conseil, vous ne devriez pas emprunter la route par ce temps. Nous avons d'excellents hôtels ici.

— Ce serait plus sage, en effet, approuva Stone. Auriez-vous une adresse à nous conseiller ?

— Le Carlton, avenue Eliezer Peri, n'est pas mal.

Il se leva et tendit la main à Tamara.

— Prenez bien soin de vous, mademoiselle Yanovsky.

Il salua Stone et les accompagna jusqu'à la porte.

Un éclair zébra le ciel, illuminant les ombres.

***

Tel-Aviv, hôtel Carlton.

D'un geste rageur, Stone saisit le bras de Tamara et la força à s'asseoir.

— Et maintenant, vous allez tout me dire ! s'exclama-t-il, le regard noir. Tout !

La jeune femme le dévisagea, à la fois interloquée et, pour la première fois, craintive. Elle ne lui avait jamais connu une telle expression. Elle essaya quand même de louvoyer.

— Je ne vois pas ce que…

— Arrêtez ! On ne joue plus. Je vous ferai remarquer, chère mademoiselle Yanovsky, que par deux fois, je vous ai sauvé la vie en prenant le risque d'y laisser la mienne. Il me semble que la moindre des élégances serait que vous m'accordiez votre confiance. Vous avez pu constater comme moi que ces gars n'ont rien d'enfants de chœur. Alors, puisque nous allons les avoir à nos trousses pendant un bout de temps, je dois savoir la raison de leur acharnement. Sinon…

— Sinon ?

— Je vous laisse tomber. Je rentre aux États-Unis. Mais je vous promets que je serai présent à votre enterrement.

Un teint livide envahit les joues de Tamara. Tout à coup, elle était dos au mur, forcée de reconnaîtrc qu'il avait raison. Et dans le même temps, la mise en garde de Menahem continuait de ronger son esprit.

« Avant de te quitter, je veux te faire une ultime recommandation : pas un mot de cette lettre à qui que ce soit. »

Que faire ? Avait-elle le droit de trahir ? Là, il s'agissait de défendre sa propre vie.

Soudain, un bruit de porte qui claque l'arracha à ses réflexions.

Stone venait de quitter la chambre d'hôtcl.

Elle s'écria, prise de panique :

— Alan ! Non !

Et se rua à sa poursuite.

Il remontait le couloir vers les ascenseurs.

— Alan ! Ne me laissez pas !

Il se retourna, et sur un ton inamical :

— Vous allez parler ?

— Oui.

— C'est sûr ?

— Je vais tout vous dire. Revenez.

Il la toisa un instant, comme pour s'assurer qu'elle était sincère, et revint lentement sur ses pas.

***

New York, au même moment.

Assis à son bureau, le pasteur Scott Wallace se prit la tête entre les mains et s'efforça de mettre ses idées au clair. Mais que se passait-il donc ? Quels étaient ces éléments fous qui semaient le désordre dans ses plans ? Qui donc se cachait derrière ces bouleversements ?

Il avait bien noté qu'une équipe adverse était elle aussi sur la piste de la juive. Les derniers rapports qu'on lui avait transmis laissaient entendre qu'il s'agissait d'un mouvement islamiste. Probablement une branche d'al-Qaida. Paradoxalement, Wallace ne s'en était pas inquiété. Si ces gens recherchaient eux aussi le sceptre, il serait toujours temps de se débarrasser d'eux le moment venu. Pour l'heure, ils ne posaient aucun problème puisqu'ils partageaient les mêmes intérêts. L'affaire se jouerait sur la ligne d'arrivée. Entre-temps, rien n'empêchait d'en éliminer quelques-uns chaque fois que l'occasion s'y prêterait. Mais était-ce les mêmes qui chercheraient à éliminer la jeune femme ? C'était inepte ! Ne représentait-elle pas le seul et unique moyen d'atteindre le lieu où l'objet sacré était caché ? N'était-ce pas elle, et elle seule, qui pouvait les y conduire ? Vouloir la faire disparaître était une aberration qui ferait capoter le projet *Mount of Mose*, auquel Wallace œuvrait depuis de longues années.

Il leva les yeux vers le plafond et murmura :

— Seigneur Tout-Puissant, éclaire-moi. Je t'en conjure. Ne permets pas que des impies s'opposent à ta loi.

* * *

Abbottabad, au nord du Pakistan, même heure.

C'était une importante maison blanche, bordée de champs de pommes de terre, d'eucalyptus et de cannabis sauvage. Des murs hauts de plusieurs mètres, surmontés de barbelés et de câbles électrifiés, entouraient l'édifice, le tout surveillé par des caméras.

Étrangement, aucun des habitants d'Abbottabad n'avait exprimé son étonnement devant de telles mesures de précaution. Ou alors, ce qui était probable, ils avaient jugé plus prudent de n'en rien dire. Selon les voisins, les propriétaires étaient très riches et possédaient des centres commerciaux en Arabie saoudite. Les enfants du quartier racontaient que parfois, en jouant au cricket, ils envoyaient une de leurs balles par-dessus le mur de la maison. Et quand ils sonnaient à la porte pour la demander, ils se faisaient rabrouer par des gardes qui préféraient leur donner un dollar pour en acheter une nouvelle, alors qu'une balle coûtait trois fois moins.

La jeep se gara à quelques mètres de l'entrée. Le conducteur déclina son identité et un mot de passe. Démarche inutile puisqu'il était connu de tous les occupants de la maison. Assis à côté du conducteur, El-Mandouri sentait les battements de son cœur qui s'accéléraient malgré lui. C'était toujours ainsi chaque fois qu'il s'apprêtait à rencontrer le maître.

La jeep s'engouffra à travers le portail et s'arrêta quelques mètres plus bas. Le conducteur invita alors son passager à le suivre. Seul un œil avisé aurait pu noter qu'il gardait une main repliée sur un pistolet glissé dans la ceinture de sa djellaba.

Parvenu devant la porte d'entrée, il n'eut pas besoin de frapper. Le battant était déjà entrouvert et un homme l'attendait, une kalachnikov en bandoulière. Le garde fit entrer El-Mandouri dans le vestibule et l'invita à s'asseoir sur l'un des tapis qui recouvraient le sol. Le maître n'allait pas tarder.

El-Mandouri s'exécuta, tandis que le conducteur repartait.

Perçant le silence, une radio diffusait un bulletin météo. À moins que ce ne fût la télévision.

El-Mandouri ne put retenir un sourire. Dire que depuis six ans, le maître vivait ici, en toute tranquillité, à quelques kilomètres des forces pakistanaises, au nez et à la barbe des services secrets américains. Cela ne prouvait-il pas que le maître était bien le protégé d'Allah ?

Une dizaine de minutes plus tard, l'homme à la kalachnikov réapparut.

— Suis-moi. Le maître a fini de prier.

El-Mandouri lui emboîta le pas.

Ils gravirent l'escalier qui conduisait au second étage. Au bout d'un étroit couloir, on apercevait une chambre, et, assise dans une semi-pénombre, une silhouette légèrement voûtée.

Lorsque El-Mandouri arriva sur le seuil, la silhouette releva la tête et un sourire illumina ses traits. Un sourire presque enfantin. Un sourire qu'on n'aurait pu imaginer chez un homme tel que Abou Faraj.

— Entre, mon frère, entre donc. Ta présence éclaire cette pièce.

El-Mandouri s'exécuta, un peu gauche.

Abou Faraj frappa dans ses mains. Un homme armé surgit si vite qu'on aurait pu le croire sorti des murs.

— Un café pour notre hôte. Un verre de fleur d'oranger pour moi.

L'homme s'inclina.

— Alors, mon frère, reprit Abou Faraj, de quelles heureuses nouvelles es-tu le messager ? Comment se déroule notre grand projet ?

El-Mandouri se racla la gorge.

— Tout va bien, maître. La jeune femme est toujours sous surveillance. À l'heure où nous parlons, elle est en Israël et…

— Israël ? Où est-ce donc ?

— Je… marmonna-t-il.

— J'ignore tout du pays dont tu parles. Tu voulais probablement dire la Palestine, n'est-ce pas ?

— Oui, maître, l'habitude, répond-il en guise d'excuses.

— Mauvaise habitude, mon frère. Preuve de l'endoctrinement qui a envahi le cœur des Arabes. (Il cita :) « Et n'obéis pas aux infidèles et aux hypocrites, ne prête pas attention à leur méchanceté et place ta confiance en Allah. Allah suffit comme protecteur. » À présent, poursuis donc…

— La femme est actuellement à… Jaffa (cette fois il se garda bien de prononcer Tel-Aviv, nom actuel de la ville).

— Parfait. Son voyage prouve bien que j'avais raison de croire que son grand-père lui a laissé des indications précises sur le lieu où est cachée la main d'Allah. Tu verras. Avec le temps, nous réussirons.

Il leva l'index et déclara :

— La terre est dure, mais le fellah est patient. Il est triste tout de même que nous ayons eu à déplorer la perte de notre frère Al-Hazmi. Nos adversaires, ces suppôts de Satan, auront à payer pour leur crime. Et leur chef, ce Scott Wallace, sera servi en premier. Faut-il que les juifs soient naïfs pour accorder foi aux discours de ces infidèles ! Ces membres des Tea Party et autres… Sous l'influence insidieuse des tenants de la pensée unique, on a remplacé le bouc émissaire juif par le musulman, l'Arabe est devenu le déversoir de toutes les frustrations.

Les yeux du Saoudien s'illuminèrent. On l'eût dit habité par on ne sait quelle inspiration.

— Non ! Ce ne sont pas les Arabes ou les musulmans, comme le prétendent les médias sur ordre des maîtres du monde, qui représentent un danger. Au contraire, l'islam véhicule une idéologie empreinte d'éthique, notamment en matière de finance. C'est pour cette raison que nous sommes voués à l'élimination par les mondialistes, par le Cartel bancaire qui veut continuer à pressurer les peuples en les endettant, en les enchaînant par l'usure sans cesse multipliée.

Il plongea ses yeux de braise dans ceux de son disciple.

— Sais-tu que cinquante-neuf pour cent des Américains croient que les événements prédits dans l'Apocalypse, ce livre inepte, s'accompliront ? Et un tiers de ces mêmes Américains soutiennent les sionistes, convaincus que les juifs doivent posséder leur propre pays en Terre sainte pour que Jésus puisse revenir. Ce que ces malheureux n'ont pas saisi, c'est qu'une fois Jésus de retour sa première mission sera d'éradiquer tous les juifs de la Terre sainte ! Mais ce n'est pas tout…

Il s'accorda un court moment de répit, avant d'ajouter :

— On nous reproche de vouloir islamiser le monde occidental. Et alors ? C'est exact ! Qu'y a-t-il d'offensant dans la volonté islamique de convertir l'Occident ? Le christianisme n'a-t-il pas eu la même ambition ? Ne l'a-t-il pas toujours ? Tous ces missionnaires envoyés chez nous par centaines, en Afrique, en Asie, qu'ont-ils fait sinon de tenter d'imposer la parole du Christ, au détriment de la foi de ceux qui les écoutaient ? Et c'est à nous, les musulmans, à qui l'on reproche la même démarche ?

Abou Faraj fit une moue écœurée et conclut par un verset :

— « Nous avons fait descendre sur toi un Livre, afin que, par la permission de leur Seigneur, tu fasses sortir les gens des ténèbres vers la lumière, sur la voie du Tout-Puissant. »

El-Mandouri qui, tout ce temps, était resté silencieux, subjugué, approuva d'un mouvement de tête.

— Allah est Grand…

— Revenons à Mlle Yanovsky. Tu n'es pas venu jusqu'ici pour m'annoncer uniquement que tout va bien ?

— En vérité, il se passe depuis quelque temps des choses étranges.

Abou Faraj passa sa paume le long de sa barbe mal taillée.

— Une première fois, reprit El-Mandouri, dans la ville d'al-Quds (il évita cette fois de prononcer le mot « Jérusalem »), la femme a été enlevée, puis libérée grâce à l'intervention d'un inconnu que nous soupçonnons d'appartenir aux services secrets américains.

— Voilà qui ne m'étonne pas. Tôt ou tard, je pressentais que ces chiens pointeraient le bout de leur nez. Poursuis…

— Nous avons d'abord cru que les responsables de l'enlèvement étaient nos adversaires, ces extrémistes chrétiens ; les gens de Wallace. Cependant, un autre événement est survenu qui a remis en question cette hypothèse.

Le disciple baissa les yeux pour annoncer :

— Hier, la juive a failli être assassinée alors qu'elle se trouvait à Massada.

— Assassinée ?

Abou Faraj se dressa tel un fauve.

— Assassinée ? répéta-t-il, abasourdi. Comment a-t-on osé ? Qui ? Il serait impensable que ce soit les sbires de Wallace ! Ce sont des infidèles, pas des aliénés ! S'ils tuaient la femme, jamais plus personne ne pourrait accéder au sceptre. Ni eux, ni nous. Il serait perdu à jamais. Alors qui ?

El-Mandouri afficha un air découragé.

— C'est un mystère. Une chose est sûre : ils étaient déterminés à se sacrifier pour atteindre leur objectif. Prêts à mourir. D'ailleurs, ils ont payé de leur vie. Les services de sécurité israéliens les ont liquidés. L'un de nos envoyés a assisté à la scène.

Abou Faraj resta un long moment à méditer, avant de reprendre :

— Désormais, tant que nous n'aurons pas identifié ces criminels, la femme doit être protégée à tout prix. Ce sera notre priorité absolue. Est-ce clair ?

— Bien entendu. Mais sachez, maître, que sa protection est déjà assurée. En tout cas partiellement.

— Par qui ?

— Par l'agent américain qui a déjà tiré Mlle Yanovsky des griffes de ses ravisseurs.

— Et… ?

— Il était présent à Massada…

***

Tel-Aviv, hôtel Carlton.

Alan Stone se versa un scotch et reporta son attention sur Tamara.

— Si nous n'étions pas dans la réalité, je jurerais que je vis un mauvais rêve. Le sceptre de Dieu… Rien que ça ! Et vous voulez vraiment que je gobe ces fadaises ?

Tamara réagit par un haussement d'épaules.

— Vous vouliez savoir, vous savez. Libre à vous d'y accorder crédit ou non. Néanmoins, permettez-moi de vous rappeler que d'autres se sont montrés bien moins incrédules que vous. Ceux-là mêmes qui ont tenté par deux fois de m'éliminer et qui ont peut-être assassiné mon grand-père. Eux ne doutent pas de l'existence de cet objet sacré.

L'agent but une lampée. Tamara continua :

— Quoi qu'il en soit, la quête de ces assassins est vouée à l'échec, car, même si demain le sceptre tombait entre leurs mains, il ne leur serait d'aucune utilité.

— Décodez, je vous prie.

— Il est écrit que seul l'Élu de l'Éternel sera en mesure d'utiliser le pouvoir du sceptre. Uniquement lui. À l'instar d'Adam, de Moïse, de Josué et d'autres. Ni vous, ni moi, ni personne d'autre sur cette terre ne pourrait en tirer quoi que ce soit. Le sceptre ne serait que ce qu'il est en apparence : un vulgaire morceau de bois.

— Dans ce cas, pourquoi diable ces types s'échinent-ils à vouloir le récupérer ? C'est un non-sens ! Le mec qui les commande doit parfaitement être au courant de cette information. Lui aussi a dû lire les Écritures. Alors pourquoi ?

Tamara soupira.

— On voit bien que vous ignorez tout des choses religieuses, Alan. Chrétiens, juifs, musulmans, tous sont convaincus d'être les détenteurs de la vérité et que l'Élu ne peut être issu que de leur rang. Ce que, pour ma part, je considère comme absurde !

Stone ricana.

— Pas aussi absurde quand il s'agit de vous. N'êtes-vous pas aussi aveuglément convaincue que cet Élu ne peut être *que* juif ?

La jeune femme secoua vivement la tête.

— Jamais je n'ai pensé une telle chose. L'Élu est l'Élu. C'est tout. Et il sera au-dessus des religions. L'Élu est universel. Il est l'arme du bien contre le mal. L'eau contre le feu. L'humilité opposée à la vanité et à l'orgueil. Le pardon face à la rancune. L'amour qui vainc la haine. Voilà ce qui le caractérise. Et…

— Un instant. Si je suis votre raisonnement, ceux qui vous pourchassent ne pourraient être que des fanatiques issus de mouvements chrétiens ou musulmans ?

— C'est l'hypothèse la plus probable. Encore qu'il pourrait aussi s'agir de groupuscules sans foi ni loi qui voudraient uniquement conquérir le pouvoir. Dans ce cas, même des militants juifs, tels les *haredim*, pourraient en faire partie.

— Les *haredim* ?

— Pour faire simple, ce sont des juifs ultraorthodoxes qui rejettent toute forme de modernité, que ce soit dans le domaine des mœurs ou des idéologies. Ils vivent en marge des sociétés laïques, même juives, et sous la direction de leurs rabbins, seules autorités pleinement légitime à leurs yeux. Ils s'amusent à balancer des pierres contre les voitures qui osent rouler pendant le shabbat, ou des cocktails Molotov contre les cinémas ouverts ce jour-là. Certains se livrent au sabotage de fouilles archéologiques, sous prétexte qu'elles risquent de déranger la sépulture des morts. En 1986, les *haredim* ont détruit systématiquement des abris d'autobus se trouvant dans ou près de leurs quartiers parce qu'ils affichaient des publicités comportant des images « indécentes ». Bref. Ce sont des marginaux, tout comme le sont les islamistes qui tuent aveuglément au nom d'Allah ou ces groupes de chrétiens d'extrême droite qui prêchent le créationnisme.

— Voilà qui nous simplifie la tâche. Nous aurions donc affaire à des fanatiques. Des évadés d'asile. Une question me tracasse néanmoins. Vous affirmez, je vous cite : « Il est écrit que seul l'Élu de l'Éternel sera en mesure d'utiliser le pouvoir du sceptre. » Exact ?

Elle confirma.

— Alors qu'est-ce qui vous fait croire que l'Élu n'appartiendrait pas effectivement à l'un de ces groupuscules ? Chrétiens, ou musulmans, ou même à vos *haredim* ? Parce que vous êtes le peuple préféré de Dieu sans doute ? Le fameux peuple élu.

Elle le foudroya du regard.

— Vous êtes un imbécile, Stone. Il n'y a jamais eu de peuple élu hormis dans l'esprit obtus et antijuif de quelques ignares. Je ne vais certainement pas ici vous donner un cours sur ma religion. Sachez néanmoins qu'avant de confier la Loi au peuple hébreu l'Éternel l'a proposée à tous les peuples vivant sur terre. Aucun n'en a voulu. Il ne restait plus à Dieu que le peuple hébreu qui s'est empressé d'accepter Sa Loi. Elle est là, la vérité, c'est ma conviction. Mais je me refuse à me lancer dans un débat théologique. Croyez ce que bon vous semble.

Stone alla se resservir un scotch et resta pensif, son verre à la main.

— Vous croyez que je suis folle, assena Tamara, et que mon grand-père l'était aussi. Dites-le !

Il répliqua :

— Je vais être franc : tout me porte à le croire, en effet. Seulement, il y a eu l'assassinat de votre grand-père, votre kidnapping et Massada. Voilà de quoi me troubler, et c'est un euphémisme. Il y a autre chose aussi que vous ignorez. L'ami dont je vous ai parlé il y a quelque temps m'a informé que même le Vatican s'intéresserait à l'affaire. Un certain cardinal Piccini a fait part de ses inquiétudes à l'ambassadeur américain à Rome. Voilà autant d'éléments qui sèment le trouble dans mon esprit et plaident en votre faveur.

Tamara haussa les sourcils.

— Le Vatican est donc au courant ?

— Vous vous imaginez bien qu'une telle affaire ne peut que le concerner au plus haut point. Après tout, Moïse n'appartient-il pas aussi au christianisme ? Cela étant, les fous de Dieu qui vous pourchassent sont convaincus que votre grand-père vous a indiqué où se trouve ce fameux sceptre et que vous les y conduirez. N'est-ce pas ?

— Je ne vois pas d'autre motif.

— Alors, expliquez-moi pourquoi certains d'entre eux essaient de vous faire la peau ? Ça ne tient pas debout.

Et sans le savoir, à une nuance près, Stone répéta les mots prononcés par Abou Faraj à Abbottabad :

— S'ils vous tuaient, plus personne ne pourrait accéder à ce fameux sceptre. Ni vous, ni eux. Il serait perdu à jamais. Alors, pourquoi ?

Tamara poussa un soupir.

— J'aimerais connaître la réponse...

Stone la considéra silencieusement avant de s'enquérir :

— Avez-vous trouvé quelque chose de particulier à Massada ?

— Oui. Une pierre sur laquelle était gravée une étoile.

— Et… ?

— Caché derrière la pierre, il y avait un message. Un message rédigé de la main de mon grand-père. J'ai formellement reconnu son écriture. Le message disait : « Va où le feu ne consume pas, à l'endroit où la vie ne meurt jamais, là où la voix de l'Éternel s'est fait entendre. »

L'Américain croisa les bras avec une expression ironique.

— C'est limpide.

— Figurez-vous que ça l'est, oui. Mais pas pour des gens comme vous.

— Décidément… Vous êtes forte.

— Non. Ma seule force est celle que me transmet mon grand-père, de là où il se trouve.

— Vous croyez *vraiment* à ces choses-là, apparemment…

— Bien sûr. Sinon, quelle serait notre raison de vivre et de mourir ? Ma foi est aussi mon espérance.

Il la dévisagea comme s'il la voyait pour la première fois, comme s'il prenait tout à coup conscience de sa beauté.

— Puis-je être indiscret ?

— Il me semble que lorsque quelqu'un vous sauve deux fois la vie, il acquiert un certain crédit. N'en abusez pas.

— Pourquoi ne vous êtes-vous jamais mariée ? Nombre de femmes le sont à votre âge.

La question, inattendue, interloqua Tamara. Elle rétorqua :

— D'un seul coup, vous venez de griller la moitié de votre crédit.

— Ne vous dérobez pas.

— Vous connaissez le dicton : « Pour danser, il faut être deux. » Je n'ai croisé que de piètres danseurs. Et vous ? À votre âge, marié, je suppose ?

Il fit non de la tête.

— J'ai failli. Pris de panique, j'ai fait marche arrière.

— Le mariage vous terrorise à ce point ?

— Pour reprendre votre métaphore : elle dansait la valse et moi le rock. Ça ne pouvait pas coller.

Un silence troublant s'insinua dans la chambre. La pluie avait cessé de battre le pavé. Tel-Aviv, la « ville qui ne dort jamais », semblait s'être assoupie.

— Bon, dit Tamara brusquement, si nous allions nous coucher ? Je suis éreintée. Demain je me lève à l'aube pour réserver un billet d'avion.

Il rectifia :

— Deux billets.

Étrangement, elle n'émit aucune protestation. Elle fit remarquer, plus pour la forme que par conviction :

— Rien ne vous y oblige.

— Je sais. Mettons qu'un jour j'aimerais dire à mes enfants que j'ai vu de mes yeux vu le bâton de Moïse.

Elle émit un petit rire.

— Ils ne vous croiront jamais.

Et elle quitta son fauteuil.

— Bonne nuit, monsieur Stone. Je ne vous reconduis pas à votre chambre.

Contre toute attente, il se dirigea vers un canapé et commença à se déshabiller.

— Que… que faites-vous ?

— Vous voyez bien. Je vais me coucher aussi.

— Ici ?

— Ici, mademoiselle Yanovsky. Je ne vous lâche pas.

Il ajouta avec un sourire en coin :

— Et rassurez-vous, je n'ai rien d'un *sexman*. Bonne nuit.

15

Le Caire.

Une agitation proche de l'hystérie régnait le long de la route qui conduisait de l'aéroport international à l'hôtel Four Seasons, au centre du Caire.

D'un geste nerveux, le chauffeur de taxi augmenta le volume de sa radio, au point que les propos du commentateur devinrent assourdissants. Alan jeta un coup d'œil en coin vers Tamara et lui fit observer :

— Je vous avais mise en garde lorsque vous m'avez annoncé notre destination. On ne pouvait choisir pire moment.

Et l'agent avait ô combien raison !

La terre des pharaons ne vivait plus qu'au rythme de sa nouvelle révolution. Une de plus.

Le chauffeur marmonna dans un mauvais anglais :

— C'est malheureux tout de même…

— Les choses vont sûrement se calmer, essaya de le rassurer Stone.

— *No, Sir !* Nous n'en sommes qu'au début. Le fils de chien doit s'en aller. Nous avons eu Moubarak,

Morsi, Mansour, que des guignols et nous espérions vraiment que le général Hakim nous sauverait de l'abîme. C'est toujours comme ça avec les militaires. Vous leur donnez la main, ils vous prennent le bras, et pour finir, tout le corps ! Nous ne les laisserons pas faire. Rien n'a changé ! Des riches toujours plus riches, et nous toujours plus pauvres ! Et encore moins de liberté que du temps de Moubarak ou de Morsi !

Et le chauffeur de se lancer dans une litanie de griefs contre le pouvoir et les hommes politiques en général.

— Alors, pourquoi dites-vous que ce qui se passe est triste ? s'étonna Tamara. Vous devriez au contraire vous réjouir.

— Parce que ni mon fils ni moi ne recueillerons le fruit de cette énième révolution. Il va falloir au moins cinquante ans pour que ce pays retrouve un semblant de stabilité. *Maalesh*, ce n'est pas grave, nous tiendrons le coup. Dieu n'est-il pas à nos côtés ? *Inch Allah !*

Stone hocha la tête et se demanda si le Dieu du chauffeur était le même que celui de Tamara. Il se pencha discrètement vers la jeune femme et questionna sur le ton de la plaisanterie :

— Croyez-vous que leur Prophète a entendu parler de votre sceptre ?

— Oui, monsieur l'incrédule. Le bâton est cité une dizaine de fois dans le Coran. Vous pensez bien que j'ai vérifié. (Elle cita :) « "Frappe le rocher avec ton bâton." Et tout d'un coup, douze sources en jaillirent, et certes, chaque tribu sut où s'abreuver ! » Ou encore : « Alors Nous révélâmes à Moïse : "Frappe la mer de ton bâton." Elle se fendit alors, et chaque versant fut comme une énorme montagne. » Vous en voulez d'autres ?

— Inutile. Je vous crois. Il...

À quelques mètres devant eux, une marée humaine envahissait le milieu de la chaussée.

Le chauffeur expliqua :

— Nous ne sommes pas loin de la résidence du président. Les gens veulent la peau du général Hakim.

Un homme, les yeux brillants, mâchoires serrées, tenait une pancarte au-dessus de la tête sur laquelle on pouvait lire : « Hakim, dégage ! » À ses côtés, un autre homme scandait : « Hakim, retourne dans ta caserne ! »

— Le plus sage, suggéra le chauffeur, serait de faire demi-tour. De toute façon, nous ne pourrons jamais atteindre votre hôtel. Ils viennent d'annoncer à la radio que près de cinq cent mille manifestants sont rassemblés sur la place Tahrir comme au bon vieux temps. Elle est proche du Four Seasons. Toutes les rues qui y mènent sont bouchées.

— *Shit!* pesta Tamara. J'ai vraiment choisi le jour idéal pour ma première visite sur la terre de mes ancêtres.

— Vos ancêtres ? s'étonna le chauffeur. Vous êtes d'origine égyptienne ?

La jeune femme pinça les lèvres.

— Heu... oui. Enfin...

Elle se voyait mal lui raconter qu'elle était juive et que les ancêtres dont elle parlait avaient été les compagnons de Moïse.

Elle mentit timidement :

— Je suis d'origine égyptienne par mon grand-père.

— Allah vous bénisse ! Soyez la bienvenue chez vous, madame ! Je regrette que nous vous offrions ce spectacle pour votre retour. Pardonnez-nous. Mais nous sommes arrivés au bout de notre patience.

— Je vous comprends.

Elle se tourna vers Alan et vit qu'il avait décroché son portable.

— Qui appelez-vous ?

Il ne répondit pas.

Une voix résonna dans le combiné.

Stone répondit, mais en… russe :

— Ici Vladimir. L'un des sept mercenaires est de retour.

Tamara écarquilla les yeux. *Vladimir* ? Les *sept mercenaires* ?

Stone poursuivait :

— Bloqué entre Le Caire et l'aéroport. Oui. À la hauteur de la résidence présidentielle.

L'échange se poursuivit quelques instants, puis l'agent apostropha le chauffeur :

— Sommes-nous loin de l'hôtel Triumph ? Rue El-Khalifa.

— Non. À quelques minutes à peine.

— Très bien. Changement de direction. Conduisez-nous là-bas.

Stone s'adressa à nouveau à son interlocuteur invisible et toujours en langue russe :

— OK, Yul, nous y serons dans peu de temps. *Do svidaniya !*

Et il raccrocha.

— J'ignorais que vous parliez le russe, commenta Tamara.

— Ne vous ai-je pas dit qu'à la longue vous me découvririez des qualités ?

L'hôtel Triumph, un quatre-étoiles, n'en méritait pas plus de deux. Façade neutre, éclairages froids.

Tamara grimaça.

— Votre ami russe n'a rien trouvé de mieux ?

Stone ne répondit pas. Il récupéra les valises et régla le chauffeur qui s'empressa de lui remettre sa carte de visite.

— Vous ne trouverez pas facilement des taxis avec ce qui se passe. Mon nom est Samir. Qu'Allah vous protège.

Se tournant vers Tamara, il ajouta avec un grand sourire :

— Et encore bienvenue chez vous, madame.

Il régnait une animation fiévreuse au bar du Triumph. Des dizaines de touristes mêlés à des serveurs s'étaient regroupés au pied du téléviseur accroché au-dessus du comptoir. Tous semblaient totalement dépassés par ce qu'ils découvraient sur l'écran. Les images de la place Tahrir qui défilaient paraissaient irréelles. Envers et contre toutes les prévisions, le mur de la peur s'était à nouveau écroulé.

— Impressionnant, commenta Stone. Ils doivent paniquer dur chez nous.

— Vous voulez parler de la Maison-Blanche ?

— Évidemment. Encore un scénario qu'aucun de nos brillants experts n'aurait imaginé. Je ne sais plus qui a écrit un jour : « Si tu veux faire mourir de rire Dieu, parle-lui de tes projets. » Dieu a dû certainement beaucoup rire des hommes ces derniers siècles, et des politiciens en particulier.

— Si vous me parliez de… Yul et de votre maîtrise de la langue russe ?

— Disons que, comme mon ami de Langley, c'est quelqu'un de proche. Nous avons été adversaires à une époque, et puis les aléas de la vie nous ont permis de nous rapprocher. Par la suite, je lui ai rendu quelques services. Il travaille pour le SVR, le service des renseignements extérieurs de l'ex-URSS. Je l'avais mis au courant de ma venue au Caire, au cas où…

— Décidément, vous êtes bien prévoyant, Alan.

— Étant donné la situation dans laquelle nous nous trouvons, il me semble que c'est élémentaire.

— Et les « sept mercenaires », c'est un code, j'imagine.

— Une allusion à un célèbre film avec Yul Brynner. Mais vous n'étiez pas née. Quand vous verrez mon ami, vous comprendrez mieux. À présent, si vous m'expliquiez ?

— Quoi donc ?

— Pourquoi avez-vous conclu que Le Caire serait notre prochaine destination ?

— Erreur. Le Caire n'est pas notre destination.

Il plissa le front, tandis qu'elle révélait :

— Notre prochaine destination est le Sinaï, le monastère Sainte-Catherine.

Stone commanda deux bières et observa :

— En vous fondant sur cette seule phrase ? « Va où le feu ne consume pas, à l'endroit où la vie ne meurt jamais, où la voix de l'Éternel s'est fait entendre » ?

Elle confirma.

— Pour un homme comme vous, ces mots n'ont évidemment aucun sens. Ce qui n'est pas mon cas. « Le feu qui ne se consume pas » figure le Buisson ardent. Vous voyez de quel buisson je parle ? Ou dois-je aussi décoder ?

— Je ne suis pas ignare à ce point ! J'imagine qu'il s'agit de celui duquel Moïse aurait entendu la voix de Dieu.

— Bravo ! Vous remontez dans mon estime. Et la phrase « où la voix de l'Éternel s'est fait entendre » confirme bien qu'il s'agit du Buisson ardent.

Il but une gorgée de bière.

— Et naturellement, vous savez où il se trouve.

— Nuance. Je sais où se trouve ce que d'aucuns considèrent être ce buisson.

— Au monastère Sainte-Catherine.

— Plus précisément, dans la cour du couvent.

— Et qu'en est-il de la phrase : « l'endroit où la vie ne meurt jamais » ?

— Vous allez être content : je ne comprends absolument rien. Et…

Elle laissa sa phrase en suspens, avisant un homme qui venait d'entrer dans le bar de l'hôtel.

— Ne serait-ce pas votre collègue, Yul Brynner ?

On eût juré effectivement un sosie de l'acteur. Même crâne glabre, même démarche. Même regard d'acier.

Les deux hommes se serrèrent la main. Stone présenta Tamara.

— Mlle Yanovsky. Yul.

— Enchanté, déclara le Russe en s'inclinant.

Et d'emblée il ajouta :

— Votre grand-père était un grand personnage. Toutes mes condoléances.

Tamara faillit demander comment ce type savait déjà qu'elle était la petite-fille de Menahem, mais se retint. Tout ce monde secret lui échappait.

Yul désigna le téléviseur.

— Vous avez vu le bordel ?

Et il ajouta à l'intention de Stone :

— Tu aurais pu choisir un autre jour, *my friend.*

Il montra l'écran avec une expression triste.

— Les pauvres. Ils ne savent pas ce qui les guette.

— Pourquoi ce pessimisme ? s'étonna Tamara.

— Parce que, chère mademoiselle, pas plus que dans le passé, ce nouveau soulèvement ne modifiera la donne.

Stone demanda :

— Cette révolution arabe, ne serait-ce pas un de vos coups fourrés pour reprendre le contrôle de la région que vous avez perdu ?

— Tu veux rire ? Hélas. Nous n'y sommes pour rien. Pas plus que vous d'ailleurs. Cette fois, c'est réellement le peuple qui fait cavalier seul. Et si je disais, il y a un instant, que la situation m'attriste, c'est parce que, tôt ou tard, quelqu'un raflera la mise. Et le peuple sera cocu. Une fois de plus.

Il pointa le doigt sur l'Américain.

— En plaçant ce général au pouvoir, vous aurez misé sur le mauvais chameau. Bravo ! La leçon des Frères musulmans ne vous a pas servi. Vous les avez mis à la tête de ce pays, puis, comme ils vous filaient entre les doigts, vous les avez remplacés par ce général sans foi ni loi !

Tamara s'étonna.

— Votre ami est sérieux ? Washington a été favorable aux Frères musulmans ?

Contre toute attente, l'agent opina.

— C'est la vérité, malheureusement. Nos politiciens s'imaginent que faute de pouvoir l'éradiquer, il vaut mieux s'acoquiner avec le diable et dîner à sa table. Ils sont persuadés de pouvoir ainsi le contrôler. Conneries ! Nous avons commis la même erreur en Iran, en favorisant l'installation d'un aliéné, je veux parler de monsieur Khomeyni, puis en Afghanistan en optant pour les talibans plutôt que pour ce pauvre Massoud. Nous avons récidivé en Irak, puis en Égypte. Que faire ? Les gens du Pentagone n'ont jamais rien compris au Moyen-Orient. Certains là-bas croient que le chiite est une boisson aphrodisiaque !

Le Russe partit d'un éclat de rire.

— À présent, dites-moi, que puis-je faire pour vous ? J'imagine que tu n'as pas appelé au secours pour parler politique ?

— Exact. Peux-tu nous héberger ? Une nuit. Nous repartirons demain.

— Vous héberger ? Pourquoi ? Le FBI ne rembourse-t-il plus les frais d'hôtel ?

— Disons que je me sentirais plus en sécurité chez toi.

— Aïe... si je comprends bien, tu as quelques soucis.

— Oui et non.

— Voilà une réponse claire comme je les aime.

— J'aurais aussi besoin d'une arme.

— Un Luger ferait l'affaire ?

— Parfait.

— Tu ne veux vraiment pas me dire ce qui se passe ? questionna Yul, mais il se ravisa aussitôt. De toute façon, ça ne me regarde pas. J'habite à quelques minutes d'ici. J'espère seulement que vous ne verrez pas d'inconvénient à partager le même lit : je n'ai que deux chambres.

Alan Stone jeta un regard oblique vers Tamara et répliqua avec un sourire :

— Aucun problème. Nous sommes un vieux couple.

Et avant que la jeune femme ne puisse protester, il enchaîna :

— Allons-y ! Il commence à se faire tard et je suis crevé.

16

— Vous êtes quand même gonflé, pesta Tamara en posant sa valise sur le lit. Vous ne vous imaginez tout de même pas que nous allons dormir ensemble !

Stone laissa tomber la veste, impassible.

— Et vous, mademoiselle Yanovsky, vous ne vous imaginez pas que je vais passer une seconde nuit dans un canapé ?

Il jeta un regard circulaire et fit observer :

— D'ailleurs, il n'y en a pas. Juste cette chaise.

— Vous…

Il marcha vers elle.

— Écoutez, Tamara, arrêtons ces enfantillages. Vous et moi sommes sur le même bateau désormais. Alors comportez-vous en adulte. Vous n'avez jamais dormi dans le lit qu'un homme sans nécessairement vous envoyer en l'air ? Eh bien, ce sera une première. D'ailleurs, sans vouloir vous offenser : vous n'êtes pas du tout mon style.

En guise de réponse, elle ouvrit sa valise, en retira un nécessaire de toilette et un survêtement qu'elle brandit en souriant sous le nez de Stone :

— Je suppose que vous n'avez jamais partagé un lit avec une femme en jogging. Eh bien, ce sera une première !

Elle entra dans la salle de bains et referma la porte derrière elle. Elle en ressortit peu après et alla se camper devant Stone en écartant les bras, avec une expression de défi.

— Je vous plais, monsieur Stone ?

Il l'examina de haut en bas avec un sourire.

— Puis-je vous faire une confidence ? Il est vrai que vous n'êtes pas mon style, mais je ne vous ai pas tout dit. Il se fait qu'une femme en jogging, même la plus moche, me trouble au plus haut point. Je craque et je deviens incontrôlable.

Il fit un pas vers elle. Elle recula, affolée.

Il fit un pas de plus. Elle se retrouva dos au mur.

Il se pencha et murmura à son oreille :

— Savez-vous comment deux hérissons font l'amour ?

Elle le dévisagea, interloquée.

Il attendit quelques secondes avant de poursuivre :

— En faisant très, très attention.

Et il effleura les lèvres de Tamara.

Comme prise de panique, elle essaya de se débattre, mais, étrangement, une chaleur venue d'ailleurs s'était diffusée en elle. *Absurde*, pensa-t-elle. Elle tenta à nouveau de se libérer, sans succès.

Il fit descendre lentement la fermeture Éclair du sous-vêtement, et soudain s'immobilisa, surpris de ne rencontrer aucun rempart : elle était nue sous le tissu. La main droite de Stone se glissa dans la brèche et emprisonna le sexe de la jeune femme. La bouche de

Tamara exhala un soupir. Elle articula un faible « non », mais qui résonnait comme un encouragement. Stone se fit plus audacieux. Il insinua un doigt, puis deux, dans la fente humide. Tamara écarta les jambes, impudique comme jamais elle n'eût imaginé pouvoir l'être. Elle s'offrit plus encore et, sous le va-et-vient, ne put contenir les gémissements de plaisir qui se mêlaient aux battements de son cœur.

Elle se sentait dériver sur une mer de sensations et de vibrations. Son bassin se mit à bouger doucement comme pour appeler les doigts de Stone à aller plus loin, plus vite. Il résista, les retira, ne laissant en elle que leur extrémité. Frustrée, elle poussa un cri, se colla à lui. Il répondit à son appel et reprit possession de son sexe. Alors, très vite, elle se laissa submerger par le torrent qui grondait en elle.

Envahie par le plaisir, Tamara s'enhardit. Saisissant Stone par les épaules, elle le poussa en arrière, le faisant tomber sur le lit. Elle baissa légèrement le bas du pyjama jusqu'à laisser apparaître le sexe de Stone en érection. Elle monta sur lui et s'empala. Une étrange métamorphose s'accomplit. En le chevauchant, la voilà qui instaurait inconsciemment ce lien mystérieux, une scabreuse harmonie entre l'homme et l'animal. Le corps de Tamara se raidit. Se cabra. Ses muscles se nouèrent. Stone retenait son plaisir et sentait qu'elle en faisait autant. Elle ondulait comme sous l'effet d'un souffle invisible et il eut tout à coup l'impression qu'un licol lui emprisonnait le thorax. Pudique et sensuelle à la fois, elle lui imposait son rythme, tandis qu'il lui enserrait les hanches.

Combien de temps dura leur chevauchée ? Seules les étoiles qui flottaient au-dessus du Caire auraient pu le dire.

Au moment où, le corps en sueur, elle s'écroulait sur lui, l'appel d'un muezzin se fit entendre.

Ils restèrent longuement immobiles, enivrés par ce qu'ils venaient de découvrir. Puis, leur embrasement reprit durant une bonne partie de la nuit.

L'aube commençait à poindre quand Stone ouvrit les yeux. Il voulut se lever et prit conscience qu'elle dormait blottie contre lui. Elle semblait tout à coup comme une enfant tant ses traits paraissaient sereins, détendus.

Jamais il n'eût imaginé qu'elle fût capable de tant de sensualité. Un torrent. En vérité, ce n'était pas la première fois qu'il se trompait. Il avait fini par en concevoir une règle : ne jamais se fier aux apparences ! Un visage de femme, sa silhouette, n'était pas le miroir de sa sensualité. Au contraire. Souvent, pensa Stone, les femmes les plus volcaniques qu'il avait croisées étaient celles qui semblaient les plus sages, les plus détachées des plaisirs de la chair. Tamara venait de confirmer cette constatation.

Il jeta un coup d'œil à sa montre : 6 h 15. Une odeur de café fumant chatouilla ses narines. Yul devait déjà être réveillé.

Il enfila son pantalon, s'assura que Tamara sommeillait toujours et marcha vers la porte. Alors qu'il posait sa main sur la poignée, une déflagration assourdissante retentit.

Tamara sursauta aussitôt.

— Que se passe-t-il ? s'écria-t-elle, affolée.

— Habille-toi, vite !

— Mais...

— Fais ce que je te dis !

Il entrebâilla la porte avec précaution

Un rideau de fumée enveloppait le salon.

Mais où diable était passé Yul ?

Un coup de feu éclata ; Stone sentit la balle qui effleurait sa joue avant d'aller se nicher dans la tête de lit, là où Tamara se trouvait quelques secondes plus tôt.

Elle poussa un nouveau cri, tandis que Stone refermait la porte à double tour. Il se rua vers la fenêtre : la rue déserte s'étirait cinq étages plus bas. Aucune issue possible.

À présent, des coups sourds retentissaient contre le battant. Quelqu'un tentait d'enfoncer la porte. Elle ne résisterait pas longtemps. Stone n'hésita pas, saisissant Tamara par la main, il l'entraîna vers la salle de bains et se barricada à l'intérieur.

— Nous sommes perdus, balbutia Tamara.

L'Américain jeta un regard circulaire autour de lui. Rien. Pas l'ombre d'un objet avec lequel il aurait pu se défendre. Au-dessus du lavabo, il avisa une armoire à pharmacie fermée par une porte miroir. Il l'ouvrit. À l'intérieur : une bombe de mousse à raser, un rasoir, un flacon d'alcool à 90° et d'autres choses sans intérêt. Il prit la bombe et la fracassa contre le miroir qui se brisa en fragments irréguliers. S'emparant d'une serviette, Stone l'enroula autour du plus gros morceau et se plaqua contre le mur, derrière la porte, chaque parcelle de son corps en alerte. Un rai de soleil se posa sur la pointe acérée.

Accroupie au pied de la baignoire, Tamara tremblait comme une feuille.

Aux coups de boutoir qui jusque-là retentissaient succéda le silence, suivi par deux déflagrations. Et la serrure vola en éclats. Le battant s'écarta. Un homme apparut dans l'encadrement, un Stechkin 9 mm à la main. La première chose qu'il vit, ce fut Tamara, les traits déformés par la terreur. Il pointa immédiatement le canon sur elle. Son index appuya sur la détente. Le coup partit au moment précis où la main de Stone, armée du fragment de miroir, s'abattait sur son poignet. Des jets de sang jaillirent aussitôt de la plaie béante. La balle, déviée de sa trajectoire, acheva sa course contre la fenêtre qui explosa.

Sous l'effet de la douleur, l'homme lâcha son arme. Stone réitéra son attaque, visant cette fois le visage, mais ne parvint qu'à l'effleurer. L'agresseur recula d'un pas et envoya son genou dans l'entrejambe de l'agent qui se plia en deux. Profitant de son avantage, il se jeta sur Stone qui l'évita de justesse. Esquissant un pas de côté, il enfonça la pointe du miroir dans le flanc de l'homme. Ce dernier poussa un hurlement de bête féroce. Mais au lieu d'affaiblir sa détermination, cette nouvelle blessure ne fit que la renforcer. Dans une sorte d'inconscience suicidaire, il se rua à nouveau sur Stone. Cette ultime tentative lui fut fatale. Cette fois, le fragment de miroir s'enfonça dans sa gorge. L'homme écarquilla les yeux avec une sorte d'incrédulité. Il demeura un instant immobile, avant de s'affaisser sur le sol.

Stone, éclaboussé de sang, s'écarta du cadavre. Il allait dire quelque chose, mais fut interrompu par un cri de Tamara.

— Attention !

Un second individu venait de faire irruption. Il visa l'Américain entre les yeux.

Foutu, songea Stone.

La déflagration lui fit l'effet d'une bombe qui aurait explosé dans sa tête. Le silence. Stone s'étonna d'être encore debout. Plus encore, de constater que son agresseur venait de s'écrouler sur le carrelage.

— On dit merci ?

Yul se tenait sur le seuil, un fusil à pompe à la main.

— Putain ! Mais où étais-tu ? se récria Stone.

— Tu ne vas quand même pas m'engueuler ? J'étais sorti vous acheter du pain frais et des falafels. Ils sont délicieux dans ce pays.

Il désigna les deux cadavres.

— Tu ne me présentes pas ces messieurs ?

Stone ignora la question et se dirigea vers Tamara.

— Ça va ?

Il l'aida à se relever. Elle tremblait encore.

— Ça va, répondit-elle. Enfin, je crois.

Yul s'était penché sur le corps de l'un des tueurs. Il retira un portefeuille de la poche intérieure de sa veste et en énuméra le contenu :

— Une carte de crédit American Express au nom de Luciano Natali, un passeport britannique, même nom. Un ticket de parking, aéroport international du Caire, et du fric. Pas loin de mille dollars. Mazette ! Ici, ça représente six mois de salaire !

Il pointa le doigt sur la poitrine du mort. On y voyait une chaîne ornée d'un crucifix.

— Et croyant, en plus !

Il se dirigea vers l'autre dépouille et fit le même constat.

— Ils sortent d'où, ces mecs ? D'un monastère ?

Comme pour le précédent, il récupéra les documents de la veste.

— Passeport russe au nom d'Andreï Baranov. Tiens donc. Un compatriote !

— Ne te fais pas d'illusions, commenta Stone. Ce sont sûrement de faux papiers.

— Peut-être, mais pas les crucifix. De l'or pur. Du 24 carats.

Il fixa son ami.

— Tu peux m'expliquer ?

Stone hocha la tête.

— Si tu veux, mais tu ne me croiras pas. Tu…

— Non !

La voix de Tamara les fit sursauter.

— Non, répéta-t-elle.

— Que voulez-vous dire ? s'étonna le Russe.

— Rien. Alan sait de quoi je parle. C'est un secret entre nous.

Il haussa les épaules.

— D'accord, j'insiste pas !

Un large sourire éclaira le visage de Yul.

— Sympa. Vous me demandez l'hospitalité, je vous l'accorde. Des tueurs débarquent chez moi, transforment mon appartement en Stalingrad, je vous sauve la vie et en guise d'explication, je n'ai droit à aucun commentaire. Merci, les amis.

Il s'inclina devant Stone et conclut :

— À charge de revanche, *my friend*. Je...

Une voix l'interrompit.

— Tout va bien, patron ?

Aussitôt suivie d'un cri d'épouvante.

C'était le *baouab*, le portier de l'immeuble qui, attiré par les coups de feu, venait de faire irruption. À la vue des deux cadavres et du sang qui maculait la salle de bains, il manqua de défaillir.

— *Bismillah*, mon Dieu... bégaya-t-il.

— Des cambrioleurs, expliqua calmement le Russe dans un arabe parfait. Maintenant, ils ne voleront plus personne.

— La... la police.

— Bien sûr. Je vais m'en occuper. Ne t'inquiète pas.

— *Bismillah*, répéta le portier.

D'autres personnes déboulaient à leur tour ; des voisins ; des curieux.

— Stop ! ordonna le Russe en se dirigeant vers eux. Sortez tous !

Il invita le portier à en faire autant. Il voulut refermer la porte d'entrée, mais la serrure avait littéralement explosé. Il se contenta alors de repousser le battant.

— Et maintenant, demanda-t-il en s'adressant au couple. Quel est votre programme ? La destruction du quartier ?

— Rassurez-vous, répliqua Tamara, nous partons.

— Pour ?

— Le Sinaï.

— Vous en avez la nostalgie ?

— Que voulez-vous dire ?

Le Russe sourit.

— Vos ancêtres y ont bien passé quelque quarante ans, si je ne m'abuse ?

Tamara opina.

— Oui. J'en ai la nostalgie.

Stone demanda :

— Ce serait abuser que de te demander de nous conduire à l'aéroport ?

— Certainement. Mais j'adore qu'on abuse de moi. Surtout une jolie femme.

Il souleva son fusil à pompe.

— D'après toi, nous risquons d'en avoir encore besoin ?

— Je ne crois pas. En revanche, tu m'avais proposé un Luger. Il sera plus que le bienvenu.

— OK.

Un instant plus tard, le trio s'engouffrait dans le 4 × 4 du Russe.

Malgré l'heure matinale, les rues du Caire grouillaient déjà de monde. La révolution battait son plein. Lorsque le véhicule s'engagea sur l'avenue qui menait à l'aéroport, le ciel rougeoyait au-dessus des palmiers. Et Tamara se dit qu'il était teinté de sang.

17

Désert du Sinaï.

Le désert. Un désert qui fut un jour le centre de l'univers, peuplé d'oasis et de montagnes aux crêtes déchirées. Le Sinaï.

— Impressionnant, murmura Stone en arrêtant le Range Rover devant l'entrée d'un imposant édifice, adossé contre une montagne aride aux teintes ocre.

— Étonnant, surtout, observa Tamara. On dirait une forteresse.

En effet, flanqué d'épaisses murailles, de tours de garde, l'édifice carré était plus proche du château fort que d'un lieu de prière.

L'Américain pointa le doigt vers la montagne qui se dressait en arrière-plan.

— Serait-ce le fameux mont Sinaï ?

— Non. C'est le djebel el-Deïr. Le mont Sinaï se trouve à environ quatre kilomètres d'ici.

Elle ajouta, pensive :

— Mais est-ce bien le mont Sinaï ?

— Que veux-tu dire ?

— C'est une histoire compliquée. D'après un archéologue italien, Emmanuel Anati, le véritable djebel Musa serait le mont Har Karkom, beaucoup plus au nord. L'homme fonde son hypothèse sur les fouilles qu'il a entreprises dans les années quatre-vingt. Il mentionne notamment la présence d'une petite caverne qui aurait été habitée autour de 2125 avant notre ère. Selon lui, cette grotte, placée près du sommet et dans laquelle on a trouvé des traces d'habitation, serait celle de Moïse.

— Un peu mince comme preuve, non ?

— Anati cite aussi la découverte d'un sanctuaire entouré de douze grandes pierres dressées. Toujours d'après lui, ce nombre douze est le symbole des douze tribus d'Israël. De surcroît, la proximité d'un site de campement prouverait que c'est de là que Moïse serait parti pour gravir la montagne. Le problème, c'est que l'on trouve au même endroit d'autres sanctuaires qui comportent également des grandes pierres : mais aucune au nombre de douze. Par ailleurs, sur une gravure que j'ai vu, le dessin d'un serpent qui fait face à un personnage filiforme muni d'une tête et de deux petites cornes dressées. Anati pense y voir la transformation biblique du bâton en serpent. Une autre gravure rupestre montre une forme qui ressemble étrangement aux Tables de la Loi. En réalité, sur l'ensemble des quatre mille gravures rupestres du site, il n'y en a que trois qui auraient un lien avec la Bible.

— Et qu'en pensent les professionnels ?

— Disons qu'aucune revue spécialisée n'a jamais estimé utile de publier la théorie d'Anati. Au contraire, les réactions sont très négatives dans les milieux scientifiques.

Stone hocha la tête.

— En tout cas, une chose est certaine : nous sommes bien devant le monastère Sainte-Catherine.

Une courte distance les séparait de l'entrée. En s'en approchant, Tamara se sentait gagnée par un sentiment de malaise.

Que faisait-elle ici ? Et si Menahem s'était trompé ? Si toute cette histoire n'avait été qu'une création de son imagination ?

« Je ne compte plus le nombre des années passées à tenter de briser les sceaux de ce mystère. Une vie, mon enfant. Toute une vie à essayer d'atteindre l'inaccessible. J'y suis parvenu. À l'heure où je t'écris, je sais où se trouve le sceptre de Dieu. »

Était-il possible que l'objet sacré se trouve ici ? Dans un lieu chrétien ? Chez des moines grecs orthodoxes ? Était-ce concevable ?

« Déchausse-toi, car le sol que tu foules est sacré. »

Les paroles qu'Adonaï avait adressées à Moïse quelque cinq mille ans plus tôt résonnèrent soudain dans sa tête comme un avertissement. Elle s'arrêta brusquement et jeta un regard inquiet autour d'elle.

— Que se passe-t-il ? demanda Stone.

— Rien… Tout va bien.

— Si tu crains que nos poursuivants soient encore sur nos talons, rassure-toi. Je n'ai cessé de lorgner dans mon rétroviseur durant tout le trajet. Personne.

Il montra le paysage autour d'eux.

— Regarde. Quelques touristes, des chameliers. C'est tout.

Elle s'efforça de sourire.

— Pardonne-moi, je deviens paranoïaque.

Ils poussèrent l'épaisse porte en bois.

Un homme au regard lumineux, vêtu d'une ample tunique, apparut dans leur sillage. Il les suivit du regard alors qu'ils s'engouffraient à l'intérieur du monastère.

Les murs de la pièce étaient couverts d'étagères, des pans entiers de recueils sans âge. Un prie-Dieu, un bureau, un lutrin sur lequel on avait posé une bible rédigée en grec, quelques chaises composaient tout le mobilier. Il régnait une atmosphère indicible, entretenue par des parfums d'encens et de myrrhe qui flottaient dans l'air.

Le père Aclimandos fourragea à plusieurs reprises dans sa barbe couleur poivre et sel, avant de faire observer à Tamara :

— Je vous avoue, madame, que je ne comprends pas très bien votre insistance. Si vous me disiez plutôt ce que vous recherchez précisément ? Je pourrais alors mieux vous aider, ne croyez-vous pas ?

Tamara baissa les yeux, embarrassée.

— Je vous ai expliqué, mon père, je rédige un ouvrage sur le monastère, mais à la différence des autres publications, j'aimerais aborder des éléments, des anecdotes, rarement traités jusque-là. En deux mots, ajouta-t-elle, je souhaite faire preuve de plus d'originalité.

Le prêtre secoua la tête, méditatif.

— Que vous dire ? Sinon que ce lieu sacré fut construit sur ordre de l'empereur Justinien entre 527 et 565 autour du Buisson ardent mentionné dans la Bible, pour protéger les cols du Sinaï contre les invasions. Jusqu'à la révolution de 1917, la Russie fut pendant des siècles la protectrice de notre Église, je veux dire, l'Église grecque orthodoxe.

— Mais quel est le lien entre le monastère et le nom de la sainte ? questionna Stone. Celui de « mont Sinaï » ne suffisait donc pas ?

— Je comprends votre étonnement. En réalité, au départ, l'endroit fut dédié à la Vierge Marie, et ce n'est que plus tard qu'on le consacra à sainte Catherine.

— Pardonnez mon ignorance, mon père, intervint Tamara, mais qui était-elle ?

— Une jeune fille née vers 290 après Jésus-Christ, dans une famille noble d'Alexandrie. Dotée d'une intelligence hors du commun, elle avait acquis, dans un laps de temps très court, des connaissances qui la plaçaient au niveau des plus grands poètes et philosophes du moment. Une nuit, après avoir vu le Christ en songe, elle décida de lui consacrer sa vie, se considérant comme sa fiancée. En 310, lorsque l'empereur de Rome, Maxence, débarqua à Alexandrie pour y présider une importante fête païenne, la fougueuse Catherine saisit l'occasion pour tenter de le convertir au christianisme. Elle ne fit que déclencher sa colère. Informé néanmoins de la grande culture de son interlocutrice, l'empereur décida de la mettre à l'épreuve en lui imposant un débat philosophique avec une cinquantaine de savants. Bien mal lui en prit. Catherine réussit à les convertir, tous sans exception. Furieux, non seulement Maxence les fit tous exécuter, mais il proposa le mariage à Catherine. Proposition que, bien entendu, elle refusa avec mépris. Frustré, vert de rage, l'empereur ordonna qu'on la torture à l'aide d'une machine constituée de roues garnies de pointes. Par un miracle divin, les roues se brisèrent sur le corps de la jeune fille, et les pointes aveuglèrent les bourreaux. Obstiné, Maxence exigea finalement qu'elle fût décapitée. La légende raconte qu'au moment où le couperet s'abattit sur le cou de la martyre du lait en jaillit.

Alan et Tamara échangèrent un regard dubitatif.

Le prêtre s'en aperçut-il ? Il poursuivit quand même :

— Quelques siècles plus tard, des moines qui vivaient ici découvrirent au sommet de la montagne voisine le corps intact d'une belle jeune femme que l'on identifia comme étant celui de la jeune Catherine d'Alexandrie.

— Voilà qui est étonnant. Par quel miracle la dépouille se retrouvait-elle à des centaines de kilomètres du lieu où on l'avait enterrée ?

Le moine leva les yeux au ciel avant de répondre, paupières mi-closes :

— Les voies du Seigneur sont impénétrables. On suppose qu'elle fut déposée au Sinaï par des anges.

Stone retint un sourire.

— Ensuite ? s'enquit Tamara, apparemment plus concentrée.

— Ensuite, vint le temps des croisades. La légende de Catherine se répandit dans tout l'Occident et les moines décidèrent d'attribuer son nom au monastère. Depuis, les membres de l'ordre de Sainte-Catherine eurent pour tâche de défendre le tombeau et le monastère contre les ennemis du christianisme. Lorsqu'en 630 le Sinaï fut conquis par les armées arabes de Amr ibn al-As, conquête accompagnée de l'installation de tribus venues d'Arabie, les routes commerciales furent profondément affectées, et le Sinaï se vida peu à peu de ses occupants.

— Et l'envahisseur arabe n'a pas cherché à raser le monastère ?

Le moine eut l'air surpris par la question.

— Impossible ! C'eût été commettre un blasphème. Ce lieu est sacré, même pour les musulmans. Vous n'ignorez pas que le personnage de Moïse occupe une place prépondérante dans le Coran. Il est cité cent douze fois. Et puis, si par extraordinaire un mécréant avait tenté quoi que ce soit contre nous, il se serait heurté à la tribu du cheikh Moussa, qu'on appelle aussi la tribu des Gebeliya. Elle aurait vite fait de le tailler en pièces.

— Les Gebeliya ?

— On les appelle aussi le « peuple des montagnes ». Selon la légende, ils seraient des descendants des Macédoniens envoyés à Sainte-Catherine par l'empereur Justinien pour protéger le monastère. Ils vivent ici depuis le VIe siècle de notre ère. Et il n'y a pas qu'eux d'ailleurs qui seraient prêts à nous défendre. Une autre tribu, celle d'Abou Madian, se dresserait elle aussi tel un rempart pour nous protéger. Vous comprenez ?

Stone demanda :

— Et combien de moines vivent ici ?

— Environ une vingtaine. Il y en avait plus de quatre cents au Moyen Âge. Hélas, de leur passage il ne reste plus que de simples ossements desséchés par le soleil. On peut d'ailleurs en apercevoir dans l'ossuaire.

Tamara réprima un sursaut.

— L'ossuaire ?

— Oui. Au fil des siècles, on y a déposé les crânes des archevêques afin de pallier le problème du dégagement des tombes dans la roche.

Une cloche tinta.

— Je dois prendre congé de vous, annonça aussitôt le prêtre en repoussant son siège. C'est l'heure de la prière. Vous pouvez poursuivre la visite à votre guise. Peut-être trouverez-vous ce que vous recherchez.

Le couple se leva à son tour.

— Pardonnez-moi cette dernière question, déclara Tamara : n'existe-t-il pas un endroit dans le monastère, une pièce, un monument ou autre, qui évoquerait la vie éternelle ?

Un large sourire fendit la barbe grisonnante du prêtre.

— Mon enfant, tout ici parle de vie éternelle. Chaque parcelle, chaque grain de sable. Ne sommes-nous pas dans un lieu divin ?

— Vous avez raison. Je suis désolée. Ma question est stupide.

— Non. Aucune question n'est stupide, dès lors qu'elle est porteuse du désir de la connaissance. Croyez-moi, j'aurais aimé vous apprendre quelque information extraordinaire, hélas, je n'en connais guère. Si vous souhaitez que Dieu vous éclaire, allez donc vous recueillir dans l'église de la Transfiguration. Bonne chance.

En descendant les marches qui menaient vers la grande cour noyée de soleil, Stone fit observer :

— Te voilà en conversion au rite grec orthodoxe !

— Tu dis n'importe quoi ! En tout cas, je respecte infiniment ces gens. Vivre ici, cloîtrés, au beau milieu du désert, nécessite une sacrée dose d'abnégation et de foi.

— Je ne dois posséder aucune de ces qualités, hélas. Quant au vœu de chasteté… Dieu m'en préserve !

Il effleura le cou de Tamara en susurrant d'une voix complice :

— Tu pourrais, toi ?

Elle s'écarta vivement.

— Arrête, Alan ! Un peu de respect pour cet endroit !

Il haussa les épaules.

— Nous aurions pu leur offrir un spectacle distrayant. Tu n'es vraiment pas charitable ! Et…

— Regarde ! l'interrompit Tamara. Le panneau. Il indique la direction de l'ossuaire !

— Excellente nouvelle. Et alors ?

— Tout à l'heure, le prêtre a dit : « Il y avait plus de quatre cents moines qui vivaient ici au Moyen Âge. De leur passage il ne reste plus que de simples ossements desséchés. »

Stone secoua la tête, déstabilisé.

— Les ossements ! scanda la jeune femme.

— Oui ?

— Les ossements ! Les ossements desséchés !

— Pourquoi je me sens largué tout à coup ?

— Souviens-toi, à Jérusalem, des propos d'Isabelle Boissard. Elle a cité la découverte, à Massada, de deux fragments de rouleau de parchemin. L'un contenait deux versets du Deutéronome, l'autre des parties du livre du prophète Ézéchiel, dont le chapitre 37.

— Exact.

— Le chapitre en question mentionnait la vision des ossements desséchés.

Sans attendre, entraînant Stone par le bras, elle se précipita dans la direction de l'ossuaire.

L'endroit était situé hors de l'enceinte, non loin d'un potager et d'une citerne d'irrigation. Sitôt qu'ils pénétrèrent dans le lieu, Tamara fut prise d'un haut-le-cœur. Des crânes, des centaines de crânes étaient amoncelés dans des niches grillagées, offrant un spectacle sinistre.

— Quelle horreur…

— Pas très réjouissant, en effet.

— Cherchons, ordonna-t-elle.

— Quoi donc ? Où ?

— Je n'en sais rien. Il doit bien y avoir un message caché quelque part ! Comme à Massada.

Réprimant sa répulsion, Tamara se mit à scruter les niches à la recherche d'un indice qui viendrait la conforter dans ses conclusions. Au bout d'une dizaine de minutes, elle dut s'avouer vaincue.

— C'est insensé ! Quel est le lien entre la prophétie d'Ézéchiel et cette salle de crânes ?

— Les ossements, rétorqua Stone.

— Et c'est tout ?

L'Américain fit une moue.

— Viens. Quittons cet endroit, suggéra Tamara. J'étouffe.

L'air libre lui fit du bien. Elle respira à pleins poumons et essaya de se détendre. Elle était à bout de nerfs.

— Nous allons rentrer au Caire, décida-t-elle.

— Quoi ?

Elle cria presque :

— Piégée ! Je me suis piégée moi-même ! Plantée...

Elle se prit le visage entre les mains dans un mouvement désespéré.

— Tout est de ma faute.

— Pourquoi ?

— Parce que j'ai dû me tromper quelque part. Je n'ai pas été à la hauteur des aspirations de Menahem. Il m'a surestimée !

Stone l'enveloppa entre ses bras.

— Allons. Calme-toi. Tu ne t'es pas plantée. Le Buisson ardent, les ossements, la voix de l'Éternel. Les éléments sont réunis. Il manque seulement une pièce au puzzle. C'est tout.

— Oui. Mais c'est la clef de voûte. Et je ne vois pas où nous pourrions la trouver. C'est trop compliqué, Alan. J'abandonne.

Un léger vent de sable s'était levé et courait entre les murailles.

— Et si nous suivions le conseil du père Aclimandos ? suggéra Stone. Il a dit : « Si vous souhaitez que Dieu vous éclaire, allez donc vous recueillir dans l'église de la Transfiguration. »

Tamara le dévisagea avec incrédulité.

— Ne me dis pas que tu es devenu croyant tout à coup.

— Va savoir ! Allez, viens. Nous n'avons rien à perdre.

Il l'invita à le suivre et demanda :

— Sais-tu ce qu'est la Transfiguration ?

— Je suis juive, Alan. J'ai déjà pas mal de difficulté à apprendre les finesses de ma propre religion, alors…

Stone expliqua :

— Il s'agit d'un changement d'apparence corporelle de Jésus pendant quelques instants de sa vie terrestre, pour révéler sa nature divine à trois de ses disciples. La scène s'est déroulée dans ton pays, sur le mont Thabor.

Tamara s'arrêta net, interloquée.

— Comment sais-tu ces choses ?

— J'ai été élevé par un père pasteur. Ça marque.

— Tu es donc un vrai goy ! Un vrai de vrai !

— Que veux-tu, *darling*, tout le monde ne peut pas être juif.

— Et pourtant, originellement, tout le monde le fut. Par Abraham. C'est après que les peuples se sont fourvoyés.

— Si tu le dis.

Il accéléra le pas.

Arrivés sur le seuil de l'église, ils accédèrent au vestibule par une grande porte en bois. Une vingtaine de fidèles étaient réunis en prière, dont des femmes arabes en nikab.

— Que font-elles ici ? se récria Alan.

— Tu vois bien, elles prient.

— Des musulmanes, dans une église ?

— On voit que ton papa pasteur ne t'a pas tout enseigné. Je te rappelle que nous ne sommes pas loin du mont de Moïse. Le personnage est vénéré dans l'islam.

Ils continuèrent de progresser le long des colonnades qui soutenaient la nef. Le pavement, une mosaïque de marbre, rappelait étrangement celui de certaines mosquées.

Tamara dévorait littéralement des yeux le décor, à l'affût du moindre signe susceptible de résoudre les mots énigmatiques de son grand-père : « L'endroit où la vie ne meurt jamais. » Rien. Elle ne voyait rien. Sinon des icônes, encore des icônes et des fresques où figuraient des scènes de la vie du Christ.

Ils étaient parvenus à présent devant deux portes flanquées de deux châsses d'argent incrustées de pierres précieuses, qui séparaient la nef du chœur. Dans l'abside se détachait une représentation de la Transfiguration. À la gauche du Christ se tenaient deux disciples ainsi que deux autres à sa droite.

— Ils auraient pu mettre des sous-titres, ironisa l'Américain.

— Tu blasphèmes !

— Je suis sérieux. J'aurais bien aimé savoir qui sont ces personnages qui entourent Jésus. Je…

Une femme, les cheveux recouverts d'un foulard, s'autorisa à intervenir aimablement.

— Là, dit-elle en indiquant les personnages de gauche, c'est Moïse et saint Jacques. Et là, à droite, c'est saint Jean et le prophète Élie.

— Je vous remercie, madame, répliqua Tamara. Et excusez mon ami. Il n'est pas très éduqué.

La femme esquissa un sourire et se replongea dans la prière.

— On sort ? questionna Stone.

Tamara acquiesça.

C'est au moment où ils allaient faire demi-tour que l'Américain avisa un reliquaire en forme de cercueil vitré et cerclé de feuilles d'argent, posé dans un coin de l'église.

— Qu'est-ce que c'est ?

Une fois encore, la dame au foulard intervint :

— C'est là que sont entreposées les reliques de sainte Catherine : son crâne et sa main.

Cette fois, ce fut Stone qui exprima sa gratitude.

Face au reliquaire, Tamara poussa un soupir, l'œil rivé sur les reliques.

Grand-père, éclaire-moi... Je t'en supplie. Je me noie.

Pendant de longues minutes, elle continua d'observer les reliques, quand un détail attira son attention.

La position de la main de la sainte semblait indiquer une icône accrochée sur un pan de mur représentant une Vierge à l'Enfant. Elle marcha vers l'icône. La scruta attentivement. Quel rapport pouvait-il y avoir entre la prophétie d'Ézéchiel, le message de Menahem et cette représentation de la Vierge à l'Enfant ? Elle eut beau se torturer l'esprit, elle ne voyait rien.

Épuisée, elle fit signe à Alan de la suivre et remonta l'allée centrale, vers la sortie.

— Cette fois, annonça-t-elle, nous rentrons au Caire. Je suis lessivée.

À la détermination de sa voix, Stone estima qu'il serait vain d'insister.

Lorsqu'ils montèrent dans le Range, aucun des deux ne remarqua la présence de la silhouette qui les suivait du regard.

Ils roulaient depuis une vingtaine de minutes et ils n'avaient pas échangé un seul mot.

Sous leurs yeux, les méandres du Sinaï défilaient inlassablement. De temps à autre, dans cet univers minéral, surgissaient, comme par miracle, un arbrisseau, un palmier, uniques traces de vie.

Soudain, Tamara déclara :

— Et si l'explication se trouvait dans le tableau ?

L'Américain sourcilla tandis qu'elle enchaînait :

— La Vierge à l'Enfant. La prophétie d'Ézéchiel ne parle-t-elle pas de la Résurrection, de « la vie qui ne meurt jamais » ? Or qu'est-ce qui transmet la vie, sinon la mère ? La Vierge à l'Enfant. La vie par la mère.

— Logique, approuva Alan, mais je ne vois pas où cela nous mène.

Tamara se replongea dans le silence.

Quelque chose lui soufflait que la clef de l'énigme était là. Dans cette symbolique. La transmission de la vie par la mère, la protection de l'enfant par la femme. Dans tous les rites, toutes les religions, cette transmission est figurée. Toutes sans exception.

« Ne te fie pas aux apparences ! Jamais ! Un mot peut en cacher un autre. Un ange, un démon. Et surtout : utilise ton instinct plutôt que ton savoir. Tout est synonyme… Garde aussi en mémoire le jeu du ricochet auquel nous nous livrions lorsque tu étais enfant. Tu n'as pas oublié, je pense. »

Ricochet… La Vierge à l'Enfant.

— Isis, laissa tomber soudainement Stone.

— Que dis-tu ?

— Tout à l'heure, en observant l'icône, je me suis dit qu'elle me rappelait quelque chose. Maintenant, je me souviens. Il y a quelques années, je me trouvais en mission au Caire, et j'en ai profité pour visiter le musée. C'est là que j'ai vu la statuette. Une statuette représentant la déesse Isis tenant son fils Horus dans les bras. Une réplique de l'icône que nous venons de voir dans l'église. Le guide m'a expliqué qu'Isis était considérée par extension comme la mère et la protectrice des pharaons. Il a même ajouté, ce qui sur le moment m'a fait sourire, que le lien entre Isis et Horus avait dû certainement influencer la conception chrétienne du rapport entre Marie et l'enfant Jésus.

Tamara hocha la tête. L'information l'impressionna :

— Ce qui sous-entendrait que notre prochaine étape serait un retour au Caire ?

— Je ne vois pas d'autre solution.

— Le Caire. Pourquoi pas ? Mais ensuite ? Où aller ?

— Alors, là… je donne ma langue au chat. Pourtant nous ne sommes pas loin de la pièce manquante. Il existe indiscutablement un lien direct entre l'Égypte et Moïse. Moïse et le pharaon. Il me semble que…

— Non ! s'écria Tamara. Entre Moïse et la *fille* de pharaon !

Prise d'une fièvre soudaine, elle développa :

— La fille de pharaon, Bitya, celle qui l'a sauvé des eaux du Nil. En tant que femme elle l'a protégé et en tant que mère adoptive, elle l'a appelé mon fils. En guise de récompense pour son acte d'amour, Dieu l'a fait monter de son vivant dans les Cieux. Quant à la résurrection ? C'est la libération de l'esclavage pour le peuple d'Israël par Moïse. Mais pour cela, il fallait que Moïse soit sauvé des eaux par Bitya. Tu suis ?

— C'est clair !

Elle lui prit le bras.

— Et où la légende les réunit-elle ?

Il hésita :

— Au... Caire ?

— Oui, au Caire. Mais dans un endroit précis : la synagogue Ben Ezra !

— Ben Ezra ?

Elle ordonna :

— Arrête la voiture !

— Là, en plein désert ?

— Oui ! Je dois t'expliquer. Tout s'éclaire d'un seul coup !

Il freina et se rangea sur le bas-côté.

— Écoute-moi bien. La synagogue Ben Ezra est la plus ancienne d'Égypte. La légende raconte que c'est à cet endroit que Bitya, la fille de pharaon, aurait recueilli Moïse dans son panier, et qu'il aurait ensuite grandi dans ces mêmes lieux.

— Tu n'es pas sérieuse ?

— Je t'assure, c'est bien à cet endroit ! La Vierge et l'Enfant... Moïse et Bytia.

Le visage de Stone s'était métamorphosé.

— Hallucinant... Décidément, feu le rabbin Yanovsky était un homme hors du commun...

18

Le Caire.

L'aéroport du Caire était plein d'animation, de va-et-vient, d'ombres enchevêtrées.

— Taxi, *mister* ! Taxi !

Des cris fusaient de toutes parts. Un homme cherchait à tirer Stone par la manche pour l'entraîner vers un véhicule, un autre cherchait à le happer vers une fourgonnette.

Malgré l'air frais, la moiteur environnante était insupportable. L'humidité inhérente à la vallée du Nil avait triplé depuis la construction d'un haut barrage.

— Stop ! ordonna une voix. Ce monsieur est mon client !

Et l'homme tendit la main à Stone.

— Bienvenue. Ravi de vous revoir.

C'était Samir, le chauffeur de taxi qui, après les avoir déposés à l'hôtel Triumph, lui avait confié sa carte de visite.

— Combien, jusqu'au Vieux Caire ? s'informa l'Américain.

— Où exactement ?

— Le quartier copte. La synagogue Ben Ezra.

— 400 livres.

— Tu plaisantes ? protesta Stone. C'est quatre fois le prix !

— Oui, mon bey, mais le centre-ville est sens dessus dessous, et je vais être obligé de faire un détour du diable.

— 200 livres.

— Sur ma vie ! Sur celle du Prophète. Impossible. 350.

— 250.

— 300. Parce que c'est vous. J'ai quatre enfants à nourrir, mon bey. On ne s'en sort pas. Je fais le taxi la nuit, fonctionnaire le matin et plombier l'après-midi.

Tamara fit signe à son compagnon de céder.

Ils s'engouffrèrent dans le taxi.

Tamara leva les yeux vers le ciel sans étoiles, nappé par les brumes polluantes et l'humidité, tandis que les gens, les palmiers fatigués, les panneaux aux publicités criardes défilaient de part et d'autre de la route.

Elle reporta ensuite son attention sur l'intérieur du taxi. Le frein à main pendait lamentablement entre les sièges. Le tableau de bord ressemblait à un Lego conçu par un enfant dément. Le rétroviseur extérieur gauche tenait miraculeusement grâce à des bouts de ficelle. Celui de droite n'existait plus. Les freins fonctionnaient-ils encore ? Seul le poste de radio paraissait en bon état. Pour preuve, la musique assourdissante qui hurlait dans l'habitacle. Il lui revint à l'esprit ce commentaire d'un vieil oncle : « La seule chose intacte en Égypte est celle qui n'a pas encore été fabriquée. »

— Quel capharnaüm, soupira le chauffeur. Et le pire…

Un choc l'interrompit et projeta le couple en avant. Un véhicule venait de les heurter à l'arrière. Le chauffeur pila net et jura :

— Abruti !

Il coupa le contact et bondit à l'extérieur.

— Où va-t-il ? s'exclama Tamara.

— S'expliquer, sans doutc.

Stone baissa la vitre. En effet, les deux chauffeurs s'invectivaient dans la lumière jaunâtre des réverbères. L'affaire pouvait s'éterniser.

— Je vais les séparer, décida l'Américain.

— Tu es fou ! Ne te mêle pas de ça !

— Il est 19 heures. Et nous avons rendcz-vous à la synagogue à 20 heures. Jamais nous n'arriverons à temps ! Laisse-moi faire.

Il sortit du taxi et aussitôt, se fit renverser par un bonhomme brandissant unc pancarte sur laquelle on avait gribouillé : « Hakim, Charbib est parti, demain c'est ton tour ! »

Hurlements. Cris.

Quelqu'un le saisit violemment par le col de sa veste.

— Que fais-tu là, toi ? *American* ? CIA ?

Stone ne répondit pas et essaya de se faufiler vers les deux chauffeurs.

— CIA ? répéta l'homme.

— *No, American tourist !*

L'homme lui lança un regard suspicieux, avant de s'éclipser.

Le chauffeur réapparut. Un pan de sa chemise à moitié déchiré pendait piteusement hors de son pantalon.

— Vous êtes fou ou quoi ? s'exclama-t-il. Pourquoi avez-vous quitté la voiture ? Vous ne voyez donc pas qu'ils ont tous perdu la tête ! Remontez !

Stone s'exécuta. Il était en nage.

Le taxi s'ébranla à nouveau.

Autour d'eux, la foule grondait toujours.

À la radio, un commentateur annonça la nomination d'un certain Rakik Hussein au poste de vice-président. Jusque-là, le pharaon avait gouverné sans partage. Une seconde annonce concernait le Premier ministre. Limogé, il était remplacé par un dénommé Mourad Chitak.

Le chauffeur éclata d'un rire cynique.

— Rafik Hussein ? Rien de mieux ! Savez-vous d'où sort cet individu ? Il a été, pendant vingt ans, le tout-puissant chef des services secrets ! Ses mains sont couvertes de sang ! Et l'autre énergumène, ce Chitak, encore un militaire. Nous ne voulons plus des militaires ! *Kefya !* Ça suffit ! Nous sommes plus de quatre-vingt-dix millions de civils, il n'en existe pas un qui soit capable de prendre la relève ?

— Je vous comprends, lui répondit Tamara.

Un nouveau mouvement de foule les força à ralentir. Un épais panache de fumée noire montait à présent vers le ciel nocturne.

— Ils font brûler des pneus, commenta le chauffeur.

Il se retourna.

— Je crains que nous n'arrivions jamais au centre-ville.

— Pas question. Nous avons déjà fait demi-tour la dernière fois. Nous devons y être, et à 20 heures au plus tard.

Il ajouta :

— Je double la mise. Tu auras 600 livres.

L'offre transforma en soleil le visage du chauffeur.

— Nous y serons, mon bey ! Même si je dois faire voler mon taxi.

Tamara songea : *Vu l'état du véhicule, ce serait le crash assuré.*

Ils venaient de pénétrer dans le Vieux Caire. On devinait quelques vestiges de la forteresse de Babylone. Construite par les Romains, elle avait été très tôt transformée en enclave chrétienne et juive. Le quartier avait compté une vingtaine d'églises dont seules cinq subsistaient. Notamment celle consacrée à la Vierge, probablement l'église chrétienne la plus ancienne en Égypte.

Quand ils arrivèrent en vue de la synagogue, des militaires en armes se tenaient en faction devant l'entrée. Deux véhicules blindés barraient la rue.

— Vous n'avez pas d'autre choix que de continuer à pied, s'excusa le chauffeur.

Stone régla la course et prit Tamara par la main.

— Allons-y ! Prête à affronter l'armée égyptienne ?

— Ce ne sera pas la première fois, mon cher.

Parvenus devant le porche, Stone montra son passeport. Tamara fut forcée de faire de même.

Pendant que l'officier examinait les documents, l'Américain expliqua :

— Nous avons rendez-vous avec M. Menassiah.

L'officier dodelina de la tête.

— *Yahoudi* ?

— Pardon ?

— Juifs ?

Stone allait répondre, mais Tamara le prit de vitesse.

— Moi je le suis. Juive.

Il y avait eu dans sa voix comme une pointe de défi.

L'officier sourit.

— Je préfère, madame. Si j'avais à choisir entre vous et nos malades mentaux d'islamistes, je n'hésiterais pas.

Il s'inclina courtoisement et leur restitua les passeports.

— Bienvenue chez vous.

Quelque peu déconcertée par la réaction de l'Égyptien, Tamara le salua à son tour.

— Que Dieu vous bénisse.

À l'intérieur de la synagogue, ils furent envahis par le sentiment de paix qui y régnait. Douze colonnes soutenaient le plafond.

Au bout de l'allée centrale, le rabbin Menassiah les attendait devant la Tevah, l'estrade où l'on pose les rouleaux de la Torah avant de les lire. Son visage était tellement ridé que lui donner un âge paraissait impossible. Quatre-vingts ans ? Plus ? Moins ?

— Venez, dit-il. Passons dans la bibliothèque, nous y serons plus à l'aise.

La bibliothèque sentait la cire. Des pans entiers de livres couraient jusqu'au plafond. Un véritable trésor. Stone ne put s'empêcher de pousser un cri d'admiration en découvrant cette richesse.

— Une pure merveille, observa Tamara. Combien y a-t-il d'ouvrages ?

— Je ne sais plus. Plusieurs centaines sans doute. La plupart sont le fruit de la générosité des familles juives qui vivaient au Caire. Comme la synagogue elle-même d'ailleurs. Elle a été construite en 1905 grâce aux dons des familles Mosséri, Nessim bey Mosséri et surtout Vita bey Mosséri. Et c'est un ingénieur juif, Maurice Cattaoui, qui a tracé les plans. Il existait ici, dans la Genizah, près de deux cent mille manuscrits datant de 870 à 1880. Ils sont aujourd'hui dispersés dans diverses bibliothèques du monde. Les cent quarante mille derniers fragments furent transférés à l'université de Cambridge. Il s'agissait de textes rédigés en hébreu, arabe et araméen.

Le rabbin désigna des sièges.

— Prenez place, je vous en prie. Dites-moi ce qui vous amène et en quoi je pourrais vous être utile.

Il se tourna vers Tamara.

— Vous m'avez bien dit au téléphone que vous vous appeliez Yanovsky, n'est-ce pas ? Dans l'instant, je vous avoue que je n'ai pas fait le rapprochement. Seriez-vous une parente de feu Menahem Yanovsky ? Le Grand Rabbin de New York ?

— Je suis sa petite-fille.

Le rabbin écarquilla les yeux.

— La petite-fille de Menahem ? Quelle heureuse surprise. Saviez-vous que je faisais partie de ses intimes ?

— Je l'ignorais.

Elle ajouta, pensive, et presque à mi-voix :

— Je comprends mieux maintenant…

— Quoi donc ?

Tamara fit mine de n'avoir rien entendu.

— Pouvez-vous nous parler un peu de cette synagogue ? Je sais certaines choses, mais mes connaissances sont très imparfaites.

Menassiah ajusta sa kippa qui trônait sur sa tête :

— Son histoire est bien mouvementée. La légende dit que c'est à cet endroit que la fille du pharaon…

— … aurait recueilli Moïse. Oui, j'étais au courant.

— Vous voyez ? Vous savez déjà l'essentiel ! Mais je peux vous donner d'autres détails historiques, si vous le souhaitez.

— Bien sûr, c'est la raison même de notre visite.

Le rabbin se cala dans son siège.

— Sous le règne de Nabuchodonosor, les juifs revenus dans le pays, guidés par Jérémie, trouvèrent accidentellement les traces de Moïse, et là, tout près de la ville de Gizeh, ils élevèrent une synagogue au nom de Jérémie. À l'ouest de la synagogue se trouvait une église, celle d'Abou Serga, qui renfermait une crypte. Lorsque le roi Hérode ordonna l'exécution de tous les nouveau-nés du royaume, Joseph, la Vierge Marie et son enfant, Yeshouah, s'enfuirent pour l'Égypte et c'est dans cette crypte qu'ils cherchèrent refuge. Ils y auraient vécu pendant trois mois. Ensuite…

Stone et Tamara échangèrent un regard stupéfait.

— Vous avez bien dit : « La Vierge et son enfant » ? questionna l'Américain.

— Parfaitement.

— C'est totalement fou !

Le rabbin parut circonspect.

— Pourquoi ? C'est l'histoire…

— Pardonnez-nous, intervint Tamara. Nous vous expliquerons. Poursuivez, je vous en prie.

— Lors de l'invasion de l'Égypte en moins 30, les Romains détruisirent la synagogue. Il n'en resta plus rien. En l'an 641, le général arabe Amr ibn al-As envahit l'Égypte, en chassa les Byzantins qui l'occupaient et ordonna que l'on restitue à leurs propriétaires tous les biens que les Byzantins leur avaient confisqués. Aussitôt, les coptes réclamèrent le terrain sur lequel avait été édifiée l'ancienne synagogue de Jérémie, justifiant leur réclamation par le fait que ce prophète est cité dans le Nouveau Testament. Plus nombreux que les juifs, ils réussirent à convaincre le général. Le terrain leur fut donc alloué et ils bâtirent une église consacrée à l'ange Gabriel. Quelque temps plus tard, l'édifice fut à son tour détruit par ordre du gouverneur fatimide El-Hakim. Un dément ! Il avait aussi fait détruire l'église du Saint-Sépulcre à Jérusalem, persécuté les chrétiens d'Égypte, leur faisant couper la langue s'ils étaient surpris à parler en copte.

— Un taliban avant l'heure, commenta Stone.

— Hélas !

Le rabbin marqua une courte pause avant de reprendre :

— En l'an 1115, le rabbin Abraham ibn Ezra visita l'Égypte et se rendit sur les lieux où Moïse et Jérémie avaient fait leurs dévotions. Il s'adressa ensuite aux notables, leur fit part de ce qu'il savait de la synagogue et revendiqua la possession du terrain. Il intervint parallèlement auprès du patriarche Alexandre le 56e et le pria de faire le nécessaire pour que le terrain fût rendu aux juifs. Le patriarche donna son accord, mais le gouverneur du Caire imposa une condition : en échange de la restitution, un tribut annuel de 20 000 dinars devait être versé. Ben Ezra n'eut d'autre choix que d'accepter. C'est ainsi que fut rebâtie la synagogue. Au fil des siècles, l'usure la fragilisa, elle s'écroula et fut à nouveau restaurée en 1905.

— Incroyable épopée, murmura Stone.

Il jeta un coup d'œil autour de lui et ajouta :

— Nous sommes ici dans un lieu plus que sacré.

— Là où l'Éternel est présent, c'est-à-dire partout, les lieux sont sacrés. Permettez-moi…

Le rabbin garda sa phrase en suspens pour tendre la main vers le cou de Tamara.

— Ce médaillon que vous portez… en forme de demi-pièce d'or. Vous le possédez depuis longtemps ?

— Depuis que je suis née. C'est un présent de mon grand-père.

Menassiah continua d'examiner la pièce avec curiosité, puis proposa soudain :

— Me feriez-vous l'honneur de venir dîner demain soir à la maison ? J'aurai une surprise pour vous.

— Une surprise ?

— Vous verrez bien…

— J'aime les surprises, reprit Tamara, mais je suis aussi très curieuse. J'imagine que vous ne m'en direz pas plus ?

Le rabbin adopta un air mystérieux.

— Soyez patiente, mon enfant.

19

Rome, ce même soir.

Le cardinal Arcangelo Piccini triturait nerveusement son chapelet, au point d'en rompre les grains.

— C'est terrible, gémit-il en fixant le personnage qui lui faisait face. Nous allons droit à la catastrophe. Comment ont-ils réussi à vous semer ? Comment ?

— Il fallait s'y attendre, monseigneur. Vous ne pouvez pas imaginer ce qui se passe en ce moment en Égypte. Tout le pays est sens dessus dessous. Plus dc sécurité, plus de police, le foutoir…

Se ravisant aussitôt, il rectifia :

— Pardon, monseigneur, je voulais dire, le désordre.

— Pourtant, vos hommes les tenaient au Caire ! Et ils se sont fait descendre comme des amateurs !

— Un homme que nous n'attendions pas est intervenu. Un Russe. Un ami de ce Stone. Renseignement pris, il fait partie du SVR. Un pro. Tout comme l'Américain d'ailleurs, ce qui explique…

— Et à présent, vous n'avez aucune idée de l'endroit où le couple se trouve ?

L'homme secoua la tête, l'air navré.

— Une certitude, ils ne sont plus chez le Russe. Nous avons vérifié.

— Peut-être sont-ils encore en Égypte ?

— C'est possible. Mais étant donné la situation actuelle, il nous est très difficile de le savoir. Nos informateurs ont disparu. Volatilisés, injoignables !

Le cardinal posa son chapelet sur son bureau, se leva brusquement et se mit à arpenter la pièce, le dos voûté.

— Mon Dieu, mon Dieu, c'est une tragédie. Si nous n'arrivons pas à éliminer cette femme, ce sera la fin du monde.

Il se retourna vivement vers son interlocuteur et lui lança :

— La fin du monde ! Vous me comprenez ? La fin du monde !

***

Le Caire, le lendemain soir.

Le rabbin servit à Tamara un jus de mangue et demanda à Stone :

— Vous êtes sûr ? Vous n'êtes pas tenté ?

L'Américain répondit par la négative.

— Je sais, reprit Menassiah, vous auriez préféré un bon scotch. Malheureusement, je ne bois pas d'alcool et je ne pense jamais à en acheter pour mes invités.

— Aucune importance. J'ai déjà eu ma dose avant de venir, au bar de l'hôtel.

Il avait eu aussi sa dose de sexe. Pendant les dernières vingt-quatre heures, Tamara et lui n'avaient pas quitté le lit, passant leur temps à faire l'amour, ne s'interrompant que pour se sustenter avant de reprendre leurs étreintes de plus belle.

— Où êtes-vous descendus ?

— Au Manial. Pas loin d'ici.

— Oh ! Merveilleux ! Savez-vous que c'est un ancien palais qui date du début du XXe siècle ? Il avait été construit pour servir de résidence à l'oncle du roi Farouk, le prince Mohammed Ali Tawfiq. L'architecture est des plus originales, mélange de styles ottoman, mauresque, perse et rococo européen !

— En effet, confirma Alan. Le résultat est surprenant.

— Rabbi, questionna Tamara, depuis combien de temps vivez-vous au Caire ?

Le rabbin sourit.

— Mais, mon enfant, je suis *né* au Caire ! Ainsi que mon père et mon grand-père. Et je n'ai jamais éprouvé l'envie de m'expatrier. J'aime ce pays, figurez-vous. J'y ai vécu mes plus belles années car la situation de notre communauté n'a pas toujours été ce qu'elle est.

— Il m'a semblé effectivement que nous étions tolérés.

— Tolérés ? Vous plaisantez, j'espère ! On parle tout le temps des juifs et des Arabes comme d'ennemis jurés. Mais on oublie de mentionner que cela ne fut pas toujours ainsi. Je ne vais pas remonter au temps d'Isabelle la Catholique, où les seuls protecteurs des juifs d'Espagne étaient les Arabes. Sachez seulement que notre communauté occupait une place privilégiée en Égypte. Dans le centre du Caire, dès qu'arrivait Yom Kippour, Pessah, ou Roch Hachana, les quartiers d'affaires se figeaient. Plus personne. On se serait cru à Paris au mois d'août, ou à New York pendant *Thanksgiving* ! Les cafés, les restaurants, les cinémas tournaient au ralenti. Les grands magasins avaient pour nom : Cicurel, Chemla, Gattegno, Orosdi Back, Oreco, la Petite Reine ou le Salon vert, tous propriétés de familles juives !

Tamara n'en revenait pas. Elle avait grandi dans un climat très américain où le musulman était jugé responsable de tous les maux qui frappaient les siens.

— Ce n'est pas tout, poursuivit le rabbin. Les notables de la communauté, le Grand Rabbin du Caire entre autres, avaient pris progressivement conscience que le conflit palestinien pouvait avoir de fâcheuses conséquences pour les juifs dans un pays où la majorité de la population ne pouvait qu'être hostile au projet sioniste. D'où leur constant souci de se proclamer haut et fort « à la fois juifs et patriotes égyptiens ». Profession de foi qui leur valut soutien et protection des élites musulmanes avant que la guerre éclate. Vous ne vous doutiez pas de tout cela, n'est-ce pas ?

Il souleva ses bras et les laissa retomber avec lassitude.

— C'était le bon temps ! Il est vrai que rien n'est plus pareil de nos jours. Le monde s'est arrangé, l'Occident en particulier, pour liguer les deux peuples l'un contre l'autre. Si seulement on voulait bien les laisser tranquilles, la paix serait conclue demain ! Mais assez de politique ! Venez, passons à table.

À peine prirent-ils place qu'une servante apparut les bras chargés d'un grand plateau sur lequel une dizaine de petits plats étaient disposés. Elle les aligna soigneusement devant le trio et se retira.

— J'espère que vous n'avez rien contre la nourriture orientale ? Des falafels, de la kebbé, des feuilletés au fromage et aux épinards, bref... de vrais mets locaux.

— Au fond, ils ne diffèrent pas tant que ça de notre propre nourriture, déclara Tamara.

— N'oubliez pas, ma chère Tamara, que musulmans et juifs sont des parents proches. Ismaël n'était-il pas frère d'Isaac ? Allons ! Servez-vous !

Le dîner se déroula dans une ambiance détendue, comme si le temps n'existait plus, comme si les grains du sablier avaient décidé d'une trêve alors qu'au-dehors un peuple de quatre-vingt-dix millions d'âmes était en train de faire sa révolution, pour le pire ou pour le meilleur. Tamara se dit qu'elle n'avait pas éprouvé une telle sérénité depuis longtemps.

Lorsqu'ils passèrent au salon, le rabbin s'approcha d'elle et murmura :

— Vous voulez toujours connaître la surprise que je vous réservais ?

— Bien sûr ! Je n'osais pas vous en prier. Mais je brûle d'impatience !

— Très bien. Attendez-moi un instant. Je reviens.

Quelques instants plus tard, il réapparaissait en tenant un écrin au creux de sa main. Il se pencha vers Tamara et lui demanda :

— Pouvez-vous me prêter votre médaillon ?

Elle s'exécuta.

Alors, Menassiah ouvrit l'écrin et en sortit une demi-pièce d'or.

— Mais… balbutia Stone. C'est la copie de celle que porte Tamara !

— L'exacte copie. Regardez…

Il rapprocha les deux demi-pièces qui s'emboîtèrent parfaitement.

— Et voilà ! s'exclama le rabbin. Elles sont réunies à présent ! J'imagine que vous n'avez jamais cherché à lire le texte qui est gravé ?

— Si. Quelqu'un m'a dit un jour qu'il s'agissait sans doute de lettres arabes, mais incomplètes.

— Et pour cause ! Il en manquait la moitié. Maintenant, on peut clairement les déchiffrer.

Il lut d'une voix distincte :

— Boabdil et Samson.

— Boabdil et Samson ? dit Tamara. L'association est curieuse ! Je vois bien qui est Samson. Mais Boabdil ?

Menassiah réfléchit un bref instant.

— Il ne peut s'agir que du dernier émir qui régna sur Grenade. L'ultime bastion arabe en terre espagnole.

— Boabdil ?

— Parfaitement. Après que la ville fut prise par les chrétiens, en 1492, lui et sa mère furent condamnés à l'exil. Au moment de disparaître, il éprouva le désir de se retourner une dernière fois pour contempler Grenade. Il poussa un grand soupir et finit par éclater en sanglots. Sa mère, qui se trouvait à ce moment à ses côtés, lui murmura : « Pleure, pleure comme une femme ce que tu n'as pas su défendre comme un homme. » Telle est l'histoire de Boabdil.

Après un long moment de réflexion, Tamara demanda :

— Comment se fait-il que vous soyez en possession de cette demi-pièce d'or ?

— C'est Menahem, votre grand-père, qui, un jour, me l'a confiée en me recommandant de la remettre à celui ou à celle qui viendrait me trouver. Ce soir, c'est chose faite.

— Menahem ? Mais pour quelle raison ?

— Ah ! La réponse vous appartient.

Le rabbin avait raison. Et la réponse était évidente : ce médaillon représentait une nouvelle pièce de l'incroyable puzzle conçu par Menahem.

— Pardonnez cette question quelque peu déplacée, déclara Alan, mais si, à Dieu ne plaise, vous étiez décédé entre-temps, que serait-il advenu de la demi-pièce ? Après tout, Tamara aurait pu débarquer au Caire dans dix ou vingt ans. Nous ne sommes pas éternels.

Le rabbin opina.

— Bien sûr, mon ami. Néanmoins, rassurez-vous. Toutes les précautions avaient été prises. Quelqu'un devait assurer la relève. Quelqu'un en qui j'ai toute confiance : mon fils, Warren.

Tamara n'arrivait pas à détacher ses yeux des deux noms gravés sur la surface d'or.

Boabdil... Samson.

— Une fois de plus, observa Stone, tout est limpide, n'est-ce pas ?

— Limpide ?

— Je parle de notre prochaine destination.

— Et ?

— L'Espagne. Grenade, évidemment.

Elle admit qu'il avait certainement raison. Boabdil. Grenade. L'information n'aurait pu être plus évidente.

— Permettez-moi d'intervenir, fit le rabbin. Je ne veux pas me mêler de vos affaires et je ne veux pas savoir la raison de vos déplacements. Mais, si j'ai bien compris, tout à l'heure, à table, Tamara m'a vaguement laissé comprendre que Menahem vous avait chargés d'une mission de la plus haute importance.

— C'est exact, confirma Tamara.

— Je vous en prie, soyez prudents. Votre quête me semble essentielle et nous sommes entourés de gens en pleine effervescence.

— Vous avez raison, répliqua Stone. Ô combien !

Il jeta un coup d'œil à sa montre.

— Permettez-nous de nous retirer. Il faudrait que nous soyons partis demain à la première heure.

En les raccompagnant à la porte, Menassiah chuchota :

— Et ce n'est pas seulement Grenade, monsieur Stone. C'est surtout l'Alhambra.

— L'Alhambra ?

— C'est là que Boabdil a vécu toute sa vie. Le palais de l'Alhambra.

***

Langley, Virginie, bureaux de la CIA.

Le visage tendu, Sidney Vanderberg attendit patiemment que Mike Panetta conclût son rapport avant de prendre la parole :

— Finalement, je commence à croire que vous aviez raison à propos de cette histoire rocambolesque. Car il s'agit bien d'une histoire d'illuminés, reconnaissez-le.

— Illuminés, le terme n'est pas assez fort. De fanatiques, c'est plus juste.

— Donc, en résumé, nous serions face à deux groupuscules. D'un côté, une mouvance islamiste proche d'al-Qaida ; de l'autre, des demeurés, affiliés à l'extrême droite protestante.

— Vous oubliez un troisième élément… Ceux qui cherchent à abattre Mlle Yanovsky…

— Et que, malheureusement, vous n'avez toujours pas identifiés à cette heure. À mon sens, ceux-là représentent la pièce maîtresse de ce puzzle ! Autant je peux comprendre que les groupes A et B se contentent de filer cette femme dans l'espoir qu'elle les mène à ce fameux sceptre, si tant est qu'il existe, quitte à fondre sur elle au dernier moment ; autant je n'arrive absolument pas à saisir ce qui pousse le troisième protagoniste à l'éliminer. Ça ne tient pas la route.

— Je vous l'accorde. Mais…

— Qu'en pense Stone ?

— Il se pose les mêmes questions que nous. Au Caire, il s'en est fallu d'un cheveu pour que ces types ne réussissent à les flinguer. Sans l'intervention de Yul, c'en était fini de lui et de la femme.

— Ce bon vieux Yul ! Je ne savais pas qu'il sévissait toujours pour le SVR.

— Et pourtant…

— À quand remonte votre dernier contact avec Stone ?

— Pas plus tard que cette nuit. Il est au Caire, en route pour Grenade.

— Israël, le Sinaï, l'Égypte, maintenant l'Espagne ! Et demain ce sera la Chine ? Que va-t-il foutre à Grenade ?

— Je présume que lui et Mlle Yanovsky poursuivent leur quête.

Sidney Vanderberg grommela.

— Cette affaire commence à vraiment me saturer les méninges. Mettons que Mlle Yanovsky retrouve le lieu où est caché ce fameux bâton de Dieu...

Il s'interrompit pour ricaner.

— Le bâton de Dieu ! Quelqu'un qui nous écouterait nous croirait en plein délire...

Balayant l'air d'un geste exaspéré, il poursuivit :

— Mettons, mon cher Mike, que cette femme parvienne jusqu'au lieu où est caché ce... machin. Je présume que vous avez imaginé l'épilogue ? La malheureuse va se retrouver d'un seul coup sous les feux croisés de trois groupes de tarés. Et dans ce cas, je crains fort que notre ami Stone ne puisse rien faire pour la sauver. Y avez-vous songé ?

— Bien sûr. Toutes les précautions ont été prises. Nous sommes convenus qu'Alan me préviendra lorsqu'il percevra que la fin du jeu de piste est proche. Sachez que nous ne sommes jamais très éloignés du couple.

Vanderberg coupa son collaborateur.

— Pourquoi ?

— Je vous demande pardon ?

— Pourquoi, diable, le Grand Rabbin a-t-il confié un pareil casse-tête à sa petite-fille ? N'eût-il pas été plus aisé de lui indiquer l'endroit où était planqué ce sceptre, au lieu de la balader de Jérusalem au Caire, ensuite au Sinaï, puis retour au Caire, enfin Grenade et après qui sait encore où !

Mike Panetta répliqua d'une voix posée :

— Parce qu'il aimait sa petite-fille…

— Voulez-vous décoder, je vous prie ?

— Menahem Yanovsky se savait en danger. Il savait aussi qu'en confiant d'emblée à sa petite-fille le nom de l'endroit précis où se trouve le sceptre, les groupes que nous venons d'évoquer n'auraient pas hésité à la torturer pour lui arracher l'information. Et elle aurait parlé. Il est des souffrances auxquelles personne ne résiste longtemps. Alors que là, ils ne peuvent rien contre elle. Ils sont dans l'incapacité de lui arracher le secret de Menahem et pour cause : elle-même ne le possède pas. Vous comprenez ?

— Ouais… Mais laissez-moi vous dire quelque chose : ils sont quand même frappés, ces juifs.

20

New York.

Nu au milieu de sa chambre, Scott Wallace saisit le fouet à pointes de métal et l'abattit sur sa poitrine.

— Souffrance, gémit-il, la terre n'est que souffrance !

Il répéta son geste une fois encore, puis deux, puis dix, comme insensible à la douleur, indifférent au sang qui giclait, alors que l'expression de son visage reflétait une sérénité irréelle.

— Mon Dieu, murmura-t-il, faites que le but soit atteint, pour votre plus grande gloire. Si nous échouons, c'est votre saint Nom qui sera terni. L'Amérique, l'Europe, vous le savez, sont en train de perdre leur identité. Le monde chrétien est souillé de toutes parts. Notre pureté est en voie de disparition. Les politiciens marxistes et les pseudo-libéraux nous ont menés au bord du gouffre. Un milliard de disciples de Satan montent vers nos villes, nous assiègent, dans l'indifférence totale. Il est temps de mettre un terme à l'Eurabia, l'axe euro-arabe, avant que l'Europe ne soit définitivement conquise par les suppôts du Prophète et que ne vienne le tour des États-Unis d'Amérique. Ils nous briseront et nous serons contraints de vivre sous le joug d'une race inférieure. Aidez-nous, Seigneur, à éradiquer la bête immonde.

Le thorax de Wallace n'était plus qu'une plaie sanguinolente. Mais en était-il conscient ?

Finalement, il se décida à ranger son scorpion, s'agenouilla sur son prie-Dieu et récita un *Ave*.

***

Grenade.

À cet endroit, la Vega, la vallée fertile qui s'étend au pied de Grenade, pouvait être embrassée d'un coup d'œil. Il régnait à cette heure matinale une vague senteur d'herbe fauchée.

Le couple venait de franchir la porte de Justice de la « Rouge », *al-Hamra*, l'Alhambra, palais des Mille et Une Nuits, perle du monde, sublime mariage de tous les raffinements.

— C'est bien plus qu'un simple palais, observa Stone, impressionné.

Il n'avait pas tort. Avec ses forteresses, ses appartements royaux, ses casernes et ses jardins, l'Alhambra était une véritable cité dans la cité. Du temps des Maures, elle abritait près de quarante mille hommes dans son enceinte et servait aux souverains, le cas échéant, de bastion contre les sujets révoltés.

Un homme les aborda. Long, maigre, il portait une

cape couleur rouille destinée manifestement à dissimuler l'état usé de ses vêtements.

— Bienvenue au paradis, dit-il avec un large sourire. Souhaitez-vous que je vous serve de guide ?

La première réaction de Stone fut de répondre par la négative, mais il se ravisa. Après tout, un guide pouvait être utile. À part ces deux noms, Boabdil et Samson, ni lui ni Tamara n'avaient la moindre idée de l'endroit où ils devaient se rendre.

— Vous connaissez bien cet endroit, je présume ? s'informa l'Américain.

— *Seguro !* Mieux que personne, monsieur. Je suis fils de l'Alhambra ! Ma famille a vécu ici de génération en génération, depuis le temps de la Reconquête. Je m'appelle Mateo Jimenez. Pour vous servir, *señor* !

Stone se tourna vers Tamara.

— Qu'en dis-tu ?

La jeune femme esquissa un geste désinvolte.

— Pourquoi pas ? Au point où nous en sommes, autant jouer aux touristes.

— Nous vous suivons, *mister* Jimenez. Montrez, nous la voie.

La face de l'Espagnol s'éclaira.

— *¡Vamos!*

Il les conduisit devant un grand porche formé par un immense arc en fer à cheval s'élevant à mi-hauteur d'une tour sur laquelle était gravée une main énorme. À l'intérieur, sur un arc plus petit, était sculptée de la même manière une clef tout aussi gigantesque.

Avant même que le couple ne l'interrogeât, Jimenez expliqua :

— Selon certains musulmans qui, je vous le rappelle, régnèrent plus de sept siècles sur mon pays, la main est l'emblème de la doctrine et la clef, celle de la foi. Cette dernière aurait été sculptée à la manière arabe lorsque les Maures soumirent l'Andalousie, en opposition à la croix des chrétiens. Mais, selon d'autres, la main et la clef représentent des valeurs symboliques dont dépendait la destinée de l'Alhambra. Le roi maure qui fit construire le palais était, paraît-il, un grand magicien, on dit même qu'il aurait vendu son âme au diable et qu'il avait placé toute la forteresse sous un charme magique. Ce qui explique que l'endroit ait tenu tant de siècles, défiant les armées catholiques, résistant aux orages et aux tremblements de terre, alors que presque tous les autres bâtiments des Maures tombèrent en ruine ou disparurent. Ce charme, toujours selon la tradition, continuerait d'agir jusqu'au jour où la main de l'arc extérieur descendrait saisir la clef : alors tout le palais s'écroulerait en poussière et les trésors enfouis par les Maures apparaîtraient au grand jour.

L'Espagnol désigna les sculptures en concluant :

— Comme vous pouvez le constater, la main n'a pas bougé. Et l'Alhambra est toujours là, dans toute sa splendeur.

Le récit arracha un sourire à Tamara.

— Espérons qu'il restera ainsi jusqu'à la fin de notre visite.

— Pas d'inquiétude, *señora*, Jimenez est là pour vous protéger !

Tout en marchant, Stone ne put s'empêcher de questionner :

— Y aurait-il, quelque part, un monument, une stèle, que sais-je, qui ferait allusion au nom de Samson ?

L'homme fit les yeux ronds.

— Samson ? Vous voulez parler du Samson de la Bible ? Celui qui s'est fait tondre par la belle Dalila ?

— Lui-même, confirma Tamara.

L'Espagnol secoua la tête d'un air navré.

— Je ne vois rien ici qui puisse évoquer ce personnage. Et, croyez-moi, je connais par cœur chaque recoin du palais.

Il leur fit visiter la *Plaza de los alibes*, puis la cour de *La Alberca* avant d'arriver à la cour des Lions.

— Voici la merveille des merveilles, leur dit-il fièrement.

Le couple resta muet devant la beauté du site. Au centre s'élevait une fontaine de forme dodécagonale. Ses vasques d'albâtre répandaient toujours leurs perles d'eau. Les douze lions qui les soutenaient rejetaient eux aussi leurs flots de cristal, comme sans doute du temps de Boabdil. Tout autour, ce n'était que fleurs, entourées d'arcs arabes filiformes que supportaient d'imposantes colonnes de marbre blanc. Lorsque l'on observait la nervure féerique des péristyles et les guipures apparemment si fragiles des murs, on avait du mal à croire que tout ceci avait survécu à l'usure des siècles. À elle seule, cette cour justifiait la croyance populaire qui voulait que tout l'édifice fût protégé par un charme magique.

Tamara s'approcha de la fontaine.

— Que représentent ces douze lions ?

— Vous ne devinez pas ? Réfléchissez donc, *señora.*

Elle hésita.

— Les… les douze tribus d'Israël ?

— Absolument !

— Mais comment pareil symbole se retrouve-t-il dans un palais musulman ?

— C'est un cadeau des artisans juifs de Grenade à l'émir pour le remercier de sa protection.

— Il les protégeait contre qui ?

— Contre les chrétiens, bien sûr.

Tamara et Alan crurent entendre la voix du rabbin Menassiah qui couvrait le ruissellement de la fontaine : « On parle tout le temps des juifs et des Arabes comme d'ennemis jurés. Mais on oublie de mentionner que cela ne fut pas toujours ainsi. »

— Et ici, indiqua le guide, sur tout le bord du bassin est écrit un poème d'Ibn Zamrak.

— Que dit-il ? s'empressa de s'enquérir Tamara.

— J'en connais la traduction par cœur, mais je ne peux vous le réciter tout entier. Voici tout de même quelques vers : « En apparence, l'eau et le marbre semblent se confondre, sans que nous sachions lequel des deux glisse. Ne vois-tu pas comment l'eau s'écoule sur le bassin, mais ses jets la cachent rapidement ? C'est un amant dont les paupières débordent de larmes, des larmes qu'il cache de peur d'un délateur. »

— Très beau, approuva la jeune femme.

— Vous venez ? proposa l'Espagnol. Il y a encore tant de choses à voir.

— Permettez-moi de rester ici un instant encore.

— Bien sûr, *señora.* Comme bon vous semble. Il est vrai qu'on ne se lasse pas de tant de splendeurs.

Tamara n'arrivait toujours pas à détacher son regard de la fontaine.

— Tu ne te sens pas bien ? s'inquiéta Stone.

— Au contraire, jamais je ne me suis mieux sentie.

Elle effleura la crinière en pierre de l'un des lions.

— Tu as compris ?

Il fit non de la tête.

— Les douze tribus d'Israël.

— Le guide vient de nous le dire.

— Non.

Elle répéta avec insistance :

— Les *lions*. Ils ne te rappellent rien, j'imagine.

— Qui peut se vanter de tout connaître ?

— Si je te disais : Samson.

— Dalila ?

— Mais encore ?

— Force ? Hercule ? Superman ?

Elle cita :

— « Samson descendit avec son père et sa mère à Timna. Lorsqu'ils arrivèrent aux vignes de Timna, un jeune lion rugissant vint à leur rencontre. L'esprit de l'Éternel saisit Samson ; et, sans avoir rien à la main, Samson déchira le lion comme on déchire un chevreau. »

L'Américain la dévisagea, incrédule :

— Tu viens de tout inventer ?

— Pas du tout, *my dear* : livre des Juges, chapitre 14, versets 5 et 6.

Il montra la fontaine.

— Doit-on en déduire que le message est là, quelque part ?

— Pas quelque part, mais dans l'un de ces douze lions. La question est : lequel ?

Le guide était de retour.

— Puis-je vous aider ? suggéra-t-il. Cette fontaine semble particulièrement vous intriguer.

— C'est exact, répondit Tamara. Ce n'est pas tous les jours que l'on contemple un cadeau fait par des juifs à des Arabes.

Mateo Jimenez haussa les épaules.

— Vous savez, *señora*, ces deux communautés furent longtemps si proches… Elles partageaient tant de choses. Par exemple, vous n'êtes pas sans savoir que, tout comme leurs frères juifs, dans les premiers temps de l'islam, à l'heure de la prière, les musulmans se tournaient vers l'est, en direction de Jérusalem. Certes, les choses ont changé depuis, et ils se tournent désormais vers La Mecque, mais…

Tamara le coupa.

— Vous avez bien dit *vers l'est* ?

— Heu… oui, *señora.*

— Selon vous, lequel de ces douze lions fixe cette direction ?

Décontenancé, l'Espagnol observa les sculptures un moment, leva les yeux vers le soleil, puis désigna l'un des lions.

— Celui-ci…

Sans attendre la suite, Tamara se précipita et compta mentalement les sculptures vers la droite, jusqu'au onzième lion. Elle scruta chaque détail de la sculpture dans l'espoir d'y trouver un quelconque indice.

— Rien à signaler, dit-elle, déçue, à Stone.

De plus en plus perplexe, le guide questionna :

— Si vous vouliez bien m'expliquer ce que vous recherchez, peut-être serais-je en mesure de vous venir en aide ?

Ce fut Alan qui lui répondit :

— Lorsque vous avez déclaré que les douze lions figuraient les douze tribus d'Israël, Tamara s'est mis en tête que l'une des sculptures cachait un signe, un symbole.

L'explication ne fit qu'accentuer l'étonnement du *señor* Jimenez.

— Imaginons que ce soit vrai, dit-il en s'adressant aimablement à Tamara, pourquoi vous êtes-vous dirigée vers ce lion en particulier, le onzième ?

— Parce que j'ai compté à partir de celui qui fixe l'est et dans le sens des aiguilles d'une montre. De gauche à droite. Théoriquement, ce onzième lion devrait représenter la tribu de Joseph.

— Joseph ? Celui que ses frères ont vendu et qui devint l'un des conseillers du pharaon ?

— Eh bien ! Vous semblez connaître les Écritures, *señor* Jimenez !

— Mettons que je possède quelques notions. Nous, les Espagnols, sommes très catholiques. Pardonnez-moi, mais tout à l'heure vous avez bien dit : « J'ai compté dans le sens des aiguilles d'une montre. » Ce n'est qu'une suggestion… mais pourquoi n'essaieriez-vous pas l'inverse ?

— Pour quelle raison ?

— Les juifs et les Arabes n'écrivent-ils pas de droite à gauche ?

— Au temps pour moi, c'est juste, approuva Tamara.

Elle refit le calcul, cette fois dans le sens opposé et se retrouva devant un autre lion qu'elle examina aussi scrupuleusement que le précédent.

— Alors ? s'enquit Stone.

— Négatif. Zéro.

— Bon, soupira l'Américain. Je suggère que nous rentrions à l'hôtel. Après un plongeon dans la piscine, nous y verrons peut-être plus clair.

Le guide sembla contrarié.

— Mais, *señor*, *señora*, *no está terminado* ! Il reste encore tant de choses à voir !

— Je n'en doute pas, mais nous sommes épuisés. La suite une prochaine fois.

— Pourtant, je vous jure que vous allez manquer des merveilles !

Il tendit la main vers le couple, l'invitant à le suivre.

— Allons, venez, vous ne le regretterez pas…

Stone commençait à trouver cette insistance pesante. Il extirpa quelques billets de son portefeuille, les remit au guide qui protesta :

— Je ne le mérite pas, *señor*… Nous n'avons pas accompli le quart de la visite.

Il insista à nouveau :

— Faites-moi plaisir… Venez donc.

Cette fois, Alan se récria :

— Nous avons dit non, *mister*. C'est clair ? Non. *No!*

Et il entraîna Tamara vers la sortie.

— Un peu casse-pieds le Jimenez, commenta-t-il, exaspéré.

— Disons qu'il tenait à nous faire partager son amour de l'Alhambra. Et maintenant ? Que faisons-nous ?

— L'hôtel. Un bain dans la piscine et puis l'amour. Ou inversement.

— Tu crois vraiment que j'ai l'esprit à batifoler ?

Il esquissa un sourire malicieux.

— Qui a parlé d'esprit, ma chérie ?

— Je t'en prie, Alan, soyons sérieux. Il doit bien y avoir une solution, il y en a toujours eu une.

— J'en conviens, mais il me semble quc ton grand-père met la barre de plus en plus haut. Ce qui, ne m'en veux pas, devient lassant...

L'invisible silhouette apparut près de la fontaine aux Lions et les vit s'éloigner.

La cour de *La Alberca* grouillait de touristes quand Stone et Tamara y pénétrèrent. Adossé à une colonne, un homme se tenait à l'écart de la foule.

Soudain, un curieux ronronnement retentit. Stone leva les yeux. Un point noir grossissait sur fond de ciel bleu.

Un hélicoptère.

Il se rapprochait de l'Alhambra. Le *clap-clap-clap* régulier de ses pales fendait l'air, couvrant progressivement la rumeur environnante.

— Qu'est-ce qu'un hélicoptère vient foutre ici ? s'étonna Stone.

— La police, commenta Tamara.

Elle pointa du doigt l'un des flancs de l'appareil sur lequel se détachaient en lettres rouges les mots *Guardia civil.*

Ils reprirent leur marche à travers le flot des touristes.

L'engin volait à présent quelques mètres à peine au-dessus des remparts.

Des têtes se levèrent pour l'observer.

On eût dit qu'il allait dépasser le site lorsque, brusquement, entamant un virage serré, il fonça vers la cour de *La Alberca*. Bientôt, il fut au-dessus du couple, le surplombant tel un gigantesque bourdon. C'est à ce moment seulement que Stone aperçut un homme debout devant la porte latérale grande ouverte. Il n'eut aucune peine à reconnaître l'arme fixée à la porte : une mitrailleuse Gatling, pareille à celles qui équipaient les hélicoptères américains au Vietnam. Il vit le trou noir du canon, le visage du tireur les deux mains crispées sur la détente, ses oreillettes de cuir, et, derrière ses grosses lunettes d'aviateur, ses yeux et la détermination qui s'en dégageait.

— Foutons le camp !

Tamara ne comprit pas la raison de son affolement et Alan ne lui laissa pas le temps de l'interroger. La saisissant par le bras, il l'entraîna vers la droite. La première rafale éclata au moment où il s'était mis à courir en zigzag.

Autour d'eux, ce n'était plus que tumulte, hurlements d'effroi. Les touristes se dispersaient dans un désordre indescriptible, se précipitant dans tous les sens à la recherche d'un abri. Tamara voulut dire quelque chose, mais les mots se transformèrent en un cri. Elle plaqua sa main sur sa hanche qui fut recouverte d'un filet de sang.

— Merde… je suis touchée.

Elle s'affaissa.

— Non ! hurla Alan. Ne me lâche pas ! Pas maintenant ! Avance !

Il la prit par la taille et la força à se remettre sur ses pieds.

Dans un vrombissement de fin du monde, l'hélicoptère passa au-dessus de leurs têtes en soulevant un nuage de poussière. Le mitrailleur continua de tirer, fauchant au passage de nombreux touristes.

— Nous avons quelques secondes. Il va revenir.

Là-haut, en effet, après avoir repris de l'altitude, l'appareil était en train d'amorcer un cercle au-dessus de l'Alhambra.

— Là, dit Stone en indiquant un mur distant d'une vingtaine de mètres.

— Jamais nous n'aurons le temps, haleta Tamara.

— Il le faut !

Au moment où le couple se jetait à terre, une nouvelle rafale jaillit. Les balles labourèrent le sol. L'une d'entre elles atteignit Tamara à la cuisse, l'autre se ficha dans l'épaule de Stone.

Stone pensa : *Nous sommes foutus.*

Autour d'eux, des dizaines de corps jonchaient le sol, hommes, femmes, enfants, dont certains avaient été tranchés en deux par les salves.

Là-haut, le mitrailleur fou continuait de tirer à l'aveugle.

Dans un mouvement aussi vain que désespéré, Stone couvrit de son corps le corps de Tamara et grimaça un sourire en se disant qu'elle et lui allaient mourir dans un endroit magique.

Soudain, alors que l'appareil amorçait son retour, une voix s'éleva. C'était celle du *señor* Jimenez qui criait dans un anglais parfait :

— Vous faites pas de bile. Je vais l'avoir, ce fils de pute !

Stone se dit que l'approche de la mort devait provoquer des hallucinations.

Pourtant, c'était bel et bien Jimenez, mais sans sa cape couleur rouille. Genou à terre, il pointait un Magnum 357 vers le ciel. Derrière lui, se tenait un autre homme, les jambes légèrement écartées, en position de tir. C'était celui que Stone avait entrevu quelques instants plus tôt, adossé à une colonne.

— C'est une histoire de fous…

L'hélicoptère revenait.

Alors, sans plus chercher à comprendre, il serra Tamara contre lui.

Cette fois, l'appareil volait en rase-mottes, frôlant littéralement la cime des arbres.

Le bourdonnement s'amplifia. Devint assourdissant.

Le crépitement de la mitrailleuse se confondit avec les éclats d'une série de coups de feu.

Stone n'osait plus respirer.

Tamara ne bougeait plus. Elle avait perdu conscience.

On tirait toujours au moment où l'hélicoptère passa au-dessus d'eux.

Quelqu'un s'écria :

— Je crois qu'on l'a eu !

Était-ce la voix de Jimenez ou celle de l'inconnu ?

Stone hésita, jeta un coup d'œil par-dessus son épaule.

Ce n'était pas la voix de Jimenez. Ce dernier était allongé, face contre terre, criblé de balles. L'inconnu, lui, continuait de tirer sur l'hélicoptère.

Il répéta :

— Je crois qu'on l'a eu.

Stone porta son attention vers l'appareil.

Une balle avait dû percuter l'hélice arrière, car il était en train de tournoyer sur lui-même, laissant échapper un panache de fumée. On eût dit un oiseau fou. Il tournait, tournoyait, totalement déséquilibré. Combien de temps dura cette danse de la mort ? Quelques minutes ? Une éternité ? Elle s'acheva au beau milieu de la cour de *La Alberca* dans un fracas assourdissant de tôles froissées.

— James Callaghan, CIA, annonça l'inconnu en s'agenouillant devant l'Américain.

Stone hocha la tête et désigna Tamara inconsciente.

— Une ambulance… Vite !

Alors que Callaghan décrochait son portable, un homme, vêtu d'une tunique d'un blanc immaculé, regardait les cadavres d'un air compatissant et semblait partager les larmes et gémissements des blessés.

Chose étrange, personne ne semblait se rendre compte de sa présence.

21

Grenade, hôpital San Juan de Dios.

Assis au chevet de Tamara, Alan restait attentif au moindre frémissement de son visage. La jeune femme somnolait. Les mèches brunes qui recouvraient partiellement son front et ses joues faisaient ressortir la très grande pâleur de ses traits. À son bras droit, on avait fixé une perfusion qui gouttait lentement.

Cette fois, ils étaient à deux doigts de la catastrophe. Sans l'intervention des hommes envoyés par Panetta, Tamara serait morte. Dieu merci, la balle était passée à quelques centimètres du pancréas. À quoi tenait la vie ? Finalement, Stone se dit qu'il avait fait preuve de grande sagesse en tenant Mike régulièrement informé de leurs déplacements.

On frappa à la porte. Il bondit hors de son fauteuil. Le battant s'écarta, et la tête de James Callaghan se glissa dans l'interstice.

— Je peux entrer ?

Stone opina.

— Alors ? Comment va-t-elle ?

— Ça va. Elle se repose. Elle s'en sortira. A-t-on identifié les salauds qui nous ont tiré dessus ?

— La police espagnole est en possession des corps. Nous sommes impuissants ici. Déjà, il n'a pas été évident de leur fournir une explication plus ou moins crédible sur notre intervention.

— Qu'est-ce que vous avez raconté ?

— Que Tamara était un témoin capital dans une affaire qui touchait à la sécurité des États-Unis et que nous avions pour mission de la protéger. Ce qui n'est pas tout à fait faux, n'est-ce pas ?

— Ils ont avalé ça ?

— Je n'en sais rien. En tout cas, ils ont fait comme si…

— Et ce Jimenez, qui était-il ? s'enquérit Stone.

— Un de nos hommes chargé de votre protection. Il ne s'en est malheureusement pas sorti.

Un gémissement l'interrompit. Tamara venait d'ouvrir les yeux.

— Bienvenue dans le monde des vivants, murmura Alan.

— Pour une vivante, je ne me sens pas terrible.

— Logique, tu as perdu beaucoup de sang.

Elle leva les yeux vers la poche de sérum.

— Qu'est-ce qu'on m'injecte, là ?

— Un remontant.

Elle trouva la force de plaisanter.

— J'espère qu'il est kasher.

Avisant la présence de l'agent, elle s'enquit :

— Tu ne me présentes pas ton ami ?

— James Callaghan. C'est à lui que tu dois d'être encore en vie. Il travaille pour la CIA.

Elle remercia d'un geste de la tête et demanda :

— Par quel miracle étiez-vous là ?

— Nous l'avons toujours été. Du moins, depuis que vous avez débarqué à Grenade.

Une expression perplexe apparut sur le visage de Tamara.

— Ah bon… Vous nous suiviez donc ?

Callaghan échangea un regard embarrassé avec Stone.

— Je vous laisse, dit-il. J'ai rendez-vous avec le chef de la police de Grenade. Peut-être pourra-t-il m'obtenir quelques informations sur vos agresseurs.

Il sortit une arme d'un étui masqué par sa veste et la tendit à Stone.

— On n'est jamais trop prudent.

Il s'apprêtait à franchir le seuil de la chambre, quand Alan lui lança :

— Vérifie si ces salopards portaient une chaîne ornée d'un crucifix.

— Un crucifix ?

— Ceux qui nous ont agressés à Jérusalem, à Massada et au Caire en portaient un autour du cou.

— Bizarre. Ce serait donc des prêtres ?

— J'en sais foutrement rien. Vérifie.

Resté seul avec Tamara, Stone s'assit au bord du lit et lui prit la main.

— Je peux te confier un secret ?

Elle murmura un faible « oui ».

— Je ne me serais jamais pardonné si tu étais morte.

Elle mit quelques secondes avant de répliquer avec un sourire :

— Moi non plus.

Ses yeux emplis d'amour plongèrent dans ceux de l'Américain. Puis elle reprit :

— Quelque chose me tracasse, Alan. Tout à l'heure, ce M. Callaghan a laissé entendre qu'il nous suivait depuis notre arrivée à Grenade. Mais comment pouvait-il savoir que nous nous y rendions ?

Stone hésita, puis :

— Après Le Caire, lorsque j'ai vu que l'affaire prenait une tournure dangereuse, j'ai jugé plus prudent d'informer un ami, Mike Panetta, de la CIA de notre prochain déplacement.

Elle sourcilla.

— Et quelles explications lui as-tu fournies ? L'Agence n'a tout de même pas mis à ta disposition une équipe d'anges gardiens, pour tes beaux yeux ?

Il n'y eut pas de réponse.

— Je t'écoute, Alan !

— Ils étaient au courant, lâcha-t-il.

— De quoi ?

Il se hâta de préciser :

— De tout !

Une pâleur effroyable recouvrit les joues de Tamara. Elle répéta, incrédule :

— De tout ?

— Oui.

Elle l'aurait giflé si elle avait pu.

— Salaud ! Tu leur as tout balancé ! Je t'avais fait confiance, pourtant !

— Stop ! Je n'ai rien balancé du tout ! Écoute-moi ! Bordel !

— Non !

Elle détourna son visage, lèvres serrées.

Il poursuivit :

— Souviens-toi, je t'avais dit que j'avais un ami qui avait des contacts au sein de la NSA.

Elle resta silencieuse.

— Je t'avais précisé aussi que l'ami en question m'avait fait part d'une conversation téléphonique qui s'était déroulée entre l'ambassadeur des États-Unis à Rome et une personnalité qui occupait une fonction importante au sein de la CIA. Cette personnalité s'appelle Mike Panetta. L'ambassadeur lui a tout raconté à propos du sceptre. Aucun détail de l'histoire ne lui était étranger. Il savait tout à propos du bâton de Moïse avant que j'aie à le lui dire.

— Comment ce type aurait-il pu être au courant ? C'est impossible !

— Et pourtant… Il tenait ses informations de la bouche même d'un cardinal. Un certain Piccini. Il semble que ce *Monsignore* aurait imploré Ruggles, c'est le nom de l'ambassadeur, pour que la CIA empêche que le sceptre ne tombe entre des mains indésirables. C'est la vérité, Tamara. Je n'ai rien eu à balancer. Tout le monde était au courant.

— Mais comment ce cardinal connaissait-il le secret de Menahem ? Comment ?

Stone prit une brève inspiration.

— Je te retourne la question : comment ceux qui ont assassiné ton grand-père étaient-ils au courant ? Et ceux qui nous traquent ?

Elle resta un long moment silencieuse. On la sentait au bord des larmes.

Puis elle adopta un air déterminé.

— Parfait ! Nous allons rentrer à New York. Ceux qui nous poursuivent en seront pour leurs frais. *Finito... basta.* Le sceptre restera là où il est.

— Tu abandonnes...

— Ai-je le choix ? Samson, les lions, la fontaine ! Ça ne mène à rien ! Et puis...

Elle fixa Stone avec un air qu'il ne lui avait jamais connu auparavant.

— Je n'ai absolument pas l'intention de conduire une bande d'assassins vers l'objet le plus sacré, le plus précieux au monde. Qu'ils aillent tous se faire pendre !

— Ils ne te lâcheront pas. Même si tu fais demi-tour.

— Faux ! Quand ils verront que je ne suis pas parvenue à résoudre les énigmes laissées par Menahem, ils abandonneront.

— Ou ils te tueront quand même. Par sécurité. Tu sembles omettre un détail essentiel : parmi ces fous qui nous pourchassent, il en est quelques-uns qui semblent se foutre pas mal de mettre la main sur le sceptre. Tout ce qu'ils cherchent à faire, c'est t'éliminer. Le fait même que tu existes représente pour eux une menace. Alors, que tu abandonnes ou non, ils iront au bout de leur démarche : ils te tueront. Quelle que soit ta décision.

Elle ferma les yeux et laissa tomber d'une voix âpre :

— J'en ai marre. Laisse-moi tranquille. Je veux dormir.

Il devait être aux alentours de 2 heures du matin lorsqu'elle s'éveilla. La pièce était silencieuse. Stone somnolait dans un fauteuil, l'arme que lui avait remise l'agent de la CIA posée sur les cuisses. *Un vrai chien de garde*, songea-t-elle. Pouvait-elle lui en vouloir ? Nul doute que son explication tenait la route. D'ailleurs, dans sa lettre, Menahem avait nettement laissé entendre que son secret n'était plus un secret.

Et maintenant ? Serait-ce donc ici, dans cette chambre d'hôpital de Grenade, que le voyage s'achèverait ?

Là-haut, quelque part dans le ciel, son grand-père devait verser une larme en constatant que sa Tamtam chérie, en qui il avait mis toute sa confiance, s'était révélée inapte.

Elle jeta un coup d'œil vers la poche de sérum. Clepsydre du temps qui passe... Presque naturellement, la vision de la fontaine aux Lions traversa sa pensée. À quel moment son raisonnement avait-il failli ? Elle était pourtant convaincue de n'avoir rien négligé.

Elle ferma les yeux, s'efforçant de rembobiner le film.

Tout était parti du médaillon sur lequel étaient gravés les noms de Boabdil et de Samson. Il ne faisait aucun doute que Boabdil figurait Grenade et l'Alhambra et Samson, la cour des Lions. Mais c'était à partir de ce point que tout s'embrouillait. Ni le chiffre douze, ni les tribus, ni la légende de Joseph et ses frères n'avaient de sens.

Elle étouffa un gémissement de douleur. Sa hanche l'élançait.

« Ne te fie pas aux apparences ! Un mot peut en cacher un autre. Un ange, un démon. Tout est synonyme. »

Très bien, grand-père, alors dis-moi ce qui se cache derrière les lions ou la fontaine ? Quel autre mot ? Quel synonyme ?

Synonyme de lion ? Brave. Courageux. Animal. Féroce.

Fontaine ? Jet ? Bassin ? Source ?

Nulle. Elle se sentait nulle.

À présent, la main où on lui avait placé la perfusion lui faisait mal. La poche de sérum gouttait toujours. Il devait rester un peu moins de la moitié.

Soudain, tandis qu'elle reportait son regard vers le liquide, une pensée fusa comme un éclair. Folle, mais pas improbable.

Tout est synonyme.

Quel est le plus proche synonyme de fontaine sinon l'eau ? L'eau, source de vie, l'eau indissociable de la Torah. Les sages ne comparent-ils pas la Torah à de l'eau, élément indispensable à la vie ? Que l'on soit grand ou petit, roi ou esclave, chaque créature a besoin d'eau. N'est-il pas écrit quelque part : « Si vous vous adonnez à l'étude assidue de la Torah, je vous donnerai les pluies en leur saison, je vous donnerai la vie » ?

Le nom même de Moïse n'était-il pas intimement rattaché au thème de l'eau ? Moïse, Moshe. « Elle lui donna le nom de Moïse, car, dit-elle, je l'ai retiré des eaux. » « Moïse étendit sa main sur la mer. Et l'Éternel refoula la mer par un vent d'orient, qui souffla avec impétuosité toute la nuit ; il mit la mer à sec, et les eaux se fendirent. »

La liste était infinie des références à l'eau. Cependant, l'une d'entre elles dominait toutes les autres :

« Puis Moïse leva la main et frappa deux fois le rocher avec sa verge. Il sortit de l'eau en abondance. »

Où cette scène s'était-elle déroulée ?

Elle creusa sa mémoire.

« Toute l'assemblée des enfants d'Israël arriva dans le désert de Tsin le premier mois, et le peuple s'arrêta à Kadès. C'est là que mourut Myriam, la sœur de Moïse et d'Aaron et qu'elle fut enterrée. »

« De Kadès, Moïse envoya des messagers au roi d'Édom. »

Le royaume d'Édom… La Jordanie !

Elle articula le nom de Stone. Il dormait à poings fermés.

— Alan, répéta-t-elle.

Il se redressa vivement.

— Oui. Qu'y a-t-il ? Tu as mal ?

Elle lui répondit :

— Je crois que j'ai trouvé le nom de notre prochaine destination. Peut-être la dernière.

Il croisa les bras.

— Alors ?

— Pétra. En Jordanie.

— Peux-tu être plus claire, s'il te plaît ?

Elle lui confia son raisonnement, concluant :

— Pétra, royaume des Édomites, où coule le Wadi Musa. C'est précisément là que Moïse frappa le rocher pour faire jaillir de l'eau. Pétra… coïncidence peut-être, veut dire « rocher » en grec. La source de Moïse. *Terminus*.

— L'ultime étape ? Pourquoi en es-tu si sûre ?

— Simplement parce que c'est le dernier message codé transmis par mon grand-père.

Elle énuméra :

— Massada, Sainte-Catherine, Le Caire, l'Alhambra et Pétra. Sa lettre s'arrête là.

L'Américain vint s'asseoir près d'elle, apparemment troublé.

— Ce serait à Pétra que ton grand-père a localisé le sceptre ?

— Tout porte à le croire. Reste à savoir où. Pétra est un site troglodyte situé au milieu d'escarpements rocheux. Je connais bien le lieu. Figure-toi que j'y suis allée il y a quelques années avec Menahem. Les rochers des alentours sont couverts de plus de quatre mille inscriptions, dont quatre-vingts pour cent sont des signatures laissées par des pèlerins des religions préislamiques. Et puis, il y a Al-Khazneh, le « Trésor », un bâtiment imposant qui serait le tombeau d'un roi ou d'une reine. Comme tu peux le constater, ce ne sont pas les endroits susceptibles de contenir le sceptre qui manquent.

Stone hocha la tête, pensif.

— Conclusion ?

— Je m'en voudrais toute ma vie d'avoir trahi la mémoire de Menahem. Jamais je ne me le pardonnerais. Et puis, tu as dit quelque chose tout à l'heure. Tu as raison : où que j'aille, même si j'abandonne, ceux qui en veulent à ma peau, eux, continueront de pourchasser. Comme dit le dicton chinois : « Si tu avances, tu es mort. Si tu recules, tu es mort aussi. » Alors pourquoi reculer ?

Il la fixa longuement avant de déclarer :

— Tu es consciente, évidemment, de ce qui nous attend si le sceptre est bien là-bas ?

— La vie ou la mort.

— Exact.

— Ce n'est pas la mort qui me fait le plus peur, plutôt ses conséquences. Une fois que l'on m'aura éliminée, le sceptre tombera entre les mains de je ne sais qui. Voilà ma vraie terreur.

— Dans ce cas, il serait absurde de poursuivre.

— Et Menahem ? Qu'en pensera-t-il ?

— Que sa petite-fille a fait preuve de sagesse.

— Ce n'est pas du tout mon avis.

Elle secoua la tête à plusieurs reprises, avec une sorte d'entêtement.

— Veux-tu que je te livre le fond de ma pensée ? Quelque chose me souffle que mon grand-père a tout prévu. Même le pire.

— C'est mince comme certitude.

— Oui. Mais je dois m'y accrocher.

— Pourquoi ? Tu…

— Parce que c'est la seule certitude qui me reste. La seule.

22

Amman.

Le bâtiment bétonné de l'hôtel Kempinski, situé dans le quartier des affaires, à proximité du Centre culturel royal et de la mosquée King Abdullah I, offrait un contraste outrancier avec l'ensemble de la ville qui, lui, respirait l'authenticité.

Au-dessus du bar, une grande peinture murale figurant le Wadi Roum parsemé de tentes disséminées rappelait à ceux qui l'auraient oublié que la Jordanie était surtout une terre de Bédouins. Terre de Bédouins, mais aussi terre biblique. Moïse y avait fait halte pour y mourir, après l'exode dans le désert. Le prophète Élie y aurait vécu. Et c'est au bord des rives du Jourdain, la *rivière de la Peine*, que Jean-Baptiste baptisa son cousin, Yeshouah, plus connu sous le nom de Jésus. À deux pas de la Terre promise, la Jordanie était le deuxième pays le plus marqué par l'histoire du peuple hébreu.

Menahem n'avait pas choisi cette ultime étape au hasard, pensa Tamara. Le mont Nébo n'était pas loin ; son ombre flottait dans les monts Abarim à l'est de l'embouchure du Jourdain. De son sommet, on pouvait observer le cours de la rivière, et les terres de l'autre rive jusqu'à Jéricho, voire jusqu'à Jérusalem par temps dégagé.

Stone interpella le barman et lui demanda de leur resservir une dose d'arak, cette boisson courante au Moyen-Orient, proche de l'ouzo et du pastis.

— Tu tiens vraiment à ce que nous nous écroulions, ivres morts ? fit observer Tamara.

— Ce serait peut-être une solution. Non ? Une question me taraude et je te prie de pardonner l'ignare que je suis, si elle te semble blasphématoire : pourquoi Dieu a-t-il puni ce malheureux Moïse ? Après toutes ces années d'errance dans le désert, subissant mille tourments, voilà qu'on lui interdit d'entrer dans cette Terre promise. Pourquoi ? Parce qu'il aurait eu le malheur de frapper deux fois un rocher au lieu d'une. Tu ne trouves pas cela cruel ?

— La réponse est simple : il a désobéi. L'Éternel est sensible au cœur, pas à la raison.

— Sachant que le coup du bâton marchait, il n'aurait pas dû frapper deux fois ?

Tamara esquissa un sourire.

— En gros, oui.

— Il est redoutable, le Dieu des juifs.

— Non. C'est un Dieu qui veut qu'on l'aime sans partage. Entièrement, totalement.

— Peut-être, mais je trouve quand même que le pauvre Moïse ne méritait pas un tel châtiment…

Tout en parlant, Stone ne quittait pas des yeux les clients rassemblés dans le bar. Une vingtaine d'hommes, de femmes, pour la plupart des touristes sans doute, bavardaient. Un Arabe sirotait un jus d'orange, le crâne coiffé du keffieh, une mode lancée par Arafat. Stone nota qu'à l'instar du défunt leader palestinien il en avait modifié la disposition de manière à imiter la forme de la Palestine à l'époque du mandat britannique, avec le « désert du Néguev » couvrant l'oreille droite. À la table voisine, un individu chauve, la cinquantaine, obèse, tirait nonchalamment sur un cigarillo. Il devait bien peser cent quarante kilos. Le genre d'homme à réserver deux sièges en avion.

Stone continua de scruter la pièce. D'où partirait la prochaine salve ? Qui en serait l'auteur ? L'un de ces anonymes ? Quelqu'un qui, soudain, déboulerait de l'extérieur ? À quel moment ? Car il ne faisait aucun doute que désormais tout devenait possible. Leur quête n'approchait-elle pas de la fin ? Comment imaginer que ceux qui avaient tenté d'éliminer Tamara ne se lanceraient pas dans une ultime tentative ?

Il effleura machinalement l'arme cachée sous sa veste. Sa présence le rassura. Avant de s'envoler de Grenade pour Amman, Callaghan lui avait remis un Smith & Wesson démontable. Une petite merveille, dont il avait disséminé les pièces dans son bagage. En cas d'attaque, suffirait-elle à protéger Tamara ? Stone en doutait…

***

Une BMW noir se gara rue King Ali ben Hussein, à une centaine de mètres du Kempinski. L'homme au volant coupa le moteur, fit un signe de croix et attendit. Guère longtemps. Une femme, qui devait être aux aguets, jaillit de la pénombre et marcha à sa rencontre. Blonde, grande, plantureuse, presque masculine, bâtie comme une haltérophile, elle faisait penser à des nageuses germaniques.

— Parfait, dit-elle en se penchant vers l'habitacle. Nous sommes dans les temps.

— Ils sont toujours dans le bar ?

L'homme avait posé la question pour la forme. Il ne doutait pas de la réponse.

— Je viens de vérifier. Ils se sont fait servir un arak.

— Marco est là ?

— Oui.

L'homme tira de la boîte à gants un petit boîtier rectangulaire.

— Ce sera l'enfer..., observa la femme.

— Je l'espère. Il vaut mieux un enfer de quelques minutes que le feu éternel. Effectue quand même une dernière vérification. On ne peut plus se permettre de foirer.

Elle opina, pivota sur les talons et repartit vers l'hôtel.

***

Kaboul, au même moment.

Le local du 14 Dashti Barchi faisait plutôt penser à une épicerie ou à un grand débarras qu'à un cybercafé. Des chaises bancales et crasseuses, des gravures jaunies, des étagères sur lesquelles on trouvait pêle-mêle des boîtes de conserve, des pains ronds et des sachets de thé, des sandales, des bottes en peau tannée et mille autres choses. Détail qui détonnait : les quatre ordinateurs posés sur les tables paraissaient assez récents ; sans doute les avait-on volés à une ONG ou dans une base des forces alliées.

C'est de cette caverne d'Ali Baba que les messages, demandes de rançon et autres proclamations partaient sporadiquement vers le monde occidental. Ainsi, point d'adresse I.P. personnelle de l'expéditeur. Celui-ci demeurait inconnu, insaisissable, d'autant que les mails passaient par d'autres sites, rebondissant plusieurs fois avant de parvenir à leurs destinataires, rendant leurs points de départ impossibles à identifier. À cet instant précis, l'endroit était désert. Même le propriétaire avait disparu.

Il était 19 h 10. Le cheikh El-Mandouri, l'œil rivé sur l'écran du PC, commençait à s'impatienter. Il lança à l'individu qui se tenait debout derrière lui :

— Tu es bien sûr qu'Atiq avait dit 19 heures ?

— Parfaitement.

— J'imagine que tu as compté avec le décalage horaire ?

— Oui. Il est 17 h 40 à Amman.

— Prions Allah qu'il ne lui soit rien arrivé.

— Ne t'inquiète pas. Il a peut-être un problème de liaison.

— Je ne comprends rien à vos histoires d'Internet ! pesta El-Mandouri. Pour moi, c'est du chinois !

— Pourtant, c'est relativement facile à…

Tout à coup, une sonnerie retentit. L'écran s'anima, laissant apparaître le visage d'un individu d'une trentaine d'années, les sourcils épais et noirs, avec dans l'expression quelque chose d'implacable.

— *Salam aleïkoum*, mon frère. Je suis désolé de t'avoir fait attendre, mais tous les ordinateurs de la réception étaient occupés. Ces Occidentaux sont de vrais drogués du net. Et...

El-Mandouri le coupa.

— Les nouvelles, bonnes ou mauvaises ?

— Cela n'a pas été facile, mais nous les avons repérés. Ils sont arrivés hier par la Royal Jordanian. Quatre hommes, une femme. Enfin, presque une femme.

— Que veux-tu dire ?

L'interlocuteur de Mandouri grimaça un sourire.

— Elle est plus baraquée que notre frère Abdullah.

— Et la juive ?

— Elle est là aussi. Avec l'Américain. Ils sont descendus à l'hôtel Kempinski.

El-Mandouri ferma les yeux et murmura :

— « Ô Dieu, Maître de l'autorité absolue. Tu donnes l'autorité à qui Tu veux, et Tu arraches l'autorité à qui Tu veux ; et Tu donnes la puissance à qui Tu veux, et Tu humilies qui Tu veux. Le bien est en Ta main et Tu es Omnipotent. »

Puis il reprit :

— Va en paix, mon frère. L'heure du jugement a sonné.

L'homme s'inclina respectueusement et mit fin à la connexion.

***

Rome, au même moment.

L'homme était nu, allongé de profil sur la table métallique, recroquevillé, comme s'il craignait que la foudre ne le frappe au visage. Épaules rentrées, nuque baissée, les deux poings serrés sous le menton entre ses genoux repliés. L'épiderme creusé de plaies rendait la vision du cadavre quasi insoutenable. Le long du cou, on apercevait de larges lacérations, comme si on avait cherché à lui cisailler la gorge.

Le médecin légiste, le Dr Musardi, observa les deux hommes présents dans la morgue : le juge d'instruction, Giovanni Baldi, silhouette longiligne et brève moustache, et le capitaine Dal Monaco.

Le médecin commenta :

— Assez odieux, vous ne trouvez pas ? Attendez de voir le reste.

Joignant le geste à la parole, Musardi ouvrit le torse, provoquant un cri d'effroi.

L'abdomen et le thorax de la victime étaient criblés de plaies noirâtres. Des coupures aux lèvres violacées, des brûlures irisées. On distinguait aussi des entailles profondes qui s'étiraient autour des bras et des poignets, comme si on l'avait ligoté avec un câble métallique.

D'un geste nerveux, le médecin dévoila totalement le corps.

Au bord de la nausée, le juge d'instruction se racla la gorge et demanda :

— La cause du décès ?

— Mort par strangulation. Mais l'autopsie nous en dira plus. Une chose est sûre : il a été torturé longtemps.

— L'acte d'un sadique ?

— Pas nécessairement. On a peut-être voulu lui arracher des informations.

— Quelles informations détenues par un prêtre auraient pu justifier un tel traitement ?

Le médecin légiste haussa les épaules.

— Allez savoir avec toutes ces affaires qui minent le Vatican ! Entre les réseaux de corruption, le népotisme et le favoritisme lié à des contrats signés à des prix gonflés avec des partenaires italiens, en passant par le lobby gay, les pédophiles masqués, les raisons de trucider un prêtre ne manquent pas.

Le capitaine Dal Monaco souligna :

— Un prêtre, mais pas n'importe lequel.

— Exact, approuva le juge.

Le médecin légiste s'étonna.

— Que voulez-vous dire ?

— Vous n'avez pas noté de qui il s'agit ?

— Je vous avoue que je n'ai pas eu le temps de lire la fiche. Qui est-il ?

Le juge marqua un temps de silence comme pour donner plus de poids à sa révélation.

— C'est le cardinal Arcangelo Piccini.

Le Dr Musardi devint blême.

— Arcangelo Piccini ? répéta-t-il, incrédule. C'est fou !

Le capitaine Dal Monaco eut un geste fataliste.

— Les voies du Seigneur ne sont-elles pas impénétrables ?

***

Amman, hôtel Kempinski.

Stone effleura la main de Tamara.
— Je te sens absente, lointaine.
— Et cela t'étonne ? J'angoisse. Tu as conscience, j'imagine, de ce qui nous attend demain ?
— Évidemment. C'est toi qui l'as dit : « La vie ou la mort. »
— Pour quelle heure as-tu réservé la voiture ?
— Huit heures. As-tu une vague idée de l'étape suivante ? Tu n'ignores pas que le site de Pétra est vaste. J'ai pris le temps de vérifier : l'endroit n'est accessible que par un étroit sentier montagneux par le nord-ouest, ou à l'est par un canyon d'environ un kilomètre et demi de long et jusqu'à deux cents mètres de profondeur, le Siq.
— La vérité ? Je n'en sais rien ! Je suis seulement convaincue que Pétra est peut-être notre destination finale et que Menahem souhaitait que nous nous y rendions. Tu n'en doutes pas, j'espère ?
Stone ne parut pas entendre la question. Son attention venait d'être attirée par l'arrivée d'une femme qui, par sa morphologie, lui fit penser à une lanceuse de poids. Elle traversa le bar d'un pas décidé, se dirigea vers l'homme obèse qui tirait toujours sur son cigarillo et s'installa en face de lui. Il resta impassible. La femme sortit un objet de son sac. Une sorte de petit boîtier

métallique rectangulaire, qu'elle poussa discrètement sur la table vers son voisin.

— Alan ? insista Tamara, tu m'écoutes ?

— Pardon. Un moment d'absence.

— Dis-moi. Tu as informé tes petits copains de la CIA de notre présence à Amman ?

Il répondit par un mouvement distrait de la tête.

— Alan ? s'exaspéra Tamara, mais à quoi tu penses ?

— Rien de spécial.

— Je t'ai posé une question.

— Oui, mes copains, comme tu dis, sont prévenus.

— Dans ce cas, où sont-ils ? Je ne vois pas Callaghan. Je…

Stone la coupa.

— Qu'est-ce qu'ils foutent, ces deux-là ?

— De quoi parles-tu ?

L'Américain gardait l'œil rivé sur le couple qui s'était levé brusquement et se dirigeait vers la sortie.

Il reporta machinalement son regard vers la table qu'il venait de quitter et eut l'impression que son cœur s'arrachait à sa poitrine. En un éclair, il saisit la main de Tamara.

— Viens !

Elle n'eut pas le temps de réagir. Il l'avait littéralement décollée de son siège pour l'entraîner vers le comptoir du bar.

— Vite, foutez le camp ! Tout va exploser ! hurla-t-il.

D'abord, son cri d'alarme n'éveilla que stupeur et incrédulité, puis ce fut la panique. Dans une bousculade effrénée, les clients se ruèrent vers la sortie.

D'autres tentèrent de briser la baie vitrée qui les séparait de la rue.

Entraînant toujours Tamara, Stone contourna le bar et passa derrière le comptoir sous les yeux interloqués du barman.

— Couchez-vous ! lui hurla l'agent.

Et il ordonna à Tamara de faire de même. Elle s'exécuta.

À l'extérieur, dans la BMW noire, une main effleura le bouton du boîtier métallique, identique à celui que la femme avait laissé à l'hôtel. Il fit un signe de croix et déclencha la mise à feu.

Dans un vacarme assourdissant, la baie vitrée du bar vola en éclats, projetant des débris vers le ciel nocturne et soulevant un gigantesque nuage de poussière.

23

Des volutes de fumée brouillaient ce qu'il restait du décor. Des débris de toutes sortes jonchaient le sol carbonisé. Des cris, des gémissements, des pleurs aussi.

Couché sur le corps de Tamara, Stone se demandait si c'était l'au-delà qui sentait si fort le soufre. Il releva doucement la tête. Le comptoir avait résisté au choc. Du moins partiellement : une bonne partie de sa longueur était éventrée.

Il chuchota le prénom de Tamara.

Elle répondit d'une voix à peine audible :

— C'est fini ?

— Je crois. Ça va ?

— J'étouffe. Tu n'es pas un poids plume, mon amour.

Il se détacha d'elle.

Autour de lui, le spectacle était terrifiant. Il ne restait plus rien de ce qui, un instant plus tôt, avait constitué le bar d'un palace. Des éboulis bouchaient la sortie ; mais, côté rue, on devinait un passage vers la lumière, là où, quelques instants auparavant, se détachait la baie vitrée.

Tamara l'avait rejoint. En découvrant le visage de son compagnon, elle fut secouée d'un petit rire nerveux. Les joues de Stone, son front, sa chevelure étaient comme couverts de suie. On eût dit un ramoneur égaré, un matin de fin du monde.

Elle se dit qu'elle-même ne devait guère être plus présentable.

En voulant prendre la main de l'Américain, elle constata qu'elle était ensanglantée.

— Tu es blessé.

Il jeta un coup d'œil vers sa paume. Un tesson s'y était incrusté. Il l'extirpa d'un geste nerveux, indifférent au saignement qui s'accélérait.

— Bordel de merde, grogna-t-il. Manifestement, ces enfoirés sont passés à la vitesse supérieure. Qu'est-ce que ce sera la prochaine fois ?

— Une bombe nucléaire, ironisa Tamara.

— Tirons-nous.

Des hurlements de sirène s'élevaient maintenant dans la nuit. Et des cris, encore des cris.

— Je me demande où est passé Callaghan, pesta Alan. Lui et son équipe auraient dû être là ! Ils auraient dû voir ce que j'ai vu, mais avant que cela ne se produise ! Les cons !

Un policier les apostropha :

— Vous n'êtes pas blessés ? Vous allez bien ? Une ambulance va vous amener à l'hôpital Al-Essra.

— Non, répliqua Stone. C'est inutile. Nous n'avons rien.

Le policier désigna la main de l'Américain.

— Vous saignez.

— Une égratignure.

Tenant toujours Tamara par la main, il se fraya un chemin parmi la foule qui s'était agglutinée.

— C'est un coup des Israéliens, vociféra une voix.

— Ou d'al-Qaida, suggéra une autre.

— Non, c'est la révolution.

Alan se pencha vers l'oreille de Tamara :

— Et c'est ainsi que naissent les vérités…

Il accéléra le pas.

— Où allons-nous ?

Il garda le silence.

Parvenu devant la mosquée King Abdullah I, il gravit les marches, se glissa dans la pénombre du porche et composa un numéro sur son portable. Une voix de femme retentit à l'autre bout du fil.

— Popeye one, annonça Stone. Code 24587.

— Je vous écoute, Popeye one.

— Ça barde. Avez-vous des nouvelles de Marjorie ? Il aurait dû être là.

Il y eut un bref silence, puis :

— Marjorie et ses amis sont descendus dans le même nid que vous. Ils auraient déjà dû prendre contact.

— Ils ne l'ont pas fait. Et le nid en question n'est plus fréquentable.

Nouveau silence et la voix féminine énonça un numéro de téléphone :

— Allez le voir. C'est un excellent médecin.

— Sûr ?

— Il l'était ce matin encore. Vous connaissez la procédure.

— Oui.

Il raccrocha.

— Alors ? questionna Tamara.

Sans répondre, il composa le numéro que son interlocutrice venait de lui transmettre.

— Dr Jabbour, j'écoute.

— Une amie commune m'a suggéré de vous appeler. J'aurais besoin de vos soins.

— Une amie ?

— La princesse Leia.

L'homme mit quelques secondes avant de répliquer :

— Et ses amis sont mes amis. 12, rue Arar. En face de l'école orthodoxe. Je vous attends.

À peine Stone eut-il refermé son portable, que Tamara demanda :

— Qui est cette princesse Leia ?

— Une très vieille copine de George Lucas.

Elle écarquilla les yeux.

— George Lucas ? Le type de *La Guerre des étoiles* ? Tu te paies ma tête ?

En guise de réponse, l'Américain lança :

— Maintenant, prions pour trouver un taxi.

***

La BMW noire s'engagea dans l'avenue Al-Majd et parcourut une centaine de mètres avant de se ranger le long du trottoir. L'homme au volant coupa le contact et resta pensif, l'œil absent. À ses côtés, la grande blonde plantureuse alluma sa deuxième cigarette, tandis que, vautré sur la banquette arrière, l'obèse mâchonnait son cigarillo, en proie à une grande nervosité. Il grommela :

— Qu'est-ce que tu fous ? Nous devrions être déjà en route pour la frontière syrienne !

Pas de réponse.

L'obèse insista.

— Ta gueule ! aboya le conducteur. Nous ne partirons pas tant que la mission ne sera pas accomplie. Ils sont vivants ! Vous les avez vus comme moi sortir indemnes de l'hôtel. Pas question d'en rester là !

— Tu es malade ! Chaque minute qui passe nous met en danger.

— Gian Carlo a raison, approuva la blonde. Nous...

— Piccini est mort, laissa tomber le conducteur d'une voix lugubre.

— Quoi ?

— Le cardinal ? Que lui est-il arrivé ?

— Assassiné. Lacéré. Défiguré. Une horreur. C'est son majordome qui a retrouvé le corps.

— Que... Comment l'as-tu appris ?

— Par l'un de nos frères. Le capitaine Dal Monaco.

— Et le coupable ? A-t-on une idée ?

— Ou *les* coupables. Il est trop tôt. L'enquête n'a même pas commencé. À présent, vous comprenez pourquoi nous devons aller au bout de notre mission ? Ne fût-ce que pour honorer la mémoire du maître.

L'obèse saisit le crucifix qui pendait sur son thorax et le porta à ses lèvres.

— Seigneur, soutenez-nous.

— Très bien, approuva la blonde. Que suggères-tu ? Nous n'avons pas la moindre piste.

— Ils ne doivent pas être bien loin.

Au moment où il allait remettre le contact, le pare-brise explosa en centaines de débris de verre feuilleté qui se répandirent dans l'habitacle.

La blonde eut à peine le temps d'entrevoir quatre individus barbus qui se tenaient à quelques mètres, avant qu'une série de balles ne lui fracassent le crâne.

Dans un geste désespéré, le conducteur chercha à récupérer son arme dans la boîte à gants, mais trop tard. Une rafale le cloua sur place et il s'affaissa, la tête sur le volant.

À l'arrière, l'obèse au cigarillo s'était couché sur le sol, les mains recouvrant son visage. Vaine protection. La portière s'ouvrit. Dans une vision cauchemardesque, il vit nettement la lame qui plongeait vers sa gorge. Il voulut crier, mais son cri s'éteignit dans une sorte de borborygme, un gargouillis funèbre noyé dans un jet de sang.

— *Allahou Akbar !* cria l'un des barbus en brandissant le poing vers le ciel.

Non loin de lui, un homme, qui paraissait être le chef, décrocha son portable et se contenta de murmurer :

— Gloire et pureté à Dieu, ainsi que louange.

À l'autre bout du monde, le cheikh El-Mandouri hocha la tête et raccrocha, l'air réjoui.

— « Ô Prophète, déclara-t-il à l'intention du groupe assis en cercle autour de lui, lutte contre les mécréants et les hypocrites, et sois rude avec eux ; l'Enfer sera leur refuge ! »

***

Stone régla le taxi et, suivi de Tamara, se dirigea vers le numéro 12 de la rue Arar. Quelques lampadaires projetaient sur l'asphalte des lueurs blafardes.

Il sonna. Un homme d'une quarantaine d'années apparut dans l'embrasure de la porte. Il examina l'Américain, puis Tamara, et s'inclina avec un léger sourire :

— Princesse Leia, je présume ?

Et il invita le couple à entrer.

À la différence de la plupart des appartements bourgeois de la capitale jordanienne, la pièce était meublée sobrement. Un détail attirait le regard : le nombre impressionnant de livres qui encombraient les étagères, le long des murs. En revanche, peu de meubles. Un sofa parsemé de coussins ornés de dessins multicolores. Deux fauteuils. Une table basse en palissandre. Une toile représentant le Wadi Roum, en dessous de laquelle luisait un œil bleu en porcelaine.

Tamara observa.

— Vous croyez au mauvais œil, apparemment ?

— Évidemment, madame. Mais pour un esprit occidental, c'est une croyance difficile à admettre. Pourtant, si dix pour cent de l'humanité meurent de mort naturelle, le reste est tué par l'envie et la jalousie.

Stone essaya de retenir un rire.

— Non ! se récria le Dr Jabbour, ne vous moquez pas. Je suis très sérieux. Il émane de certaines gens des énergies noires, des pensées plus venimeuses que la ciguë qui tua Socrate.

Alan fit mine de s'intéresser.

— Et quels sont les symptômes de ce terrible mal ?

— La personne victime de ce sort ressent une fatigue inexpliquée, elle dort mal, elle se prend les pieds partout, les objets lui échappent des mains et, surtout, elle est poursuivie par la malchance ! Tout ce qu'elle entreprend, elle le rate. Même un lingot d'or se transforme en poussière entre ses mains.

— Il a raison, confirma Tamara. Mais seuls les Arabes, les Orientaux, et nous les juifs sommes convaincus de ce mal.

Le Dr Jabbour avisa la main blessée de Stone.

— Vous avez besoin de soins.

Sans attendre, il s'éclipsa et revint avec une trousse pharmaceutique. En quelques instants, il désinfecta la plaie, la recouvrit d'un pansement et proposa :

— Puis-je vous offrir quelque chose à boire ? J'ai un excellent arak.

Le couple déclina.

— Je vous remercie. Mais le dernier verre bu au Kempinski nous est resté en travers de la gorge…

Jabbour hocha la tête.

— Oui, je suis au courant. Il y a d'autres mauvaises nouvelles.

— Allez-y…

— Callaghan et ses collègues sont morts.

— Quoi ?

— Abattus comme des lapins dans leurs chambres d'hôtel.

Tamara étouffa un cri.

— C'est insensé !

— Comment de tels professionnels ont-ils pu se laisser piéger ainsi ? demanda Stone. A-t-on des informations ?

— Aucune. Sinon que les meurtriers leur ont tranché la gorge.

Tamara se prit le visage entre les mains.

— Nous sommes seuls désormais, face au diable et à ses légions.

Le Dr Jabbour alluma une cigarette.

— Il est encore temps de faire demi-tour, suggéra-t-il. Il y a un vol pour New York demain matin à 8 h 30.

— Pas question ! répliqua la jeune femme.

On eût dit que la suggestion du médecin avait eu pour effet de raviver sa détermination.

— Nous n'allons pas abandonner si près du but.

— Et quel est votre but, si vous me permettez cette question ?

— Pétra.

— Pétra ? Vous croyez que c'est le moment de faire du tourisme ?

Stone l'interrompit :

— Il n'est pas question de tourisme. Trop compliqué à expliquer. Et inutile. Et puis, moins vous en saurez, mieux vous vous porterez.

Le médecin fit un geste fataliste.

— Il y a aussi autre chose... On a retrouvé une voiture, une BMW noire, garée non loin du Kempinski. Il y avait deux hommes et une femme à bord. Morts eux aussi.

— Quel rapport avec Callaghan et l'attentat ? questionna l'Américain.

— A priori, aucun. Cependant, il se fait que je n'ai jamais cru aux coïncidences…

Tamara intervint :

— Il y a quelque chose qui m'échappe. Comment se fait-il que nos poursuivants connaissent toujours notre destination ? Ils étaient à Jérusalem, ils nous ont précédés à Massada puis au Caire, à Grenade et aujourd'hui en Jordanie.

Le Dr Jabbour secoua la tête avec un air las.

Stone, lui, resta muet.

— Pas de réponse ?

— Que veux-tu que je te dise ? se récria l'Américain. Je n'ai cessé de me poser la même question. Je ne comprends pas non plus. À moins que…

— Quoi ?

Le médecin jordanien devança l'hypothèse d'Alan Stone :

— À moins qu'une taupe ne se soit infiltrée dans vos rangs, à Langley.

— Impossible !

— Mon cher ami, impossible est un mot inconnu de ce milieu. Le passé nous l'a prouvé. Comment comptez-vous vous rendre à Pétra ? Taxi ? Bus ?

— J'avais opté pour le taxi. Mais à présent, je pense que nous risquons moins dans un car au milieu de touristes, lui répondit Stone.

— Pas sûr. Des types qui n'hésitent pas à faire sauter le bar d'un hôtel n'auront aucun état d'âme à attaquer un bus. Si vous le voulez bien, je me propose de vous accompagner. Il me semble que ce serait plus sage.

Stone échangea un bref coup d'œil avec Tamara avant d'opiner.

— Je crois que vous avez raison.

Il jeta un regard circulaire et questionna :

— Pouvez-vous nous héberger pour la nuit ?

— Bien sûr. Je dispose de deux chambres d'amis.

— Une seule suffira. Il me faudrait aussi un ordinateur.

— Dans mon bureau. À votre disposition.

Stone se tourna vers Tamara.

— Va te coucher. Je te rejoindrai dans un instant.

— Que vas-tu faire ?

Il grimaça un sourire.

— Quelques mails à envoyer à mes nombreuses conquêtes féminines.

***

La sonnerie arracha Mike Panetta à son sommeil. Il loucha sur son réveil : 2 heures du matin, et tâtonna pour récupérer son portable.

Une voix chuchota dans l'écouteur.

— La situation est sous contrôle. Les deux colis sont en sécurité, à la consigne.

— En espérant qu'ils ne vont pas se perdre une fois de plus. Il y a eu pas mal de merde jusqu'ici.

— J'espère que non. Je dois vous quitter.

Panetta garda le portable à son oreille un court laps de temps avant de le reposer sur sa table de chevet.

Décidément, songea-t-il, cette affaire se transformait en un véritable bordel cosmique.

24

Pétra.

Il ne leur fallut pas moins de quatre heures pour franchir la distance qui séparait Amman de Pétra. Et le soleil brûlait.

À présent, ils étaient en vue de la cité antique qui se déployait sur un vaste territoire de montagnes et de *widyan*, les lits de rivière à sec, mais il n'existait qu'une seule entrée.

Le Dr Jabbour crut bon d'expliquer :

— C'est ici que les Nabatéens se sont implantés vers le VIe siècle avant notre ère. C'était de redoutables businessmen qui contrôlaient tout le commerce de la région ainsi que les routes marchandes. Pétra est le fruit de leurs richesses. Ils y avaient presque tout investi.

— C'était avant la crise des *subprimes*, plaisanta Tamara.

— Oh oui !

Alan Stone chuchota à Tamara :

— Les Nabatéens ?

— Leurs origines restent assez obscures. Certains leur supposent un lien avec la tribu de Nebajoth, l'aîné des douze fils d'Ismaël mentionné dans la Torah.

— Douze. Encore ? Douze tribus. Douze fils d'Ismaël. Décidément, le bonhomme qui a rédigé les Saintes Écritures devait adorer ce nombre.

— Ce bonhomme, comme tu dis, s'appelle Moïse.

— Moïse ? L'auteur de la Torah ?

— Exact. Mais rassure-toi, un mécréant comme toi n'est pas obligé de le croire.

Le Dr Jabbour annonça :

— Nous y sommes.

Jetant un coup d'œil par-dessus son épaule, il s'informa :

— Vous êtes armé, je suppose ?

— Oui, un souvenir de Callaghan.

Après avoir garé leur jeep, ils mirent pied à terre. Une route d'environ un kilomètre descendait en serpentant jusqu'à la zone appelée Bab as-Siq, ponctuée par les premiers panneaux indiquant la cité antique. Jadis, cette entrée était surmontée d'une arche monumentale bâtie par les Nabatéens. À présent, on n'en distinguait plus que quelques vestiges dispersés de part et d'autre du défilé.

Ici et là, le long des parois vertigineuses qui s'élevaient à plus de deux cents mètres, on apercevait aussi des restes de canalisations en terre cuite qui acheminaient jadis l'eau jusqu'à la cité.

Le trio continua de progresser, jusqu'au moment où apparut ce qui ressemblait à une tombe carrée, à l'ombre d'un figuier solitaire. Un peu plus loin se détachait une sculpture très érodée représentant un dromadaire et son cavalier. La voie d'eau passait juste derrière. Au-delà, les parois semblaient presque se rejoindre au sommet, obstruant la lumière et absorbant les sons. Le visage de Tamara traduisait un mélange d'appréhension et d'impatience.

— C'est une véritable voie royale, commenta Alan. Étonnant.

— Vous ne croyez pas si bien dire, confirma le médecin jordanien. Selon certains historiens, le Siq revêtait pour les Nabatéens la même fonction que la Voie sacrée dans la culture gréco-romaine. Les grandes cérémonies religieuses de Pétra débutaient par une procession dans ce défilé qui représentait aussi la fin du parcours pour les pèlerins.

Il désigna un endroit en hauteur, sur l'une des parois.

— Regardez, là, on remarque encore de nombreuses niches qui abritaient sans doute des bétyles, des pierres sacrées, d'ailleurs le terme vient de *Beth-El*, maison de Dieu. Seulement, dans le cas présent, elles symbolisaient la grande divinité nabatéenne Dushara.

— Qui signifie ? interrogea Tamara.

— Le dieu de la Montagne. Les anciens Grecs l'assimilaient à Zeus.

— Vous avez bien dit, le « dieu de la Montagne » ?

— Absolument.

La jeune femme lança un coup d'œil vers Stone.

— Je sais, dit-il. Le rapprochement est curieux.

— Quel rapprochement ? interrogea le Dr Jabbour.

— Oh, rien d'important, fit Tamara. Juste une idée et…

Elle s'interrompit soudain, les yeux fixés sur le nouveau décor qui venait de surgir.

Sous son regard ébloui, Al-Khazneh se dressait, faisant corps avec la falaise aux teintes rougeâtres.

— C'est magnifique, n'est-ce pas ? commenta le Jordanien.

— Sublime !

À quelques pas, se découpait l'une des plus grandes merveilles jamais érigées par l'homme et la nature, un véritable joyau.

Le médecin ajouta :

— Rien de ce qui a été écrit ne prépare vraiment à la beauté de ce site. Il faut le voir pour y croire. À mes yeux, il s'agit de la huitième merveille du monde. On se sent tout petit devant un tel monument.

En effet, le trio avait l'air minuscule face à cette imposante façade rose taillée dans le roc.

— Qu'est-ce qu'il représente ? questionna Stone.

— Un tombeau. Celui d'un roi nabatéen.

Stone se pencha vers Tamara et lui murmura :

— Et maintenant ?

— Je réfléchis…

Se tournant vers le médecin, elle demanda :

— Vous semblez bien connaître ce site. Y aurait-il un endroit ici qui aurait un lien avec des lions ?

— Des lions ?

Le Jordanien médita quelques secondes avant de répondre :

— Effectivement, non loin d'ici existe un temple, le temple dit des Lions ailés. Il est dédié à Uzza, une déesse arabe.

Le cœur de Tamara bondit dans sa poitrine.

— Pouvez-vous nous y conduire ?

— Bien sûr.

Une dizaine de minutes plus tard, ils arrivaient devant un amas de ruines, composé de colonnades brisées et de murets ensablés.

— Pas terrible, commenta Stone. Il ne reste rien.

— Bien peu de chose. Mais pourquoi vous intéressez-vous à ce temple ?

— Vous avez mentionné Uzza. Qui est-elle ? lui demanda Tamara, en guise de réponse.

Le Dr Jabbour leva les yeux au ciel.

— Je ne suis pas un spécialiste, hélas. Tout ce que je sais, c'est qu'il s'agit d'une déesse arabe préislamique de la Fertilité. On l'associe souvent à la déesse égyptienne Isis.

— Isis ? répéta l'Américain.

Il se tourna vers Tamara :

— Rappelle-toi, lorsque nous étions dans l'église de la Transfiguration, il y avait bien cette icône représentant la Vierge à l'Enfant ? Et plus tard, lorsque nous avons quitté Sainte-Catherine, je t'ai raconté avoir vu au musée du Caire une statuette représentant la déesse Isis tenant son fils Horus dans les bras. La même symbolique.

Tamara hocha la tête silencieusement.

Stone disait vrai. Mais en quoi cette symbolique pouvait-elle les aider, ici, à Pétra ? Elle n'inspirait rien. Rien, sinon qu'elle les renvoyait à l'Égypte.

Elle poussa un profond soupir et alla s'asseoir sur un muret.

Une fois de plus, ils étaient dans un cul-de-sac. Une fois de plus, l'énigme imaginée par son grand-père lui échappait. La route s'arrêtait là.

— Puis-je vous aider ? suggéra le Dr Jabbour. Vous semblez perdue.

Elle le remercia d'un geste vague.

— Non. Ce n'est rien.

Elle se releva d'un seul coup et annonça d'une voix déterminée :

— Nous rentrons à Amman.

— Déjà ? s'étonna le Jordanien, mais nous n'avons encore rien visité et…

— Je suis désolée, mais je ne me sens pas très bien. La fatigue du voyage, sans doute, et le manque de sommeil.

Quelque peu déconcerté, le Jordanien acquiesça tandis que Stone prenait Tamara par la taille.

— Nous avons fait tout ce que nous avons pu.

À quelque deux cents mètres de là, tapi derrière des rochers, au sommet du Siq, un homme, la peau tannée, le crâne couvert d'un turban, apostropha celui qui, agenouillé près de lui, observait le trio à l'aide de jumelles.

— Aziz ! Tu veux bien me répondre ? Que font-ils ?

— Apparemment, ils font demi-tour.

— Demi-tour ? Qu'est-ce que ça signifie ?

Le dénommé Aziz afficha une expression lasse.

— Karim, mon frère, ça signifie qu'ils font demi-tour…

— Donne !

D'un mouvement rageur, il saisit les jumelles de son compagnon et les porta à ses yeux. À travers les objectifs, il vit effectivement Tamara, Alan et le Dr Jabbour prendre place dans la jeep.

— Ce n'est pas normal. Je ne comprends pas.

— Parce qu'il n'y a rien à comprendre, mon frère. Combien de fois dois-je te le répéter ? Ils nous baladent.

Et il prit à témoin le groupe d'individus – une dizaine d'hommes – qui se tenait en retrait :

— J'avais bien expliqué au maître que ces mécréants étaient en train de se payer notre tête. Ils savent parfaitement que nous les suivons et se jouent de nous.

— Ta gueule ! vociféra Karim. *Kalam fadi !* Paroles creuses ! Comment peux-tu imaginer un seul instant que ces gens perdraient leur temps à nous mener en bateau s'ils avaient trouvé l'objet sacré ?

— Ai-je dit qu'ils l'avaient découvert ? Ils ne le trouveront jamais.

— Et pourquoi donc ? Le maître…

— Tout simplement parce que cet objet n'existe pas. Il n'a jamais existé !

Un mouvement se produisit au sein du groupe. Les propos de leur compagnon avaient fait apparaître sur les visages des expressions indignées.

— Tu blasphèmes, mon frère ! protesta une voix. Ce n'est pas digne d'un fils de l'islam. Le bâton de *sayedna*[1] Musa, Notre Seigneur Moïse, existe !

Il récita d'une voix ferme :

1. Le maître.

— « Rappelez-vous, quand Moïse demanda de l'eau pour désaltérer son peuple, c'est alors que Nous dîmes : "Frappe le rocher avec ton bâton." Et tout d'un coup, douze sources en jaillirent, et certes, chaque tribu sut où s'abreuver ! » Et ce n'est que l'un des versets !

Pointant un index accusateur sur son interlocuteur, il ajouta :

— Honte à toi qui doutes !

Aziz répliqua par un haussement d'épaules et réitéra son affirmation avec vigueur :

— Le bâton n'existe pas ! Je vous…

La lame qui trancha sa jugulaire ne lui laissa pas le temps de poursuivre. Il porta les mains à sa gorge, les yeux exorbités, et s'affaissa sur le sol.

Karim s'agenouilla près de lui et frotta sa dague contre la joue de l'agonisant :

— Ceux qui offensent Dieu et Son messager, murmura-t-il, Dieu les maudit ici-bas. Partons ! ordonna-t-il.

Alors que le groupe s'éloignait, un homme, jusque-là invisible, s'approcha de la dépouille du dénommé Aziz. Il était vêtu d'une tunique d'un blanc immaculé. Ce fut la dernière image qu'il emporta avec lui en rendant son âme à Allah.

***

Au moment où Tamara cherchait à se dégager, le corps de Stone se coucha sur elle, appuyant son thorax contre ses seins, voilés seulement par la minceur du drap. Ses doigts se nouèrent en étau autour des poignets de Tamara et, dans un mouvement irrésistible, il la força à écarter les bras en croix.

— Arrête, Alan ! Je te l'ai dit, je n'ai aucune envie…

Il répliqua par un murmure :

— Mais si… Puisque je t'aime.

C'était la première fois qu'il lui disait ce mot. Elle n'eut pas l'air de l'avoir entendu et continua à résister.

— Non !

Elle chercha à nouveau à le repousser, en vain.

Dans la lutte qui les opposait, le drap qui recouvrait le corps de la jeune femme avait glissé, dévoilant sa nudité, le teint hâlé de sa peau et ses globes d'ivoire aux veines azurées.

Il demanda avec une pointe d'innocence mêlée de tendresse :

— Pourquoi résister ?

Elle répliqua, têtue :

— Parce que…

— Ignores-tu que l'incendie est plus fort quand le vent l'attise ?

Il chercha ses lèvres, effleura la pointe de ses seins. Son bas-ventre.

Insensiblement, elle se détendit, laissa ses cuisses docilement s'écarter.

— Viens… soupira-t-elle. Éteignons l'incendie.

Quand il la pénétra, elle ferma les yeux, et crut entrevoir les douze lions de la fontaine et le visage d'Isis qui tournoyaient dans une explosion d'eau claire.

Quand leurs étreintes se relâchèrent, le jour déclinait sur Amman dans un ciel rose pâle.

Alan caressa tendrement la joue de Tamara.

— Cela ne te dérange pas d'être amoureuse d'un mécréant comme moi ?

— Amoureuse ? D'où te vient cette idée ?

— Une impression, c'est tout.

Il se hâta d'ajouter :

— Moi, je le suis, en tout cas. Terriblement amoureux.

Elle resta silencieuse.

— Alors, insista-t-il, tu veux bien me répondre ?

— Quelle importance, nous n'allons pas nous marier, que je sache ! Alors, tant que tu me fais du bien…

Il éclata de rire.

— Parfait ! J'aime ta largeur d'esprit.

La voix d'un muezzin se fit entendre.

Stone demanda :

— Tu es vraiment décidée à tout abandonner ?

— Si tu as une autre idée, je suis preneuse.

— Si près du but, c'est quand même dommage, non ?

— Que proposes-tu ? Que nous nous armions d'une pelle et d'une pioche et que nous allions fouiller tout le Sinaï ? Et pourtant, j'en suis certaine, le sceptre est là. Tout près d'ici. Il y a une centaine de kilomètres d'ici Aqaba. Et presque autant jusqu'au monastère Sainte-Catherine. Si tu te sens capable d'aller creuser un triangle de plus de soixante mille kilomètres carrés, bonne chance. Moi, je rentre à New York.

25

Amman, aéroport Queen Alia International, 9 heures.

Tamara jeta un coup d'œil vers le tableau d'affichage des vols et pesta :

— Deux heures de retard ! *Shit!* Aujourd'hui, il vaut mieux voyager en train ou en bateau qu'en avion ! Entre les contrôles de sécurité, le trafic pour arriver à l'aéroport, l'attente aux guichets d'enregistrement, l'attente pour récupérer nos valises, même à pied on arrive plus vite à destination !

Stone garda le silence. Il savait Tamara à bout de nerfs. Inutile de la contrarier davantage. Il se contenta de proposer :

— Un autre café ?

Elle accepta.

— Il fait moins 15° à New York, laissa-t-elle tomber d'une voix morose. Ça va nous changer des 25° que nous avons connus ces derniers jours.

— As-tu des projets ?

— Je vais sans doute reprendre mon enseignement

à Columbia. Ou sinon, j'irai me pendre. Ça peut être pas mal non plus.

— Allons, je t'en prie. Cesse de broyer du noir. Tu as fait tout ce que tu as pu, et bien au-delà. Tu...

Elle explosa :

— J'ai trahi la mémoire de Menahem ! Tu ne peux pas comprendre ! Tu ne sais pas combien chez nous la mémoire est sacrée ! J'ai trahi !

— Faux ! Tu n'as rien trahi du tout. Tu t'es battue.

Elle balaya l'air d'un mouvement de la main et faillit renverser le plateau que le serveur s'apprêtait à servir.

— Excusez-moi, se reprit-elle.

— *Don't worry.*

Il posa deux cafés sur la table et l'addition recouverte par un flyer publicitaire.

Stone reprit :

— Tu connais ce vieil adage : « À l'impossible nul n'est tenu. » Et puis, à bien y réfléchir, ce sceptre, peut-être vaut-il mieux qu'il reste là où il est. Après tout, si nous ne sommes pas parvenus à le trouver, personne ne réussira. De plus, je n'ai jamais vraiment compris pour quelle raison ton grand-père tenait absolument à ce que tu le récupères pour le planquer ailleurs.

Tamara plongea ses prunelles dans celles de l'Américain :

— Parce que là où il est, il est en danger. Mon grand-père a écrit : « Tu le feras disparaître à la vue des méchants. Pourquoi ? Parce que, depuis quelque temps, il se passe des événements troubles, infiniment graves, qui, tôt ou tard, mettront le sceptre en péril. »

Or, que se passe-t-il dans la région ? Quels sont ces événements graves ? Tu ne vois pas ?

Stone hésita :

— Les printemps arabes ? Les révolutions ?

— Absolument. Qui peut dire quels gouvernements remplaceront les despotes déchus ? Tout le Moyen-Orient est en effervescence. Nous sommes sur un volcan. Alors, je suppose que mon grand-père, conscient de ce qui se préparait, a craint que le sceptre, qui, j'en suis presque sûre, est au cœur de cette région, ne soit découvert et ne tombe entre les mains de fanatiques de tous bords. Ce serait l'apocalypse !

— Maintenant, je comprends.

D'un mouvement machinal, il souleva le prospectus publicitaire qui recouvrait l'addition. Presque aussitôt, une expression amusée anima ses traits.

— C'est drôle... regarde ce qui est écrit, lui dit-il en lui tendant le flyer.

Elle lut :

Mountain Tours Office, Sheikh Moussa
St. Catherine, El Milga
Family property Sheikh Moussa Bedouin Camp
team will be there
to help you during your stay in a friendly atmosphere
and Bedouin traditions[1].
Mobile 0100 688 0820 (Sheikh Moussa)

1. « Propriété de la famille cheikh Moussa, l'équipe du Bédouin Camp sera présente pour vous aider durant votre séjour, dans une atmosphère amicale respectueuse des traditions bédouines. »

Elle reposa le prospectus, demeura immobile un moment, le visage tout à coup blême.

— Viens ! s'écria-t-elle en bondissant de son siège. Annule nos billets ! Changement de programme !

Stone bégaya :

— Que… quoi ?

— Fais ce que je te dis. Moi je m'occupe de réserver un vol.

— Pour ?

— Aqaba !

Et laissant là l'agent décontenancé, elle bondit vers le guichet de la Royal Jordanian.

***

10 h 30.

Stone attacha sa ceinture de sécurité avec humeur.

— Tu ne penses pas que j'ai droit à une explication ? J'ai l'impression d'être une marionnette qu'on trimballe d'un coin à l'autre. Pourquoi diable retourner à Sainte-Catherine ?

— On se calme. Disons que je suis mon instinct. Tu te souviens des propos que nous a tenus le moine lors de notre visite à propos de la défense du monastère ?

— Il a dit tellement de choses…

— Oui. Mais en particulier, il a mentionné les noms de deux tribus de Bédouins : les Gebeliya du cheikh Moussa et celle d'Abou Madian.

— Et en lisant le prospectus à l'aéroport, le nom du cheikh Moussa t'est revenu à l'esprit. Parfait. Conclusion ?

— Je t'ai répondu : je suis mon instinct et je m'interroge. Serait-il possible que la tribu d'Abou Madian descende des Madianites ? Oui, pour toi c'est du charabia… enchaîna-t-elle.

— Ou peut-être de l'hébreu, lui répliqua Stone, d'un air moqueur. Poursuis !

— Les Madianites sont les descendants de Madian, le quatrième fils d'Abraham. Ils vivaient dans le Sinaï à l'époque de Moïse. Et ces Madianites avaient un grand prêtre : Jéthro.

— Jéthro ? Le beau-père de…

— Moïse. Tu vois où je veux en venir ?

— J'entrevois… tu voudrais te mettre en rapport avec le chef de cette tribu. OK. Mais dans quel but ? Quel lien avec notre recherche ?

Tamara garda le silence.

L'Ambraer 120 survolait maintenant les étendues désertiques jordaniennes. À l'ouest se devinait le triangle inversé du Néguev.

***

Washington, Pentagone, au même moment.

Le front soucieux, Scott Wallace traversa d'un pas lent le long corridor, s'arrêta un moment devant une porte en chêne massif comme pour méditer, puis il pénétra dans une vaste salle. Trente hommes, disposés autour d'une immense table ovale, se levèrent aussitôt pour saluer son arrivée.

Scott gagna la place qui lui était dévolue, examina chaque visage, comme pour vérifier que personne ne manquait à l'appel. Il croisa tour à tour le regard impassible de Mike Panetta, du prédicateur John Reynolds et enfin celui du procureur de l'État de New York, Steven Grimsley. Après une brève inspiration, il invita l'assemblée à s'asseoir.

— Mes amis, aujourd'hui est un jour sacré. Voilà vingt ans, jour pour jour, que j'ai fondé notre ordre, celui des Chevaliers du Mont. Inutile de vous rappeler les motivations qui m'ont inspiré ?

Il leva le poing vers le plafond :

— Nous devons en finir avec la peste islamiste ! En finir avec cette race maudite qui ronge nos villes. Aujourd'hui, un habitant de la planète sur quatre est musulman, demain ce sera un sur deux. Ne nous leurrons pas, mes frères, l'objectif de l'islam, sa vocation historique, comme sa mission satanique, est de convertir la planète tout entière. Et le christianisme, lui, ne semble pas se rendre compte du véritable but poursuivi par cette religion perverse et rétrograde, il n'est pas conscient non plus de sa détermination à mener à bien son projet multiséculaire de domination du monde civilisé. Ce projet se résume en quelques mots : imposer partout le « règne d'Allah » et la loi coranique. Le plus tragique dans cette mainmise, c'est qu'elle se déploie de façon souterraine et conduit à l'évincement progressif de notre culture, de notre foi sacrée et à son remplacement par la barbarie. Tout cela, dans l'indifférence des élites, quand ce n'est pas avec la complicité des « activistes du métissage ». Et l'intelligentsia occidentale ne semble pas saisir l'ampleur de la tragédie. Elle voit ce qu'elle veut croire, mais ne veut pas croire ce qu'elle voit.

Wallace s'arrêta un moment pour constater l'effet de ses paroles sur ses auditeurs. Satisfait, il reprit d'une voix ferme :

— Aujourd'hui, nous pouvons regarder avec fierté le chemin parcouru. Nous sommes proches de notre but ultime : la victoire finale. Nous avons réussi à nous infiltrer au sein du groupe restreint formé par l'élite politique et financière mondiale qui dirige le monde. Comme l'a clairement expliqué David Rockefeller, un des hommes les plus puissants de la planète : « La souveraineté supranationale d'une élite intellectuelle et de banquiers est sûrement préférable au principe d'autodétermination nationale des peuples, pratiquée tout au long de ces derniers siècles. »

Quelques éclats de rire ponctuèrent le rappel des propos du banquier que tous détestaient. Après tout, le projet de l'ordre des Chevaliers du Mont ne prévoyait-il pas aussi, à plus ou moins brève échéance, l'éradication des juifs ?

— Souvenez-vous, enchaîna Wallace, Walther Rathenau, le père de l'industrie allemande, écrivait déjà dans le journal autrichien *Wiener Freie Presse*, en décembre 1912 : « Une poignée d'hommes, dont chacun connaît tous les autres, gouvernent les destinées du continent européen et choisissent leurs successeurs dans leur entourage. » Cette élite internationale creuse sa propre tombe sans même en avoir conscience tellement elle est infatuée ! À présent, je cède la parole à notre frère Steven Grimsley.

Le procureur de New York se leva lentement.

— Le Nouvel Ordre économique mondial qui écrase l'ensemble de la planète, c'est le triomphe du pouvoir financier ainsi que la mort de l'État-nation et de la citoyenneté, la pauvreté, le déracinement social et culturel. Tout cela sert nos intérêts ! Chaque jour, un peu plus, la révolte gronde chez les citoyens du monde voués au chômage et à la paupérisation, dans des pays mis en faillite par leurs dirigeants. Mais tout cela ne suffit pas et cette révolte prendrait trop de temps à s'affirmer. Pour parvenir à nos fins dans les plus brefs délais, nous avons besoin d'une arme réelle, une arme terrifiante, l'arme absolue.

Il se tut, avant d'annoncer d'une voix grave :

— Le sceptre de Dieu !

Vingt-huit des vingt-neuf personnages assis échangèrent un coup d'œil à la fois incrédule et interloqué. Vingt-huit, car le vingt-neuvième savait. Et c'est vers lui que Steven Grimsley se tourna.

— Mike Panetta, veuillez, je vous prie, éclairer nos amis.

L'homme de la CIA, le bon ami d'Alan Stone, quitta son siège. Il saisit une télécommande et la dirigea vers l'un des murs. Un écran géant descendit du plafond, sur lequel apparut bientôt une carte du Proche-Orient. Panetta effectua un zoom sur la région du Sinaï.

— Là ! s'écria-t-il, c'est là que se trouve le sceptre de Dieu !

Puis, avant que les questions ne fusent, il se lança dans une longue explication.

Quand il eut achevé son récit, un silence impressionnant enveloppa la salle. Finalement, une voix demanda :

— Comment pouvez-vous être sûr que l'objet est dans le Sinaï ? D'après ce que vous nous avez expliqué, cette juive, Mlle Yanovsky, ne fait que d'errer d'un pays à l'autre. Qu'est-ce qui vous fait penser que le Sinaï sera la dernière étape ?

— C'est une information que m'a transmise ma taupe, mon ami, l'agent Alan Stone. Il m'a tenu au courant à chaque instant des faits et gestes de Mlle Yanovsky dès le début de cette affaire. Il a joué admirablement son rôle d'amoureux transi et de garde du corps.

— De garde du corps ?

— Parfaitement. Car en plus des islamistes qui tentent eux aussi de s'approprier le sceptre, il existe un mouvement ecclésiastique commandé par le Vatican, plus précisément par Mgr Piccini. Pour des raisons faciles à comprendre, la Curie ne souhaite pas que quiconque se rende maître du sceptre. Elle préfère le voir détruit plutôt que de le savoir entre les mains de gens qui mettraient l'existence même de l'Église en péril. Des hommes à la solde de Piccini ont donc tenté à plusieurs reprises d'assassiner la jeune femme. D'où le rôle majeur que mon ami Stone a joué à ses côtés. Il l'a protégée au péril même de sa propre vie. Désormais, nous ne sommes plus très loin du but suprême. Une fois le sceptre entre nos mains, nous serons les maîtres absolus.

Une salve d'applaudissements fit frémir l'assemblée. Et pourtant, toutes les fenêtres étaient closes.

Dans la salle de conférence, il ne restait plus que Mike Panetta et Scott Wallace. Ce dernier hocha la tête avec satisfaction.

— Vous aviez vu juste.

— Alan me l'a confirmé par mail il y a quelques instants. Elle a décidé de retourner dans le Sinaï.

— Parfait Mike. Le dénouement est proche.

— J'en suis convaincu. Et tout est en place pour récupérer le sceptre dès que mademoiselle Yanovsky l'aura découvert.

— Et les autres ? Nos adversaires…

— Notre adversaire, rectifia Panetta. Le groupe missionné par le Vatican a été éliminé par les gens d'El Mandouri. Ce sont ces derniers qui risquent de nous poser un problème maintenant. Toutefois, comme je vous l'ai précisé, toutes les précautions ont été prises : une force d'intervention composée d'une quinzaine d'hommes s'est envolée de notre base d'Izmir, en Turquie. Elle est en route pour le Sinaï.

Wallace hocha la tête, l'air grave.

— Reste à prier que Dieu Tout-Puissant nous soutienne.

***

13 h 30. Monastère Sainte-Catherine

Avec une expression perplexe, le père Aclimandos fourragea nerveusement dans sa barbe avant de faire observer :

— Madame Yanovsky, reconnaissez que vous n'êtes pas – comme disent les Anglo-Saxons – très *fair-play*. Il y a quelques jours, vous avez débarqué ici pour me poser mille et une questions pour le moins singulières, et à présent vous revoilà, me priant de vous mettre en rapport avec Abou Madian. Avouez que je mérite quelques explications, n'est-ce pas ?

Tamara baissa les yeux pour masquer son embarras et ce fut Stone qui répondit à sa place.

— Vous avez raison, mon père. Et croyez que nous vous sommes infiniment reconnaissants pour l'aide que vous avez déjà bien voulu nous apporter. Par conséquent, si ceci peut vous rassurer quelque peu…

Stone sortit de son portefeuille sa carte d'agent du FBI et la tendit à l'ecclésiastique.

— Je suis en mission spéciale pour le gouvernement des États-Unis.

— Ah… Mais cela ne m'éclaire pas beaucoup plus, monsieur Stone. Au contraire. Votre révélation ne fait qu'accroître mon appréhension.

— Et si je vous affirmais qu'il s'agit d'une affaire touchant non seulement à la sécurité de mon pays, mais à celle de toute la région, voire du monde ? Est-ce que cela vous rassurerait ?

Le moine restitua la carte à l'Américain avec un rire nerveux.

— Me rassurer ? Vous avez une curieuse manière de rassurer, monsieur Stone. Si telle est votre intention, permettez-moi de vous dire que c'est raté. La sécurité de la région ? Du monde ? C'est effrayant ! Vous en avez dit trop ou pas assez. Je refuse de collaborer si vous n'acceptez pas de me confier le fond de cette affaire.

— Impossible, mon père, protesta Tamara. Nous ne le pouvons pas. Soyez seulement convaincu que notre mission est sacrée. Vous ne pourriez que l'approuver et nous accorder votre bénédiction si vous en connaissiez les détails. Ce qui est en cause, c'est la survie des trois religions monothéistes et la préservation du monde libre.

— Mais alors dites-moi au moins pourquoi vous tenez à rencontrer le cheikh Abou Madian. C'est un malheureux Bédouin qui ne sait ni lire ni écrire, tellement âgé qu'il ne sait même plus qu'il est chef de tribu !

Tamara fixa le moine dans les yeux.

— Parce qu'il est possible que ce « simple Bédouin », comme vous dites, soit le détenteur de la clef. Celle qui nous permettra de résoudre cette affaire pour la sauvegarde de l'humanité.

— Abou Madian ? Sauveur de l'humanité ! Comme vous y allez, madame Yanovsky !

— C'est pourtant la vérité.

Il y eut un bref silence, puis le prêtre reprit :

— J'ai oublié de vous préciser un autre détail, concernant cet homme. Abou Madian est aveugle. Lors du dernier conflit qui opposa l'Égypte à Israël, en octobre 1973, sa tribu s'est retrouvée prise sous les feux des deux armées. Une grande partie des siens fut tuée. Et lui-même, frappé par des éclats d'obus, a perdu la vue. Par conséquent, j'imagine mal comment ce malheureux pourrait détenir la solution de vos problèmes.

— Peut-être avez-vous raison, mon père. Mais s'il existe une chance, une seule, elle vaut la peine d'être tentée.

Il poussa un profond soupir, décrocha le téléphone d'un autre âge qui trônait sur son bureau. Et il donna quelques instructions en arabe.

— Voilà, dit-il en reposant le combiné. Quelqu'un vous attend à la sortie du monastère. Il vous accompagnera jusqu'au campement du cheikh. Vous aurez besoin de lui car vous ne parlez ni l'arabe ni le dialecte des gens du Sinaï. Ahmed, c'est son nom, vous servira d'interprète.

Il se leva brusquement, signifiant que l'entrevue était close.

— Dieu vous accompagne. Je ne sais pas ce que vous cherchez, mais j'espère de tout cœur que vous ne regretterez pas de l'avoir trouvé. Adieu, donc…

Au moment où le couple allait se retirer, le temps d'un éclair, Tamara crut apercevoir, dans l'angle de la pièce, une silhouette vêtue d'une tunique immaculée. Mais elle mit cette vision sur le compte de la fatigue.

26

Campement d'Abou Madian.

Le vieillard avait le regard étrange de ceux qui ne voient plus qu'avec les yeux de l'âme. Assis dans un coin de la tente, drapé dans un ample vêtement noir, le crâne couvert d'un keffieh blanc, maintenu par l'agal, il semblait sorti d'un conte.

À ses côtés se tenait un homme d'une quarantaine d'années. Une barbe court taillée rejoignait les cheveux des tempes. Il avait les traits purs d'un adolescent.

Qui pouvait-il être ?

Le vieillard lisait-il dans les pensées ? Il effleura l'épaule de l'homme et dit :

— C'est mon fils, Karim Abou Madian. La lumière de mes yeux.

L'homme salua Tamara d'un mouvement de la tête.

— Soyez la bienvenue.

Impressionnée malgré elle, elle demanda respectueusement :

— Votre tribu… connaissez-vous son origine ?

L'interprète délégué par le père Aclimandos traduisit la question en arabe.

— Ancienne, très ancienne, vieille comme la nuit de l'univers et les premiers temps des hommes, répondit le cheikh. Mes ancêtres ont entendu les rumeurs de la création et les premiers pas d'Allah sur terre.

— Savez-vous d'où vient l'origine de votre nom ? reprit la jeune femme.

Le vieillard récita.

— Epha, Epher, Hénoch, Abida et Elda'a. Ce sont là tous les fils de la dame de l'Encens. Et nous sommes tous les fils de ces fils.

— La dame de l'Encens ? sourcilla Alan.

— C'est ainsi que nous surnommons celle qui fut l'épouse d'Ibrahim, expliqua le cheikh.

— Ibrahim ?

Le fils du cheikh prit pour la première fois la parole :

— Abraham, pour vous. Ibrahim, pour nous, fils de l'islam.

Il s'était exprimé dans un anglais très approximatif, mais suffisant pour que ses propos fussent clairs.

— Et qui est la dame de l'Encens ? questionna Stone.

Ni le cheikh ni son fils ne furent en mesure de répondre.

— Je pense, suggéra Tamara, qu'il s'agit de Ketourah, la seconde épouse d'Abraham, celle qu'il a épousée après la mort de Sara – Ketourah signifie « encens » – et qui n'était autre qu'Agar, la mère d'Ismaël.

— Donc, si je comprends bien, cet homme serait un descendant d'Abraham en personne ?

— Selon les Écritures, rectifia Karim Abou Madian, *tous* les Madianites sont les descendants d'Ibrahim.

Tamara garda un moment le silence avant de poser une nouvelle question :

— J'imagine que le nom de Jéthro vous est familier ?

Le cheikh secoua la tête à plusieurs reprises.

— Vous voulez parler de Shu'ayb, sans doute. Bien sûr. Sa fille, Séphora, fut l'épouse de *sayedna* Musa, qu'Allah bénisse sa mémoire.

Tamara sentit un frisson lui parcourir le corps. Elle avait l'impression de vivre un moment irréel. Est-il imaginable de penser que dans le sang de ce vieillard coule les gènes du peuple juif errant dans le désert ? Le sang de ses propres ancêtres ?

— Les yeux de Hobab... déclara soudain Abou Madian d'une voix ténébreuse.

Elle crut avoir mal entendu et le pria de répéter.

Ce qu'il fit en précisant :

— Hobab fut le guide de *sayedna* Musa lors de son long périple.

Et il leva les bras au ciel en gémissant.

— Sacrilège ! Jamais il n'aurait dû.

— Qui est ce Hobab ? questionna Stone.

— Compliqué, répliqua Tamara. Selon une théorie, il serait le fils de Jéthro.

Elle s'empressa de demander au cheikh :

— Pourquoi parlez-vous de sacrilège ?

— N'est-il pas écrit : « *Sayedna* Musa dit : Ne nous quitte pas, je te prie ; puisque tu connais les lieux où nous campons dans le désert, tu nous serviras de guide. Et si tu viens avec nous, nous te ferons jouir du bien que l'Éternel nous fera » ? Jamais *sayedna* Musa n'aurait dû faire appel à Hobab. Jamais.

La jeune femme parut confuse.

— Oui, reprit le vieillard. Le Tout-Puissant, le Miséricordieux, avait déjà déclaré à Musa que Lui-même conduirait le peuple d'Israël vers la terre promise. « Voici, j'envoie un ange devant toi pour te garder dans la voie et pour t'amener au lieu que j'ai préparé. » Dieu avait aussi donné la nuée et le feu merveilleux pour protéger Israël. Dieu Lui-même guidait son peuple à travers le désert. En quoi Musa avait-il besoin des yeux de Hobab ? Plus il se fiait à Hobab, moins il se fiait à Dieu. Et les conséquences pour Israël en furent graves. Et pour mon peuple aussi.

Il poursuivit :

— Sacrilège ! Shu'ayb, lui, était un saint homme. Le seul homme bon de mon peuple, car mon peuple, j'ai honte à le confesser, était un peuple de corrompus. Il est écrit dans la sourate l'Araignée : « Aux Madianites Nous avons envoyé leur frère Shu'ayb. "Ô mon peuple, leur dit-il, adorez Dieu et attendez-vous au Jugement dernier ! Ne semez pas le désordre sur la Terre." Mais ils le traitèrent d'imposteur. Aussi furent-ils frappés par le séisme et, le matin suivant, le sol de leurs demeures était jonché de cadavres. » Allah est dur avec les mécréants.

Il écarta les bras :

— Regardez ce que nous sommes devenus ! Où est passée la grandeur des Madianites ? Que reste-t-il de nous ? Rien. Une poignée d'hommes entourée par des constructions de béton qui, chaque jour un peu plus, menacent de nous broyer. Bientôt, il ne restera plus rien des enfants de Shu'ayb. Plus rien.

Le silence retomba. Un silence tendu. Tamara se retint pour ne pas poser l'ultime question qui lui brûlait les lèvres : « Le bâton de Moïse. Le cheikh en a-t-il entendu parler ? » Mais c'était absurde !

Finalement, elle se leva et salua respectueusement leurs hôtes.

Une fois à l'extérieur, Stone ironisa :

— Satisfaite ? Te voilà définitivement guérie ? Mais qu'espérais-tu donc en venant ici ?

Elle ne répondit pas, affichant une expression fermée.

— Allons-y ! lança-t-elle à l'interprète. Déposez-nous à Charm el-Cheikh si vous le voulez bien.

Elle partit la première.

Autour d'elle, ce n'était qu'étendues désertes, rochers tourmentés, chameaux à l'œil morne, tentes alignées et feux éteints. Au loin, on apercevait la silhouette du mont de Moïse. Des enfants couraient. Sur leurs visages se lisait cette expression heureuse de ceux qui, n'ayant rien, se contentent de tout.

Alors que le trio s'approchait de la jeep, Tamara sentit comme un éclair de lumière qui passait sur son visage.

Elle promena son regard autour d'elle et comprit : un enfant s'amusait à l'aveugler avec un objet métallique. Quand il s'aperçut qu'elle l'avait découvert, il poussa un grand éclat de rire et s'enfuit.

C'est alors qu'elle vit l'objet. Un bâton. Un bâton en bois massif, d'environ deux mètres de hauteur, planté dans ce qui devait être un potager.

Abasourdie, elle fit un pas en avant. S'immobilisa. Repartit.

Était-ce possible ?

— Où vas-tu ? s'écria Stone.

Elle ne l'entendit pas et continua à avancer, comme hypnotisée.

Maintenant, elle n'était plus qu'à un souffle du bâton.

Si ce n'était sa hauteur, il paraissait banal, neutre et insignifiant.

— Non, murmura-t-elle, ce ne peut être…

Dans un état second, elle tendit la main. Effleura le bois et ressentit comme un courant, une force qui parcourait son corps. Surprise, elle recula.

Stone s'était précipité.

— Qu'est-ce que… bredouilla-t-il. Tu crois que…

— Le sceptre ! s'exclama-t-elle. Quelle imbécile j'ai été !

— Le sceptre ? Ce vulgaire morceau de bois ? C'est impossible !

Elle se tourna vers Stone.

— Non ! Menahem l'avait écrit noir sur blanc et pendant tout ce temps, je n'ai rien compris, rien ! Alors que la solution était inscrite sous mes yeux. Depuis le début !

— La solution ?

— Dans la lettre que mon grand-père m'avait laissée, il est écrit : « Tu trouveras le sceptre "là où tout a commencé". Ce sont les derniers mots que prononça le Grand Rabbin du Sanhédrin sur son lit de mort, quand ses disciples l'interrogèrent à ce propos. »

Elle répéta :

— Là où tout a commencé ! Tu comprends ? C'est ici, dans le Sinaï, que Moïse découvre le sceptre dans le jardin de Jéthro ! Ici ! Ici que Moïse s'en empare et voit ce que Jéthro fut incapable de voir : le nom d'Adonaï ! Le nom secret de Dieu !

Dans son excitation, sa voix était montée d'un ton.

Stone fixa le bâton avec scepticisme.

— Ce vulgaire morceau de bois, le sceptre ? lui dit-il.

— Essaie de le toucher si tu ne me crois pas !

Stone tendit une main hésitante mais sitôt qu'elle fut en contact avec le bois, il poussa un hurlement de douleur et fut projeté violemment en arrière par une force invisible. Interloqué, il examina sa paume : elle était brûlée comme si elle avait touché un tison.

— J'hallucine !

Il saisit la main de Tamara et constata qu'elle était intacte, dépourvue de toute altération.

— Comment est-ce possible ? Tu n'as rien ?

— Je… je… ne comprends pas… balbutia la jeune femme.

Ils restèrent un moment immobiles, l'esprit emporté par un orage.

Finalement, l'Américain déclara :

— Je crois avoir saisi. De nous deux, tu es la seule qui peut le prendre sans aucun risque. Ne me demande pas pour quelle mystérieuse raison, mais tu es la seule.

Il força Tamara à se rapprocher du sceptre.

— Vas-y !

Elle resta figée.

— Vas-y ! répéta Stone.

Elle s'agenouilla.

— Que fais-tu ?

Recueillie, elle avait fermé les yeux, tandis que ses lèvres murmuraient une prière silencieuse.

Elle emprisonna le sceptre et l'arracha de terre. Elle sentit le même courant, la même force qui l'avait envahie un instant plus tôt prendre possession de son être. Et pourtant, selon les Écritures, ce ne pouvait être. Pas elle.

Alors lui revinrent les propos de Menahem : « Nul, sauf l'Élu, ne peut exploiter son incommensurable puissance. En revanche, à une âme juste il est accordé de pouvoir le saisir sans encourir de châtiment. »

— Hallucinant, commenta Stone. Hallucinant.

Tout en parlant, il décrocha son portable.

— Que fais-tu ?

— Je préviens nos amis. Si nous devons être protégés, c'est maintenant ou jamais !

Il composa un numéro sur le clavier.

— Feu vert, Mike ! Nous avons baisé la juive !

Et il remit le portable dans sa poche avec un large sourire.

— Que… ai-je bien entendu ? bafouilla Tamara. Tu as bien dit…

— Exact, *darling*. J'ai dit : « Nous avons baisé la juive. » Enfin, moi surtout !

Il s'était exprimé sur un ton qu'elle ne lui connaissait pas. Même l'expression de son visage semblait différente. Dans ses yeux scintillait comme une lueur victorieuse.

— Ton cher grand-père s'est trompé, ma belle. Il aurait dû écrire : « Tu trouveras le sceptre là où tout doit finir », lui lança-t-il d'un ton ironique.

— Que… qu'est-ce que tu racontes ?

— La comédie est terminée. Il était temps. Je t'avoue que j'en avais ras le cul de jouer à l'amoureux transi.

Tamara l'examina, les yeux exorbités.

Il pointa l'index vers le sceptre.

— Enfin ! Enfin nous le tenons. Grâce à toi, désormais le monde est à nous ! Félicitations, mademoiselle Yanovsky !

Elle se refusait à croire ce qu'elle entendait. C'était comme si la folie faisait le siège de son esprit.

— Qu'est-ce que tu imaginais ? Que nous allions te laisser t'emparer d'une telle puissance ? Toi ou d'autres ? Faux ! Tu avais tout faux. Mes amis, mes compagnons, les Chevaliers de l'ordre du Mont, c'est à eux que cette puissance revient ! À eux et à nul autre !

Elle se sentit défaillir.

— Les Chevaliers de l'ordre du Mont ?

— Oui, ma tendre amie. Nous ! Les libérateurs de la planète. Les gardiens de la vraie foi ! Juifs, Arabes, islamistes, avorteurs, homos, vendus et pestiférés de toutes sortes, toute cette racaille sera éradiquée une fois pour toutes ! Nous allons purifier le monde de cette gangrène !

— Alan… dis-moi que ce n'est pas vrai… dis-moi que…

Elle éclata en sanglots, incapable de poursuivre.

Il ricana.

— Avoue que j'ai été brillant dans mon rôle d'ange gardien ! Reconnais-moi au moins ce talent !

— Malade !

Elle s'était ressaisie et, le visage dur, elle répéta :

— Tu es un malade !

Enchaînant avec la même fermeté, elle déclara :

— Tu as bien vu. Je suis la seule qui peut tenir ce sceptre. La seule ! Jamais ni toi ni personne ne pourra ne fût-ce que l'effleurer. Les Écritures l'affirment : il ne sera transmis qu'à l'Élu.

Il ricana.

— Tu te considères donc comme l'Élu ?

— Jamais ! Et je reconnais que je ne comprends pas pourquoi il m'est donné de pouvoir le tenir. Je suis seulement convaincue que personne, sauf celui à qui il est vraiment destiné, ne pourra s'en emparer.

— Tu as raison, ma chère. Et cette personne ne va pas tarder.

— De qui parles-tu ?

— L'Élu ! Celui qui appartient à la même descendance que tous ceux qui eurent le sceptre en leur possession. L'Élu ! Il...

Un vrombissement assourdissant recouvrit la fin de sa phrase. Là-haut, dans le ciel, deux hélicoptères Cobra venaient de surgir et amorçaient leur descente. Ils se posèrent à l'orée du campement en soulevant des tourbillons de poussière. Presque immédiatement, une vingtaine de militaires, armes au poing, jaillirent de leurs entrailles.

— Et voilà ! commenta Stone. Rideau.

Il leva les bras, faisant de grands signes au groupe.

Tandis que les militaires se mettaient en position, trois civils marchèrent vers le couple. Tamara eut l'impression de reconnaître l'un d'entre eux. Mais où l'avait-elle croisé ?

Ce fut seulement lorsqu'il fut à deux pas d'elle que l'image lui revint. De taille imposante, blond, yeux bleus, mâchoire carrée ; l'homme lui avait rappelé vaguement le profil du boxeur russe confronté à Rocky. C'était le procureur Steven Grimsley.

— Ravi de vous revoir, mademoiselle Yanovsky. Sachez que vous avez toute notre gratitude, lui dit-il.

Elle l'ignora.

— Et voici mon très cher ami, Mike Panetta, enchaîna Stone en désignant le deuxième homme. Ton autre ange gardien.

Puis, se tournant vers le troisième, sec comme un sarment, de petits yeux enfoncés derrière des lunettes cerclées de métal, il s'inclina respectueusement en déclarant :

— Mission accomplie, maître.

— Bravo, monsieur Stone. Vous êtes l'honneur de l'Ordre. Nous ne vous oublierons pas.

Il s'avança vers Tamara.

— Mes hommages, mademoiselle. Je me présente : Scott Wallace.

Lorsqu'il dirigea son regard vers le sceptre, il fut pris d'un tremblement. Son visage se drapa d'une expression indicible et ses prunelles reflétèrent une lueur malsaine.

Un serviteur du démon, pensa Tamara.

— Ainsi, le voilà ! s'exclama Wallace. Le doigt de Dieu !

Il fit mine de le saisir

Tamara recula d'un pas.

— N'essayez pas ! Vous ne pourrez même pas le toucher ! Demandez à votre larbin !

— Il est l'Élu ! Pauvre imbécile ! vociféra Stone. C'est lui !

Un sourire crispé anima les lèvres de la jeune femme.

— Lui ? Cet avorton ?

— Donnez-le-moi ! ordonna Wallace. Je vous somme de me le donner !

Elle semblait parfaitement calme, sereine. Ses traits ne traduisaient aucune peur. On eût juré qu'elle était devenue étrangère à tout ce qui se tramait. Et pourtant, la mort ne devait pas être loin. D'un geste détaché, elle confia le sceptre à Wallace.

— Prenez-le, mon cher. Il est à vous !

Sans attendre, avec l'avidité d'un oiseau de proie, le maître de l'ordre des Chevaliers du Mont saisit l'objet sacré et, dans un élan qui se voulait triomphal, le dressa vers le ciel.

Il n'alla pas au bout de son mouvement.

Une flamme d'un rouge éclatant, plus aveuglante que mille soleils, embrasa le bois, mélange d'éclair et de lave.

Wallace poussa un cri d'animal et, sous l'effet de la douleur, fut contraint de jeter le sceptre à terre. Lorsqu'il examina sa main, il hurla à nouveau : seul un moignon sanguinolent subsistait.

Stone, incrédule, bégaya :

— C'est impossible…

Le procureur haleta :

— N'est-il pas l'Élu ? Ce… ce…

Quant à Mike Panetta, pétrifié, il articula quelques mots que nul ne comprit.

Couché à terre, le sceptre avait recouvré son apparence. Ni flamme. Ni chaleur. Un bâton. Rien qu'un banal bâton que Tamara récupéra sous l'œil effaré du trio.

— Il est écrit, dit-elle d'une voix calme : « Mais toi, ô Éternel ! Tu es mon bouclier, Tu es ma gloire, et Tu relèves ma tête. Je… »

Elle n'acheva pas sa phrase.

Un groupe armé venait de débouler entre les tentes. L'homme qui avançait en tête, un fusil-mitrailleur au poing, tira la première salve.

Des cris de terreur s'élevèrent de partout. Les enfants qui, tout à l'heure, riaient, se dispersèrent comme une volée d'oiseaux.

Le cheikh El-Mandouri poussa un cri rageur :

— *Allahou Akbar !* Tuez-les tous !

27

L'enfer avait ouvert ses portes.

Le groupe d'intervention tentait de s'opposer à l'attaque des islamistes. Ces derniers, comme illuminés, se battaient avec une détermination farouche. Manifestement, aucun d'entre eux ne semblait craindre la mort.

Pris de panique, Stone et ses compagnons cherchèrent à se mettre à l'abri, une rafale toucha Mike Panetta en pleine poitrine, une seconde traversa la nuque du procureur. Wallace, couvert du sang de ses amis, se mit à ramper sur le sol en poussant de petits cris ridicules.

Un ver de terre, pensa Tamara.

Elle sentit la main de Stone qui se posait sur son épaule.

— Fuis ! Ne reste pas là !

— Pense plutôt à toi, mon ami. Moi, je ne risque rien.

Elle désigna le mont de Moïse.

— Vois. Et comprends.

L'Américain fixa la direction que lui indiquait la jeune femme et tout son visage fut comme recouvert de céruse.

Un bruit de tonnerre faisait trembler les flancs de la montagne. Des éclairs et une épaisse nuée cerclaient son sommet. Le son d'un shofar retentit. Les Bédouins, et tous ceux qui combattaient, islamistes, chrétiens, furent saisis d'épouvante.

Bientôt, toute la montagne du Sinaï fut enveloppée par une fumée âcre, qui s'élevait comme celle d'une fournaise. À présent, elle semblait se disloquer. Le son du shofar, redoublant d'intensité, assourdissait le ciel, plus fortement qu'au temps du siège de Jéricho. À quelques kilomètres de là, au monastère Sainte-Catherine, les moines sortis dans la cour assistaient effrayés à ce qu'il leur paraissait être la colère de Dieu. Au même moment, le Buisson ardent s'embrasa subitement sous les yeux abasourdis du père Aclimandos. Le Buisson brûlait, mais ne se consumait pas.

Wallace se mit à hurler comme un damné :

— Seigneur ! Dieu ! Je suis là ! Votre fils bien-aimé est là. Je suis ici pour Votre plus grande gloire ! Ne permettez plus que les blasphémateurs souillent indéfiniment Votre image et bafouent le saint drapeau des États-Unis d'Amérique. Ne sommes-nous pas les vrais représentants du bien ? Vos fidèles disciples ? Vos…

Les mots qu'il allait prononcer restèrent au fond de sa gorge. Mais ses lèvres continuèrent de les articuler pendant quelques secondes, alors que, détachée du corps, sa tête roulait à terre. Derrière lui, Tamara aperçut Karim Abou Madian, le fils du cheikh, un sabre à la main. La lame rougie par le sang de Wallace.

Le Bédouin cracha sur le sol avec dégoût.

— Fils de chien…

Puis, il marcha vers Stone, l'air menaçant.

— Non ! s'interposa Tamara. Ne fais pas ça !

— Il le mérite ! Il t'a trahie ! Il a trahi le Très-Haut !

— Je t'en prie. Allah n'est-il pas le Miséricordieux !

Le Bédouin secoua la tête avec tristesse.

— Miséricordieux ?

Il montra le spectacle de désolation qui régnait autour d'eux.

Des dizaines de cadavres jonchaient le sol. Frappés par une force mystérieuse. Islamistes et catholiques, mêlés dans le sang.

Seuls les Bédouins avaient survécu.

— Miséricordieux, répéta Karim Abou Madian. Non.

Il récita :

— « Ceux qui cachent ce que Dieu a fait descendre du Livre et le vendent à vil prix, ceux-là ne s'emplissent le ventre que de Feu. »

— Il a raison, murmura Stone. Pardonne-moi, Tamara. Il a raison. Pardonne-moi pour tout le mal que j'ai pu faire. J'étais aveugle. J'étais sourd. Pardonne-moi.

Avant qu'elle n'ait le temps de réagir, il introduisit le canon de son arme dans sa bouche.

— Alan !

Il tira.

Là-bas, la montagne s'était tue.

La fumée avait disparu.

Un silence effrayant enveloppait maintenant le désert. Un silence de fin du monde.

Tamara, tenant toujours le sceptre contre elle, se laissa choir, tremblante, sanglotante.

— Et maintenant, Adonaï ? Où vais-je aller ? Que faire ?

Karim Abou Madian se pencha sur elle avec bienveillance.

— Femme, pourquoi te tourmentes-tu de questions alors que seul le Très-Haut connaît les réponses ?

Elle leva les yeux vers lui.

— Que veux-tu dire ?

Il pointa l'index vers l'horizon.

Un homme, vêtu d'une tunique d'un blanc immaculé, avançait vers eux. Tout son corps était entouré d'un halo lumineux. Il ressemblait en tout point à la vision qu'elle avait mise sur le compte de la fatigue.

— Qui est-ce ? questionna Tamara.

— La réponse que tu attends.

L'homme était maintenant tout proche.

Quel âge pouvait-il avoir ? Vingt ans ? Mille ans ? De quelle origine ? Il ne ressemblait ni à un Bédouin, ni à un Occidental. Son visage était lisse. Et la beauté qui s'en dégageait n'était comparable à aucune autre.

Lorsqu'il fut devant Tamara, il déclara :

— « Moïse répondit : "Voici, ils ne me croiront point, et ils n'écouteront point ma voix. Mais ils diront : 'L'Éternel ne t'est point apparu.'" L'Éternel lui dit : "Qu'y a-t-il dans ta main ?" Il répondit : "Une verge." L'Éternel dit : "Jette-la par terre." Il la jeta par terre, et elle devint un serpent. Moïse fuyait devant lui. L'Éternel dit à Moïse : "Étends ta main, et saisis-le par la queue." Il étendit la main et le saisit et le serpent redevint une verge dans sa main. "C'est là, dit l'Éternel, ce que tu feras, afin qu'ils croient que l'Éternel, le Dieu de leurs pères, t'est apparu, le Dieu d'Abraham, le Dieu d'Isaac et le Dieu de Jacob." »

Il se tut, désigna le sceptre et dit à Tamara d'une voix douce :

— Donne ! Ta mission est accomplie.

Le sceptre entre les mains de l'inconnu reprit sa forme originelle, ce n'était plus un vulgaire bâton, mais le sceptre de Dieu dans toute sa splendeur.

— Pourquoi ? cria Tamara.

Il l'interrogea du regard.

Elle répéta.

— Oui, pourquoi ? Tu étais présent durant tout ce temps. Pourquoi moi ? Pourquoi ai-je dû vivre toutes ces épreuves, manquer de mourir cent fois, alors que tu n'avais nullement besoin de mon aide pour trouver ce don de Dieu ?

Il eut un sourire d'une infinie douceur.

— Je te répondrai ce qui fut répondu à Abraham alors qu'il implorait l'Éternel d'épargner Sodome, si seulement parmi les habitants se trouvaient ne fût-ce que dix justes.

Il récita :

— « Et l'Éternel dit : "Je ne la détruirai point, à cause de ces dix justes." »

Il marqua un temps de silence. Ses prunelles ardentes pénétrèrent celles de Tamara.

— En ce monde de tourments et de haine, parmi tous ces milliards d'êtres humains, dix justes furent dénombrés, parmi eux ton grand-père. J'allais intervenir, mais sa mort m'en a empêché. Il en fallait un dixième pour que je puisse accomplir ma tâche.

La réussite de ta mission a fait de toi le chaînon manquant, me permettant enfin d'agir.

Il fit jaillir du sceptre des éclairs de feu et tous les cadavres qui les entouraient disparurent instantanément, rendant ainsi le sol sacré.

Tamara réprima un frisson.

Cet homme était-il le Messie ? Était-il venu pour détruire ce monde ou pour que s'accomplisse la prophétie d'Isaïe ? Le temps était-il venu pour que l'amour triomphe de la haine, la paix de la guerre, la vie de la mort, et qu'enfin l'homme se retrouve tout près du Trône du Seigneur ?

Comme dans un rêve, elle entendit la voix de son grand-père qui lui murmurait :

Qui sait ?

Au loin, l'horizon s'était dégagé.

Composition réalisée par PCA

Cet ouvrage a été imprimé en France par
CPI Bussière
à Saint-Amand-Montrond (Cher)
en mai 2014

51-33-0000-9/02

Dépôt légal : mai 2014.
N° d'impression : 2009958.